Harry Luck
Wiesn-Feuer

Harry Luck wurde 1972 in Remscheid geboren und arbeitet seit zehn Jahren als Journalist in München. Nach dem Studium der Politikwissenschaften war er unter anderem für den Bayerischen Rundfunk, die Nachrichtenagenturen AP und ddp sowie die Abendzeitung tätig. Er veröffentlichte zahlreiche Bücher aus dem Bereich Humor/Satire, bevor er 2003 mit »Der Isarbulle« als Krimiautor debütierte. 2004 erschien mit dem viel beachteten bayerischen Politkrimi »Schwarzgeld« sein erster KBV-Roman. Harry Luck lebt mit Frau und zwei Kindern vor den Toren Münchens. Er ist Mitglied in der Krimiautoren-Vereinigung »Das Syndikat«.
www.harryluck.de

Harry Luck

Wiesn-Feuer

KBV
KRIMI

Originalausgabe

www.kbv-verlag.de
E-Mail: info@kbv-verlag.de
Telefon: 0 65 93 - 99 86 68
Fax: 0 65 93 - 99 87 01
Umschlagillustration: Ralf Kramp
Redaktion: Dorothee Steuer, Sankt Augustin
Satz: Volker Maria Neumann, Köln
Druck: Grenz-Echo AG, Eupen
www.grenzecho.be
Printed in Belgium
ISBN 3-937001-52-2

Nach dem jetzt vorliegenden Ermittlungsergebnis ist festzustellen, daß Gundolf Köhler allein als Attentäter gehandelt hat.

Abschlussbericht des bayerischen Landeskriminalamtes zum Oktoberfest-Attentat am 26. September 1980

Nach dem Verbot zahlreicher rechtsextremistischer Organisationen seit 1992 entwickelten führende Neonazis das Konzept strukturloser Zusammenschlüsse. Dadurch sollten staatliche Gegenmaßnahmen erschwert werden. Bei diesen Kameradschaften gibt es weder eine formelle Mitgliedschaft noch Vorstandspositionen. Anführer ist meist ein engagierter Rechtsextremist, der es versteht, seinen Gefolgsleuten die den ideologischen Zusammenhalt stärkenden »Feindbilder« zu vermitteln.

Verfassungsschutzbericht des bayerischen Innenministeriums für das Jahr 2003

Prolog

Wäre er eine Runde länger Autoskooter gefahren. Hätte er sich an der Zuckerwattenbude nicht vorgedrängelt. Hätte sich das Riesenrad eine Runde länger gedreht. Hätte sein Vater nach der dritten Maß Bier nicht die Zeit vergessen und sich an die Vorschrift gehalten, dass Kinder um diese Zeit auf der Wiesn nichts mehr verloren haben. Dann wäre er nicht im falschen Moment am falschen Ort gewesen. Er und über zweihundert weitere Menschen, die am 26. September, um 21.21 Uhr, rechtzeitig vor Toresschluss dem Trubel entgehen wollten und sich dem Oktoberfest-Ausgang näherten.

Später wird er sich nur noch an eine große Stichflamme und einen Feuerball erinnern. Abgetrennte Arme und Beine werden durch die Luft geschleudert. Den entsetzlichen Knall können die meisten Opfer schon nicht mehr hören, weil ihnen bereits das Trommelfell zerfetzt wird, während die Flammen sie erreichen. Dann ein tödlicher Augenblick der Stille, bevor die ersten Sirenen ertönen.

Erst als er Stunden später auf der Kinder-Intensivstation im Krankenhaus München-Harlaching wieder zu sich kommt, erfährt er, was passiert ist. Eine Bombe ist auf dem Oktoberfest explodiert. Von den acht Toten, die zunächst gemeldet werden, erzählen ihm die Ärzte nichts. Die Zahl wächst später auf dreizehn an. Sein Vater und er haben das oft zitierte Glück im Unglück. Sie gehören zu den 218 zum Teil schwer Verletzten, die mit dem Leben davonkommen. Der Splitter der Bombe, der ihn an der Hand getroffen hat, hätte am Kopf tödlich wirken können. Trotz einer Notoperation können die Harlachinger Ärzte den kleinen Finger seiner linken Hand nicht retten und müssen ihn amputieren. Man wird ihm später aufmunternd sagen, dass er ja zum

Glück Rechtshänder sei. Und das Oktoberfest wird er erst fünfundzwanzig Jahre später wieder betreten.

Seinem Vater zertrümmern die Splitter der britischen Mörsergranate mit einskommaneununddreißig Kilo Sprengstoff beide Beine. Er ist für den Rest seines Lebens an den Rollstuhl gefesselt.

1. Kapitel

Vorsicht, gefährliche Briefbombe«, rief Stefanie Schappert mit einem scherzhaft verschwörerischen Unterton und wedelte mit einem weißen Briefumschlag.

»Was ist?«, schrak Frank Litzka auf, der so in die Lektüre des *Medium Magazins* vertieft war, dass er die junge Volontärin gar nicht bemerkte, die sich seinem Schreibtisch im Großraumbüro der *ATZ*-Redaktion genähert hatte.

»Ein anonymer Brief, adressiert an die Lokalredaktion.« Sie blickte demonstrativ über die verwaisten Schreibtische. »Und außer dir, Flitzer, sehe ich hier im Moment keinen Lokalredakteur.«

Sie hatte Recht. Wegen der Sommerferien, die in diesen Tagen zu Ende gingen, waren die meisten der Redaktionsmitglieder mit schulpflichtigen Kindern noch verreist, was im nachrichtenarmen Sommerloch kein größeres Problem darstellte. Außer dem in drei Wochen beginnenden Oktoberfest, den beinahe obligatorischen Berichten über ausgebüxte Kängurus oder Krokodile und den Gerüchten der Klatschreporter um eine angebliche außereheliche Affäre eines als besonders fromm und katholisch geltenden Brauereibesitzers gab es derzeit kaum ein schlagzeilenträchtiges Thema in der Stadt. Nicht einmal irgendwelche Möchtegern-Superstars bauten Unfälle mit Gurkentransportern, und sogar die Münchner CSU – sonst zu jeder Jahreszeit für einen Skandal gut – schlummerte in diesem Altweibersommer mit subtropischen Rekordtemperaturen ausnahmsweise friedlich vor sich hin.

Litzka legte die Zeitschrift zur Seite, in der er soeben in der Spalte *Personalien* gelesen hatte, dass die bisherige

Washington-Korrespondentin der *Süddeutschen* nach ihrem Mutterschaftsurlaub als Außenpolitik-Chefin in die Münchner Zentralredaktion zurückkehren würde.

»Also gib her, Schappi«, sagte er zu der vierundzwanzigjährigen Volontärin, die das heiße Wetter offenbar seit Wochen dazu nutzte, die Miniröcke und bauchfreien Tops aus ihrer Teeny-Zeit auszuführen. Doch leider waren ihr die Klamotten, in denen sie früher vielleicht tatsächlich mal sexy ausgesehen hatte, inzwischen ein paar Nummern zu klein geworden. Er vermied es daher, länger als nötig mit seinen Blicken an ihren Rundungen hängen zu bleiben, um ihr nicht das falsche Gefühl zu geben, sie würde mit ihrem Outfit in irgendeiner Form bei ihm ankommen.

Stefanie Schappert legte Litzka den Umschlag neben die schon fast leere Coca-Cola-Flasche auf den Schreibtisch, wo der Wind seines Tischventilators sofort drohte, das Papier hinwegzuwehen.

Er schaute auf die Uhrzeit, die unten rechts auf seinem Computerbildschirm eingeblendet war; (alle Uhren an den Wänden des Verlagsgebäudes zeigten unterschiedliche Zeiten an, weshalb Redaktionskonferenzen nie pünktlich beginnen konnten.) Es war kurz nach neun. »Jetzt schon?«, fragte er mit Blick auf den Umschlag. »Die Post kommt doch sonst erst gegen Mittag.«

»Ist abgegeben worden. Unten an der Pforte.«

»Hmm«, sagte Litzka und betastete den Umschlag, der handschriftlich mit Kugelschreiber adressiert war und keinen Absender trug.

»Du kennst die Vorschriften, wie wir mit verdächtigen Briefen umzugehen haben«, besserwisserte die junge Kollegin, deren Auftreten nicht nur Litzka immer wieder als etwas zu selbstbewusst und altklug erschien. Natürlich kannte er die Vorschrift, die im ganzen Verlag seit zehn Jahren galt und auf vergilbtem Papier an jedem Schwarzen Brett im Haus nachzulesen war. Damals war bei einem Münchner Fernsehsender eine an eine Moderatorin adressierte Briefbombe explodiert und hatte deren Assistentin verletzt. Seitdem hatte auch die *ATZ* ihre Mitarbeiter dazu verpflichtet, verdächtige Sendungen sofort der Polizei zu melden und keinesfalls eigenhändig zu öffnen. Allerdings hatte es in den zehn Jahren nie einen Anlass gegeben, diese Regelung anzuwenden.

»Was ist hieran verdächtig?«, meinte Litzka, der wegen seines Redaktionskürzels *flitz* seit Jahr und Tag in der Redaktion Flitzer genannt wurde, was er bei seinem Beruf als rasender Reporter durchaus als Ehrung empfand. »Da steht kein Absender drauf. Na und? Solche Briefe sind täglich in der Post. Es hat eben nicht jeder einen Absenderstempel daheim.«

Sie warf ihm einen vernichtenden Blick zu. Er war mal wieder froh, dass er nicht ihr Volontariatszeugnis zu schreiben hatte. Er betastete den Umschlag, hielt ihn vor das Licht seiner Halogen-Schreibtischlampe und stellte fest, dass der eindeutig nichts anderes enthielt als ein vermutlich harmloses Blatt Papier. »Wahrscheinlich einer dieser unsäglichen Leserbriefe mit rechtsradikalen Parolen«, murmelte er.

Doch die Volontärin war schon wieder an ihren eigenen Schreibtisch am anderen Ende des Großraumbüros verschwunden.

Vermutlich will sie sich vor der bevorstehenden Explosion in Sicherheit bringen, dachte er schmunzelnd. Da auf seinem Schreibtisch mal wieder kreatives Chaos herrschte und er keinen Brieföffner griffbereit hatte, nahm er eine Papierschere und riss den Umschlag auf. Heraus kam ein weißes Blatt ohne Briefkopf. Formlos bedruckt mit der leicht verwischten schwarzen Schrift eines Tintenstrahldruckers. Times New Roman, zwölf Punkt, sagte ihm sein typografisch geübtes Auge. Es waren nur vier Zeilen. Doch der Inhalt war tatsächlich hochexplosiv.

* * *

Hauptkommissar Jürgen Sonne schloss den Aktendeckel. Es war auch nach fast sieben Jahren bei der Münchner Mordkommission jedes Mal aufs Neue ein triumphierendes Gefühl, wenn er einen Mordfall abschließen, in der Kriminalstatistik unter der Rubrik »Aufgeklärt« verbuchen und zur fast hundertprozentigen Aufklärungsquote des Dezernats beitragen konnte. Dies waren die Momente, in denen er die vielen Selbstzweifel vergaß und das Gefühl hatte, in einer Welt voller Mord und Totschlag für ein kleines Stück Gerechtigkeit gesorgt zu haben. Für die Aufklärung dieses Falles hatte seine MK4, die Mordkommission vier, die er seit anderthalb Jahren leitete, nicht einmal zwei Wochen gebraucht. Ein Obdachloser war im Stachus-Untergeschoss mit einer Schnapsflasche erschlagen worden – für eine Beute von fünfzehn Euro. Die Obduktion hatte zwar ergeben, dass die eigentliche Todesursache ein Hitzschlag in Verbindung mit einem Vollrausch gewesen war. Doch das konnte der Täter nicht wissen, der sich mit der Beute vermutlich die nächste Fusel-Ration finanziert hatte. Sonne und seine drei Kollegen von der MK4 – eine fünfte Planstelle existierte seit Jahren nur auf dem Papier und war nicht mehr besetzt worden, als ein Kollege pensioniert wurde – hatten tagelang in der brütenden Hitze im Obdachlosenmilieu ermittelt und zahllose Befragungen durchgeführt. Sonne bildete sich immer noch ein, dass im Vernehmungszimmer des Dezernats 11 eine Schnapsfahne zu riechen sei.

Er trank die Tasse Kaffee aus, die auf seinem Schreibtisch stand. Dann schälte er sich – wie jeden Tag um halb zehn – einen grünen Apfel. Sein oft turbulenter Tagesablauf brauchte gewisse Fixpunkte, die für ihn fast zu Ritualen geworden waren.

Sein Blick hing am Turm des Liebfrauendoms, den er von seinem Büro im Neubautrakt des Polizeipräsidiums in der Ettstraße aus sehen konnte, als Sherlock mit einem kurzen Anklopfen sein Büro betrat.

»Servus Sonne«, sagte der blonde Däne mit Münchner Zungenschlag, der eigentlich Gunnar Holmsen hieß, aber seit seinem ersten Tag im Morddezernat von allen nur Sherlock Holmsen genannt wurde. Er winkte mit einer grünen Akte. »Das hat mir Steini in die Hand gedrückt.« Nur in dessen Abwesenheit nannte er Kriminaloberrat Horst Steinmayr so. Denn allen Mitarbeitern war bekannt, dass der Leiter des Dezernats für Tötungsdelikte diese Koseform wirklich nicht gerne hörte.

»Sieht aus nach einem Rätsel aus der Rubrik ›Aktenzeichen XY ungelöst‹«, sagte Sonne und nahm Sherlock die Akte aus der Hand.

»Du sagst es. Der passende Fall zur Jahreszeit.«

Sonne öffnete den grünen Aktendeckel und sah das Porträtfoto einer sehr hübschen knapp zwanzigjährigen Frau. Auf dem Kopf trug sie einen Stoffhut in der Form eines Bierkruges. Sie lachte fröhlich in die Kamera. Es handelte sich um einen Bildausschnitt, und es war zu erkennen, dass auf dem ursprünglichen Foto noch zwei Menschen rechts und links von ihr gestanden hatten. Sie hatten sich alle in ausgelassener Stimmung gegenseitig die Arme über die Schulter gelegt.

»Erinnerst du dich an den Wiesn-Mord?«, wollte Sherlock wissen und bestätigte Sonne in seiner Vermutung, dass die nette Frau derzeit nicht mehr lächelte. Er blätterte um. Wie ein Schlag in die Magengrube traf ihn das Tatortfoto. Die Augen des Opfers waren im Schrecken des Todes weit aufgerissen. Flüchtig las er die Tatortangaben. Fundort: Isar-Auen am Fuß der Brücke zwischen Tierpark und Flaucher. Sonne kannte die Stelle, wo im Sommer oft bis spät in die Nacht hinein gegrillt wurde und wo sich tagsüber zahlreiche Sonnenanbeter bräunten. Fundzeit: 30. September 1996, 7.19 Uhr. Name des Opfers: Kischel, Marianne. Geboren am 8. August 1976. Sie war gerade zwanzig geworden, bevor sie jemand so zugerichtet hatte. Sonne sah auf dem Foto die blauen Würgemale an ihrem Hals.

Er war erschüttert. »Nein, damals habe ich noch in Köln Dealer eingelocht«, beantwortete Sonne die Frage seines Kollegen. »Aber wieso spricht man vom Wiesn-Mord? Der Flaucher ist nicht die Theresienwiese.«

»Blätter mal um. Marianne Kischel war Bedienung auf dem Oktoberfest. Und die Leser der *ATZ* hatten sie kurz zuvor zum Wiesn-Madl des Jahres gewählt. Sie hatte am Abend zuvor noch auf der Wiesn gekellnert.«

Sonne sah einen Zeitungsartikel, der fein säuberlich mit Tesastreifen auf einem DIN A4-Blatt aufgeklebt war.

»Der Fall hat damals für großes Aufsehen gesorgt. Ich war zwar auch noch nicht hier bei der Kripo, kann mich aber trotzdem an die Zeitungsberichte erinnern«, sagte Holmsen.

»Ein Sexualmord?«

»Möglich. Aber das ist nie endgültig bewiesen worden. Fest steht nur: Wenn der Täter die Frau vergewaltigen wollte, dann hat sie sich so heftig gewehrt, dass es ihm nicht gelungen ist.« Nach einem Moment fügte er hinzu: »Dafür hat er sie vermutlich im Kampf erwürgt. Der Täter ist nie gefasst worden.«

»Das weißt du jetzt aber nicht alles aus den Zeitungsberichten von früher, oder?«

»Nein, nein. Ich war so frei und habe bereits einen Blick in die Akte geworfen. Steini ist schon ein Witzbold, uns den Fall ausgerechnet jetzt zur Wiesn-Zeit wieder vorzulegen.«

»Wenn wir den Mord pünktlich zum Oktoberfest aufklären, wäre das doch ein gutes Timing. Martin Brandt in der Pressestelle würde das sicher gefallen. Gab es verwertbare DNA-Spuren?«

»Steht ganz am Schluss der Akte. Man hat unter den Fingernägeln der Toten Hautpartikel gefunden, aus denen ein DNA-Muster erstellt wurde. Allerdings hat der Datenbankabgleich damals keine Treffer ergeben.«

»Das heißt also«, murmelte Sonne, »der Täter ist weder vor noch nach dem Mord einschlägig auffällig geworden.«

»Wie wär's mit einem Massengentest«, schlug Holmsen feixend vor. »Wir bestellen einfach alle Wiesn-Besucher von 1996 zur Speichelprobe vor.«

Sonne verzog den Mund zu einem bösen Grinsen: »Der größte Massengentest aller Zeiten. Mit sieben Millionen Verdächtigen. Wenn's weiter nichts ist.« Sein Blick fiel wieder auf das Foto der Ermordeten. Er stellte sich einen besoffenen, stinkenden Wiesn-Besucher vor, der im Vollrausch über die zierliche Frau herfällt, um sie zu vergewaltigen. Angewidert sagte er mehr zu sich selbst: »Wir müssen dieses Schwein kriegen.«

* * *

Eine gute halbe Stunde später hatte sich die Redaktion im Konferenzraum versammelt. Viele Stühle blieben wegen der Ferienzeit leer, im schwarzen Ledersessel am Kopfende des Besprechungstisches saß wie immer Chefredakteur Wolfgang Lohmann, der – ebenfalls wie immer – ohne ein Wort der Begrüßung mit der Blattkritik begann und dabei diesmal für seine Verhältnisse recht positive Worte für den Aufmacher über die angebliche Schoberl-Affäre fand.

Litzka hatte den anonymen Brief mit der bedruckten Seite nach unten vor sich liegen. Immer noch war er sich unsicher, ob er ihn überhaupt erwähnen solle. Denn entweder handelte es sich ja um einen üblen Scherz oder um *die* Hammer-Story, die mit einem Schlag das Sommerloch vergessen machen würde.

»Dafür, dass es immer noch keinen Beweis dafür gibt, dass dieser fromme Brauerei-Heini da eine heiße Nummer am laufen hat, ist die Story passabel geschrieben. Aber es wird Zeit, die Sache endlich mal hart zu kriegen.« Wie allen bekannt war, hatte das große Konkurrenzblatt eine fünfstellige Summe für den Informanten geboten, der den ersten handfesten Beweis dafür lieferte, dass der Besitzer der traditionsreichen Klosterbräu-Brauerei, Kilian Schoberl, es mit der ehelichen Treue nicht so genau nahm. Das wäre im Grunde kein Skandal gewesen, wenn Schoberl nicht auch noch ehrenamtlicher Vorsitzender des Kolpingwerk-Diözesanverbands gewesen wäre und damit im ganzen Freistaat als der oberbayerische Vorzeige-Katholik gegolten hätte.

»Es wäre doch schön«, fuhr Lohmann fort, »wenn wir der Konkurrenz mit den vier Buchstaben ein Schnippchen schlagen und die Schoberl-Story als Erste hart machen könnten.«

Alle nickten behutsam, denn Lohmann war ein Chef, der sich in Konferenzen nur ungern mit Gegenmeinungen auseinandersetzte. Den Namen der *Bild*-Zeitung nahm er grundsätzlich nie in den Mund.

»Wir müssen aber auch darauf achten, dass wir nicht irgendwann eine Verleumdungsklage am Hals haben«, warnte Peter Hilfringhaus, der Politikchef. »Wenn sich die ganze Affäre als Luftnummer entpuppt, geht der Schuss gewaltig nach hinten los.«

»Erstens sind wir ein Boulevardblatt und nicht die Tagesschau«, erwiderte Lohmann akzentuierend, während er an seiner Pfeife herumfingerte, »zweitens ist das ein Aufregerthema, über das die Leute reden. Egal, ob was dran ist oder nicht. Und drittens gibt es kein Alternativthema. Wir können ja schließlich nicht wochenlang Geschichten über die Rekordhitze oder die neue Geisterbahn auf dem Oktoberfest bringen.« Dann brummelte er: »Oder hat irgendjemand hier vielleicht eine andere Schlagzeile für morgen?«

Alle blickten betreten auf die Tischplatte, in der Hoffnung, nicht angesprochen zu werden.

Litzka dachte eine Sekunde nach, dann wagte er einen Vorstoß. »Also, ich hätte da vielleicht was. Ich habe heute einen anonymen Brief ...«

»Flitzer, du weißt genau, dass wir keine anonymen Leserbriefe drucken«, fiel ihm Lohmann ins Wort. Obwohl Litzka inzwischen neunundzwanzig Jahre alt war und damit seit seinem ersten Schulpraktikum bei der *ATZ* zwölf Jahre vergangen waren, blieb Lohmann immer noch beim Du. Litzka hatte schon oft überlegt, dass er ihn eigentlich mal zurückduzen müsse.

»Lassen Sie mich doch erst mal ausreden, Herr Lohmann«, sagte er in einem Anflug von Übermut. »Ich gebe zu: Ich kann nicht ausschließen, dass das hier ein übler Scherz ist. Wenn aber nicht, dann geht heuer auf dem Oktoberfest eine

Bombe hoch. Und das ist jetzt nicht im übertragenen Sinne gemeint.«

»Wie bitte?«, fragte Lohmann. »Was soll das heißen?«

Auch die anderen blickten ihn neugierig an.

Litzka schob seine kleine, randlose Brille zurecht. »Ich lese vor: *Dies ist kein Spaß. Auf dem Oktoberfest ist ein Anschlag geplant. Die Bombe soll am 26. September explodieren. Es wird viele Tote und Verletzte geben. Ich wiederhole: Das ist kein Spaß.* Anstelle einer Unterschrift steht hier: ›*Bitte haben Sie Verständnis dafür, dass ich meinen Namen nicht nennen kann.*«

Zunächst waren alle Redaktionsmitglieder sichtlich geschockt über das, was Litzka ihnen vorgelesen hatte.

Lohmann fand als Erster die Sprache wieder: »Ist heute der 1. April oder soll das ein verspäteter Faschingsscherz sein?«

»Also, nach einer Drohung von Osama Bin Laden sieht das nicht aus«, blödelte Hilfringhaus, und Litzka kicherte unhörbar.

»Wir sollten auf jeden Fall die Polizei einschalten«, schlug Stella Schulze-Wagenknecht, die Kulturchefin, vor.

»Damit die dann eine Pressemitteilung rausgibt und alle anderen die Story auch haben?«, konterte Litzka.

»Aber wir können doch nicht aufgrund eines anonymen Briefes die ganze Stadt und Millionen Wiesn-Besucher in Panik versetzen«, gab Otmar Altmeier zu bedenken, der für Wirtschaft verantwortlich zeichnete.

»Altmeier hat Recht«, sprach Lohmann. »Unsere journalistische Verantwortung gebietet es, diese Drohung – und um nichts anderes handelt es sich hier ...«

»Das klingt weniger nach einer Drohung als nach einer Warnung«, warf Litzka dazwischen.

»... diese Drohung nicht voreilig und ungeprüft zu veröffentlichen.«

»Ungeprüft?«, Litzka schüttelte den Kopf. »Wie wollen Sie das denn bitteschön überprüfen? Wollen Sie eine Umfrage bei allen Terroristen und Bombenlegern starten?« Er bemerkte, dass er seinen Ton vielleicht eine Nuance zu forsch gewählt hatte.

Doch Lohmann reagierte mit Ignoranz und fuhr fort: »Bevor auch nur eine Zeile aus diesem Brief in unser Blatt wandert, müssen wir den Oberbürgermeister informieren. Ich werde das persönlich in die Wege leiten.« Es war kein Geheimnis, dass Lohmann und Oberbürgermeister Heinz Körber langjährige Schafkopffreunde waren. Als Körber vor einem Jahr noch als SPD-Spitzenkandidat bayerischer Ministerpräsident werden wollte, hatte Lohmann ihn mit allen nur denkbaren und undenkbaren publizistischen Mitteln unterstützt – natürlich vergeblich im tiefschwarzen Freistaat. Nach der unvermeidlichen Niederlage bei der Landtagswahl war Körber dann jedoch mit großer Mehrheit zum Nachfolger des populären und beliebten Münchner OB gewählt worden. Litzka fragte sich insgeheim, wie die Berichterstattung der *ATZ* aussähe, wenn nicht Schoberl, sondern Körber eine Sex-Affäre nachgesagt würde. Na ja, er dachte nicht länger darüber nach.

»Mir fällt da etwas auf«, meldete sich die Volontärin Stefanie Schappert zu Wort. »Der 26. September ist der Jahrestag des Bombenanschlags auf das Oktoberfest. Das ist heuer genau fünfundzwanzig Jahre her.«

Natürlich! Warum war ihm das nicht selbst sofort aufgefallen. Litzka erinnerte sich nur ganz schwach an das schreckliche Ereignis. Er ging damals in Milbertshofen in den Kindergarten des Autokonzerns BMW, bei dem sein Vater am Fließband stand. Die grausigen Szenen von der Oktoberfestbombe waren die ersten Fernsehbilder, an die er sich noch bewusst erinnern konnte. Oft hatte er den Gedenkstein am Haupteingang des Oktoberfestgeländes gesehen. Mehrmals hatte er auch schon über die jährliche Gedenkfeier auf der Theresienwiese berichtet.

»Wir könnten aber auf jeden Fall eine umfassende Serie über den Jahrestag des Anschlages starten«, schlug Litzka vor. Seine Idee stieß bei allen auf positive Resonanz. »Man könnte mit Zeitzeugen reden, Terrorexperten, Interview mit dem Innenminister und so weiter ...«

»Sehr gut, Flitzer«, lobte Lohmann. »Du nimmst die Sache in die Hand. Aber unser Top-Thema bleibt auf jeden Fall die Sex-Affäre um Schoberl.«

Litzka las noch einmal den Brief. Bis zum angekündigten Anschlag waren es noch einundzwanzig Tage.

2. Kapitel

Kai Walbrecht öffnete eine Dose Klosterbräu-Bier in seiner Anderthalb-Zimmer-Wohnung im Karl-Marx-Ring in Neuperlach. Sein Gesicht war rot angelaufen, und er schwitzte. Die Hitze machte ihm zu schaffen, die vielen Treppenstufen bis zu seiner Bude im vierten Stock ebenfalls. Das Haus im Plattenbaustil machte seiner Adresse alle Ehre. Hätte er es sich aussuchen können, wäre er nie in diese Straße in der Münchner »Ostzone« gezogen. Doch nach seiner Lehre als Chemielaborant und einem Fließbandjob in der Halbleiterproduktion bei Siemens war er vor einigen Jahren arbeitslos geworden, sodass eine Wohnung in Schwabing oder Bogenhausen wohl für immer ein unerfüllbarer Traum bleiben würde. Ausgerechnet Karl Marx. Dass es in einer bayerischen Stadt überhaupt eine solche Straße gab, war schon unfassbar. Ein Prachtboulevard war der Karl-Marx-Ring nicht gerade. Es gab hier keine Opernhäuser, Boutiquen oder Luxus-Hotels. Dafür ein Wohnheim für Menschen mit Persönlichkeitsstörungen, eine Kindertagesstätte, ein Billig-Hotel, ein Qigong-Zentrum und ein Heizwerk der Stadtwerke. Es gab auch einen Friedrich-Engels-Bogen, eine Bert-Brecht-Allee und eine Tucholskystraße in Perlach. Kai vermutete, dass auch Gerhart Hauptmann, Annette Kolb und Oskar Maria Graf, nach denen Straßen in der Gegend benannt waren, irgendwelche linke Helden waren. Kurt Eisner, das wusste er, war mal nach dem 1. Weltkrieg Chef der Sozialisten in Bayern gewesen. Und Jude. Auch seinen Namen trug hier eine Straße.

Vor ihm lag der Inhalt seines Briefkastens. Ein Schreiben von der Bundesagentur für Arbeit, eine Ankündigung des

Heizungsablesers und eine Rechnung der Autowerkstatt für das Auswechseln eines Ersatzteils, von dessen Existenz er bislang nichts gewusst hatte. Zweihundertfünfig Euro, das war ein Zehntel dessen, was er für den Kadett mal bezahlt hatte. Und das Geld, das ihm sein Onkel für diesen geliehen hatte, war bis heute nicht zurückgezahlt. Er steckte sich eine selbstgedrehte Zigarette an, nahm einen letzten großen Schluck aus seiner Bierdose und rülpste laut. Er musste auf niemanden Rücksicht nehmen, hatte noch nie mit jemandem zusammengelebt, geschweige denn eine Freundin gehabt, obwohl er schon dreißig Jahre alt war. In der Schule hatten sie ihn immer nur »Tonne« oder »Specklippe« genannt. Seine Mutter starb, als er zwölf war. Sein Vater wurde Alkoholiker. Das Jugendamt holte ihn daher aus der elterlichen Wohnung am Hasenbergl und steckte ihn in ein Internat, wo er den Realschulabschluss machte. Er war kein schlechter Schüler gewesen, aber ein Einzelgänger. Daran hatte sich in seinem Leben erst vor einigen Monaten etwas geändert.

Er ging zu seinem CD-Radio-Kassetten-Kombigerät, das in einem Billy-Regal von IKEA neben einem Stapel alter Hustler-Hefte stand, und legte eine CD von *Störkraft* ein. Das hörte man in der Szene, in der er sich erstmals so angenommen fühlte, wie er war.

Wut, Stolz in jedem Mann. Blut und Ehre für dein Vaterland ...

Kai Walbrecht ließ sich rücklings auf sein ungemachtes Futonbett fallen. Er hatte Kopfschmerzen. Das Wetter. Der Föhn. Sein Blick fiel auf die roten Ziffern des Radioweckers, der neben seinem Bett stand und seit Jahren auf Gong 96.3 eingestellt war.

Wir werden die Tränen unserer Ahnen rächen und werden vereint die letzte Flut entbrechen ...

13.44 Uhr. Noch Zeit genug, sich routinemäßig bei der Arbeitsagentur vorzustellen und sich dann rechtzeitig im Sendlinger Hof mit D.D. und den anderen zu treffen. Vorher würde er sich im McDonald's im PEP noch einen BigMäc ziehen. Früher hatte er oft Döner gegessen. Doch das war lange vorbei.

Überall seh ich Ausländermassen. Das kann nicht Deutschland sein. Nein!

* * *

»Kein Wort darf an die Öffentlichkeit gelangen!«

Heinz Körber war erst ein halbes Jahr im Amt des Münchner Stadtoberhauptes. Seine Aufregung vor seiner Oktoberfest-Premiere wäre auch ohne Bombendrohung groß genug gewesen. Schließlich schaute die ganze Welt alljährlich auf die Theresienwiese, wenn der Oberbürgermeister das erste Fass Wiesn-Bier anstach und mit dem traditionellen Ruf »O'zapft is« das größte Volksfest der Welt eröffnete. Sein Vorgänger hatte nach zehn Amtsjahren nie mehr als drei Schläge fürs O'zapfen gebraucht. Jeder Münchner Oberbürgermeister fürchtete nichts mehr als Fotos in der Weltpresse, auf denen er vollgespritzt mit einem Hammer in der Hand gegen Bierfontänen aus dem Fass ankämpfte. Doch jetzt wurde ihm Angst und Bange beim Gedanken daran, dass in seinem ersten Amtsjahr eine Katastrophe auf der Wiesn geschehen könne. Oder dass das Oktoberfest sogar aus Furcht vor einem Anschlag abgesagt würde. Er legte den Brief zur Seite, den Chefredakteur Lohmann ihm gefaxt und den er jetzt in der kleinen kurzfristig einberufenen Runde in seinem Amtszimmer im Rathaus am Marienplatz verlesen hatte. Angesichts der

Hitze hatten die Herren ihre Jacketts ausgezogen und über ihre Stuhllehnen gehängt.

»Wir müssen mit allen uns zur Verfügung stehenden Kräften für eine sichere Wiesn sorgen«, betonte Körber und zupfte dabei nervös an seinem schwarzen Vollbart. Die Krawatte hatte er etwas gelockert.

»Sicher, das werden wir«, sagte der Staatssekretär im Innenministerium, Rainer Heisinger. »Seit den Anschlägen vom 11. September haben wir jedes Jahr eine Hochsicherheitswiesn gehabt. Da wird auch heuer nichts passieren. Vierzehn Kameras haben wir installiert. Dagegen ist Big Brother ein Kindergarten. Und zusätzlich zu den uniformierten Kräften der Wiesn-Wache sind zahlreiche Beamte in Zivil unter den Festgästen. Wir sind mit dreihundert Mann vor Ort.«

»Hoffentlich verfälschen Sie damit nicht zu sehr die Besucherstatistik«, feixte Kriminaloberrat Steinmayr. Doch den anderen war offenbar nicht zum Scherzen zu Mute.

»Viel gefährlicher als ein anonymer Drohbrief wäre die Angst der Wiesn-Besucher«, gab die Chefin des Fremdenverkehrsamtes und Oktoberfest-Organisatorin, Margarete Schwarzkopf, zu Bedenken. »Wir rechnen mit bis zu sieben Millionen Besuchern, wenn das gute Wetter anhält. Viel mehr können wir nicht verkraften. Aber wenn es deutlich weniger werden, dann jammern die Wirte und Schausteller über Umsatzeinbußen.«

»Natürlich«, erwiderte Kilian Schoberl, der in seiner Funktion als Wirte-Sprecher an der Krisensitzung teilnahm, »schließlich haben wir die Umsätze auf der Wiesn in unsere Jahresprognosen bereits fest einkalkuliert«. Auf dem Tisch vor ihm lag eine Tabelle mit dem Bierausstoß der vergangenen Jahre. Zuletzt waren über sechs Millionen Liter Bier durch die Kehlen der Wiesn-Besucher aus aller Welt geflossen.

»Meine Herren«, warf Steinmayr dazwischen – mit Blick auf die Wiesn-Chefin fügte er noch »und meine verehrte Dame« hinzu –, »es geht hier nicht um Bier-Bilanzen und Brauerei-Umsätze. Es geht hier darum, ein Verbrechen zu verhindern und Menschenleben zu retten.«

»Natürlich haben Sie Recht«, schimpfte Schoberl. Der Vierundfünfzigjährige hatte schütteres, dunkles Haar und wie immer ein unnatürlich sonnenbankgebräuntes Gesicht. »Aber die Angestellten, die bei den Münchner Brauereien arbeiten und deren Existenz davon abhängt, dass wir Gewinne erwirtschaften, das sind auch Menschen, für die wir Verantwortung tragen, für die auch Sie Verantwortung tragen, Herr Oberbürgermeister! Und da dürfen wir doch nicht überreagieren, wenn ein dahergelaufener Irrer einen wirren Brief an ein Käseblatt schickt.«

»Beruhigen Sie sich, Herr Schoberl«, versuchte Körber den aufgebrachten Brauereichef zu besänftigen. »Wir wollen doch sachlich bleiben.«

Die Stimmung in Körbers Amtszimmer war hitzig geworden, nicht nur wegen der neunundzwanzig Grad im Schatten. Doch Schoberl redete sich weiter in Rage und wandte sich wieder an Körber: »Gerade Sie haben die OB-Wahl doch mit dem Versprechen einer unternehmerfreundlichen Politik gewonnen. Sie wollten den Standort München stärken und die Arbeitsplätze hier sichern. Oder habe ich das falsch in Erinnerung?«

Schoberl erinnerte sich richtig, und auch Körber wusste noch genau, welche internen Schwierigkeiten in der SPD ihm sein wirtschaftsfreundlicher Kurs bereitet hatte. Anbiederei an den politischen Gegner hatte man ihm vorgeworfen. Doch eine andere Chance, den OB-Sessel für seine Partei zu verteidigen, hatte er auf dem Höhepunkt der Konjunkturkrise nicht gesehen, nachdem sein Vorgänger überraschend als Verkehrsminister in die krisengeschüttelte rot-grüne Bundesregierung nach Berlin geholt worden war.

»Wie ernst ist diese angebliche Bedrohung überhaupt zu nehmen, Herr Steinmayr, Herr Heisinger?«, fragte Schwarzkopf, die wie immer im Dirndl erschienen war.

»Im Moment liegt uns der Brief ja nicht einmal im Original vor«, sagte Steinmayr. »Wir haben bereits eine Streife ins Pressehaus geschickt, das Schriftstück wird dann sofort im LKA unter die Lupe genommen.«

»Was sagt Ihr Bauchgefühl zu diesem Brief?«, fragte Körber.

Steinmayr, ein dunkelhaariger, kräftiger Mann mit Schnauzbart, dem man ansehen konnte, dass er graue Anzüge erst seit seiner Beförderung zum Dezernatsleiter trug, überlegte einen Moment. Dann sagte er: »Die Drohung ist sehr konkret. Jemand, der einfach nur Angst und Schrecken verbreiten wollte, würde sich nebulöser ausdrücken. Mein erster Eindruck ist schon, dass wir die Sache ernst nehmen sollten.« Als er die besorgten Blicke am Tisch sah, fügte er hinzu: »Das heißt aber nicht, dass wir in Panik verfallen müssen. Bis zum 26. September haben wir ja noch etwas Zeit.«

»Drei Wochen«, stellte Schwarzkopf fest.

»Bis dahin sollten wir herausgefunden haben, wer hinter diesem Brief steckt. Und wenn sich das Ganze als harmlos herausstellt, wird die Öffentlichkeit niemals davon erfahren«, meinte Steinmayr.

»Oh, da kennen Sie aber die Kollegen von der Klatschpresse schlecht«, hakte Körber ein. »Glauben Sie, die lassen sich diese Story aus der Hand nehmen? Wenigstens hat Chefredakteur Lohmann mir sein Wort gegeben, dass sein Blatt vorerst still hält.«

Körber war inzwischen so nervös geworden, dass es ihn nicht mehr auf seinem Stuhl hielt. Er ging an den Fenstern seines Arbeitszimmers auf und ab. Draußen konnte er die Touristenmassen sehen, die – mit Fotoapparaten und Videokameras im Anschlag – auf dem Marienplatz auf das berühmte Glockenspiel im Rathausturm warteten. Dann sprach er plötzlich den Gedanken aus, der vielleicht auch anderen Anwesenden durch den Kopf ging: »Das Beste wird sein: Wir sagen die Wiesn ab!«

Einen kurzen Augenblick lang herrschte Schweigen.

»Herr Körber, ich bitte Sie!«, empörte sich dann Schoberl.

Und Schwarzkopf sprang ihm bei: »Wir sollten hier keine überstürzten Entscheidungen treffen.«

Nun sagte auch der Staatssekretär wieder etwas: »Ich denke, und da spreche ich im Namen des Ministers, dass wir uns weder von Kriminellen noch von Verrückten in die Knie zwingen lassen sollten. Auch nach dem 11. September haben wir Stärke bewiesen, indem wir das Oktoberfest nicht abgesagt haben. Erinnern Sie sich? Und damit haben wir Recht behalten. Wir dürfen uns nicht erpressbar machen.«

»Wenn ich mich nicht täusche«, sagte Schwarzkopf, »ist der 26. September der Jahrestag des Wiesn-Attentats vor fünfundzwanzig Jahren. Könnte das eine Rolle spielen?«

»Damals war es ein rechtsextremer Einzeltäter«, antwortete Heisinger etwas zu schnell. »Ich glaube kaum, dass es da einen Zusammenhang gibt.«

»Natürlich werden wir bei unseren Ermittlungen auch diese Möglichkeit in Betracht ziehen«, beeilte sich Steinmayr zu versichern. »Ich gebe die Sache noch heute an die OFA weiter.« Und als er die fragenden Blicke der anderen sah, erläuterte er, dass die Abteilung für Operative Fallanalyse in seinem Dezernat, von den Medien auch gerne »Profiler«

genannt, sich den Brief genau vornehmen und versuchen würde, daraus ein Persönlichkeitsbild des Verfassers abzuleiten. Dann kündigte er an, eine Arbeitsgruppe zur Aufklärung der Drohung und zur Verhinderung eines Anschlags auf das Oktoberfest zu bilden.

Der Staatssekretär sicherte ihm dafür die volle Unterstützung des Ministeriums zu und verlangte einen täglichen Lagebericht für den Innenminister. Steinmayr blickte auf den Wandkalender, der hinter Körbers Schreibtisch hing. Noch einundzwanzig Tage.

* * *

Am nächsten Morgen saß Frank Litzka schon um acht Uhr, also eineinhalb Stunden vor dem offiziellen Dienstbeginn, an seinem Schreibtisch in der Redaktion. Am Vortag war er als Planungsredakteur komplett damit beschäftigt gewesen, Beiträge von freien Mitarbeitern zu halbwegs druckbaren Texten umzuarbeiten. Anstelle einer unausgegorenen Skandalgeschichte über Schoberl war am Abend noch ein verheerendes Unwetter zur Aufmacherstory geworden, das mit Sturm und Hagel erhebliche Schäden in der Stadt angerichtet hatte. Und es gab spektakuläre Fotos. Daher kam er erst an diesem Morgen dazu, über das Oktoberfest-Attentat vor fünfundzwanzig Jahren zu recherchieren. Schappi hatte ihm aus dem Archiv einige Artikel von damals zusammengesucht. Die Ausdrucke lagen vor ihm auf dem Tisch. Er war in eine fesselnde Reportage vertieft über eine Frau, die noch heute achtzehn Bombensplitter in ihrem Körper trug, und über einen Mann, der sich daran erinnerte, wie sein kleiner Sohn kurz nach der Explosion in seinen Armen starb. Hilfringhaus hatte den einfühlsamen Text anlässlich des zwanzigsten Jahrestages geschrieben, als er noch Lokalchef der *ATZ* war. Die Opfer, die in dem Bericht zitiert wurden, waren alle nur mit abgekürztem Namen genannt. Er würde Hilfringhaus fragen, ob er ihm Kontakt zu dem einen oder anderen Zeitzeugen vermitteln könne.

Eine Fanfare riss ihn aus seinen Gedanken. Mit diesem Sound zeigte ihm sein Computer an, dass er eine E-Mail empfangen hatte. Litzka hatte die Angewohnheit, nach dem Ertönen des Klangs sofort in sein Mail-Programm zu klicken. In den meisten Fällen handelte es sich entweder um unverlangte Werbung für garantiert echte Rolex-Uhren, Potenzpillen und Penisverlängerungen oder um Pressemitteilungen von Münchner Parteien und Verbänden. Doch jetzt schrieb ihm Carisa aus Washington.

Seine Freundin hieß eigentlich Carmen Isabell Mühlinghaus, nannte sich selbst aber schon seit ihrer Kindheit nur Carisa, eine Abkürzung ihrer beiden Vornamen. Als kleines Mädchen wollte sie unbedingt Opernsängerin werden und so berühmt wie Caruso. Kennen gelernt hatten sie sich auf der Uni. Im Studiengang Kommunikationswissenschaften hatten sie als das Traumpaar im Semester gegolten.

Während er sich nach dem Uni-Abschluss zunächst als freier Journalist durchschlagen musste, bevor er Volontär bei der *ATZ* wurde, startete Carisa gleich durch und fing bei der *Süddeutschen* an. Ein Jahr später durfte sie als Schwangerschaftsvertretung für eine Amerika-Korrespondentin nach Washington. Die einen führten diesen Karriere-Glanzstart auf ihre exzellenten Englischkenntnisse zurück, andere auf die Tatsache, dass ihr Vater Doktor Alexander Mühlinghaus Leitender Redakteur im Auslandsressort der *SZ* war.

Lieber Frank, begann Carisas Mail. Sie war eine der wenigen in Litzkas Freundeskreis, die ihn niemals »Flitzer«

nannten. *Ich hoffe, es geht dir gut. Ich habe hier viel zu tun.* Ausführlich beschrieb sie im Folgenden, welche Themen sie als große Seite-Drei-Reportagen in Arbeit hatte, darunter eine Story über die zahlreichen Oktoberfeste in Amerika, und dass sie in Kürze mit Rolf eine dreiwöchige Reportagereise entlang der Ostküste der Staaten startete. Rolf? War das nicht dieser Fotograf, den sie in letzter Zeit immer häufiger, wenn auch stets sehr beiläufig, erwähnte? Die Beiläufigkeit kam ihm eigentlich schon übertrieben vor. Wahrscheinlich war Rolf athletisch, charmant und attraktiv. Und wohlhabend und zärtlich. Litzka fragte sich, ob er so etwas wie Eifersucht in sich spürte. Obwohl er offiziell mit Carisa immer noch liiert war, lebte er in seinem Zwei-Zimmer-Appartement in Fürstenried faktisch ein Single-Dasein. Doch die Tatsache, dass er mit Carisa zusammen war, ließ ihn nicht darüber grübeln, dass er kaum Gelegenheiten hatte, Frauen außerhalb seines Jobs kennen zu lernen. Er stellte fest, dass er tatsächlich so etwas Ähnliches wie einen Anflug von Eifersucht auf diesen unbekannten Rolf fühlte. Er las weiter. Die größte Neuigkeit hatte sich Carisa – ganz im Gegensatz zum Nachrichtenstil eines Journalisten – bis ganz zum Schluss ihrer Mail aufgehoben: Die bisherige USA-Korrespondentin würde nach ihrem Mutterschaftsurlaub nicht mehr nach Washington zurückkehren, sondern Chefin in der Münchner Zentralredaktion Außenpolitik werden. Was er ja bereits im *Medium Magazin* gelesen hatte. Und nun hatte man Carisa einen weiteren Zwei-Jahres-Vertrag für das Washingtoner Büro angeboten. Sie habe sich noch nicht entschieden, schrieb sie weiter. Doch für Litzka war völlig klar, wie ihre Entscheidung ausfallen würde. Er schloss das Fenster mit der E-Mail und entschied, sie nicht gleich zu beantworten.

Erst jetzt sah er, dass er noch zwei weitere Mails in seiner In-Box hatte. Eine war vom Betriebsrat mit dem Hinweis, dass es aus Spargründen in diesem Jahr für jeden Mitarbeiter zum Oktoberfest nur noch eine Hendl- und eine Biermarke gab. Die andere war von Tanja Kollaritsch. Mit der Kollegin vom *Factum*-Magazin verband ihn schon ein guter Draht, als sie noch als Pressereferentin in der Staatskanzlei gearbeitet hatte. Ihre Mail bestand nur aus einer Zeile: *Hi Flitzer! Mal wieder Lust auf ein Bier im Ayinger? T.*

Diese Mail beantwortete er sofort.

* * *

»Du kannst die Akte über den Wiesn-Mord von 1996 erst mal wieder in den Schrank legen.«

Zum zweiten Mal innerhalb von vierundzwanzig Stunden war Hauptkommissar Jürgen Sonne in das Büro seines Chefs gerufen worden. Kriminaloberrat Horst Steinmayr ließ sich von seiner Goldi einen Kaffee mit viel Milch und Zucker bringen. Hannelore Goldbrunners Berufsbezeichnung lautete seit einigen Jahren eigentlich Teamassistentin. Doch sie beharrte auf dem inzwischen aus der Mode gekommenen Titel Sekretärin und konnte darin im Gegensatz zu vielen ihrer jüngeren Kolleginnen nichts Abwertendes erkennen. Für Sonne brachte sie einen Kaffee ohne alles. »Schwarz wie die Nacht« musste der für ihn immer sein. Sonne setzte sich auf einen der sieben Stühle an dem Besprechungstisch in Steinmayrs Büro. Der Dezernatsleiter blieb an seinem Schreibtisch sitzen.

»Jürgen, deine MK ist die einzige derzeit ohne aktuellen Mordfall.«

Sonne nickte stumm.

»Daher will ich dich und deine Leute mit einem Sonderauftrag betrauen. Es geht um diese dubiose Drohung gegen das Oktoberfest.«

»Litzka hat's mir erzählt«, sagte Sonne, da jeder wusste, dass er mit dem Lokalreporter eng befreundet war, seitdem sie sich bei den Ermittlungen um einen Mord an einem Krimi-Regisseur kennen gelernt hatten.

Steinmayr sah es nicht immer gern, dass Sonne zu einem Zeitungsreporter einen so kurzen Draht hatte, der an der Pressestelle vorbeiführte. Doch manchmal hatte dies die Ermittlungen auch auf unkomplizierte Weise beschleunigt. »Dachte ich mir fast«, seufzte er deshalb. »Dann kann ich mir die Details ja ersparen. Die hohen Herren sind alarmiert und höchst sensibilisiert.« Mit »hohen Herren« meinte Steinmayr meist den Polizeipräsidenten oder die Spitze des Innenministeriums. »Heisinger hat einen täglichen Bericht für den Minister angefordert. Und das war gestern.«

»Das bedeutet ...«

»... dass wir heute bereits einen Bericht vorlegen müssen.«

»Was haben wir bis jetzt? Den Brief?«, konstatierte Sonne.

Steinmayr reichte ihm das durch eine Klarsichthülle gesicherte Blatt Papier. »Wir haben bereits eine erste Analyse aus dem Labor. Der vollständige Bericht ist in dieser Mappe. Es gibt einige Fingerabdrucke, die jedoch alle von Litzka und seinen Kollegen stammen dürften. Das wird gerade gecheckt. Das Papier ist Standard-Massenware, wie sie in Millionen Kopiergeräten und Druckern liegt: DIN A4, 80 Gramm holzfrei.«

»Das grenzt den möglichen Täterkreis nur minimal ein.« Sonne lachte und nahm einen großen Schluck aus seiner Kaffeetasse, als wolle er das Koffein inhalieren. »Was können wir zu dem Drucker sagen?«

»Schwarz-Weiß-Tintenstrahldrucker, vermutlich ein älteres Gerät, wie es in den achtziger Jahren massenweise verkauft wurde. Wahrscheinlich ein HP Deskjet 500 mit ziemlich verschlissener Tintendüse.«

Sonne machte sich einige Notizen auf einem kleinen Zettel. »Und was ist mit Anschrift und Briefmarke?«

»Fehlanzeige. Der Brief wurde persönlich abgegeben. Ohne Adresse, mit selbstklebendem Verschluss. Also auch keine Speichelspuren für eine DNA-Analyse.« Steinmayr ließ ein weiteres Stück Würfelzucker in seinen Kaffee plumpsen und rührte um. Seitdem die neue Maschine, die jede Tasse einzeln aufbrühte und laut Reklame zu einem einzigartigen Genuss machte, ihren Geist aufgegeben hatte, durfte Goldi wieder täglich mehrere Kannen herkömmlichen Filterkaffee zubereiten.

»Aber wenn der Brief persönlich abgegeben wurde«, überlegte Sonne und stand von seinem Stuhl auf, »dann muss es doch jemanden im Verlagshaus geben, der uns eine genaue Personenbeschreibung liefern kann«.

»Richtig. Diese einzuholen wird dann wohl auch die erste Maßnahme deiner Arbeitsgruppe sein. Kommst du mit deinem Personal klar oder brauchst du Verstärkung?«

Die MK4 war seit Jahren – wie fast der gesamte Polizeiapparat – chronisch unterbesetzt. Außer Sonne gehörten ihr noch Kommissarin Natascha Steinberg, mit sechsundzwanzig Jahren die jüngste Beamtin im Kommissariat 111, Oberkommissar Gunnar »Sherlock« Holmsen sowie Hauptkommissar Alfred Winter an, der aufgrund einer bei der Verfolgung eines Verdächtigen erlittenen Schlüsselbeinverletzung aber häufiger krank geschrieben als dienstfähig war und sich zumeist um die trockene Schreibtischarbeit kümmerte.

»Ich denke, zunächst kommen wir klar«, zeigte sich Sonne zuversichtlich. »Bei Bedarf komme ich gerne auf dein Angebot zurück. Aber was mich noch interessiert, Horst: Glaubst du wirklich, dass einer die Wiesn hochgehen lassen will?«

Steinmayr zupfte an seinem Schnauzbart. »Ehrlich gesagt, halte ich es durchaus für möglich, dass sich das Ganze als Schmarrn herausstellt.« Nach einem kurzen Moment fügte er hinzu: »Aber wir können nicht riskieren, es darauf ankommen zu lassen. Jürgen, du bist mein bester Mann. Kann ich mich auf dich verlassen?«

»Absolut!«

Sonne genoss das Vertrauen seines Chefs, das zwischen ihnen auch schon während der fünfeinhalb Jahre geherrscht hatte, in denen sie gemeinsam in einer Mordkommission tätig waren. Steinmayr, der mit seinen einundvierzig Jahren nur sechs Jahre älter war als Sonne, hatte niemals den Chef raushängen lassen. Und auch heute als Dezernatsleiter nutzte er seine Autorität niemals für überflüssige Machtdemonstrationen aus. Daher war Steinmayr ein von all seinen Untergebenen respektierter und akzeptierter Chef.

»Du solltest auch Kontakt mit Wiedemann aufnehmen, dem Leiter der Wiesn-Wache. Und Matschinski vom K 115 wird sich bei dir melden, wenn seine Leute von der OFA ein erstes Profil des Briefeschreibers erstellt haben.«

»Alles klar«, sagte Sonne und erinnerte sich im gleichen Moment daran, dass er sich ja mal vorgenommen hatte, diese verbreitete Floskel nicht mehr so gedankenlos zu verwenden. Denn klar war in diesem Fall schließlich überhaupt nichts. Er trank seinen Kaffee aus und ging in sein Büro zurück. Es war Zeit für seinen grünen Apfel.

* * *

»Vielleicht solltest du doch mal über Essen auf Rädern nachdenken«, sagte Kai Walbrecht süffisant zu seinem Vater.

»Und du solltest vielleicht mal darüber nachdenken, dich regelmäßiger zu rasieren.«

Kai Walbrecht fragte sich oft, warum er sich das antat, seinem gehbehinderten Vater zuliebe jeden Mittag die fünfzehn Kilometer nach Sendling-Westpark zu fahren, um ihm das Essen zu bringen. Fünfzehn Kilometer hin, fünfzehn Kilometer zurück. Das kostete ihn manchmal eine Stunde. Ihr Verhältnis war seit Jahren mehr als distanziert. Schon seit dem Tod der Mutter war er auf einen dauerhaften Konfrontationskurs zu dem Witwer gegangen. Er wollte alles anders machen als dieser. Und jeder väterliche Ratschlag bewirkte automatisch, dass er genau das Gegenteil im Sinne hatte. Andererseits tat ihm sein Vater auch Leid. Er kam nur noch selten unter Leute, und sein bester Freund hieß Johnny Walker.

Außerdem habe ich als Arbeitsloser eh nichts Sinnvolleres zu tun, dachte Kai. Also fuhr er mit seinem alten Kadett Tag für Tag zur Caritas-Sozialstation und holte das Essen für den alten Herrn ab. Für Selbstabholer war das Ganze deutlich billiger, und die Walbrechts mussten fast alle auf jeden Cent achten. Bis auf Onkel Kilian. Der hatte es zu etwas gebracht. Und von dem war auch bei finanziellen Engpässen schon mal rasche Hilfe zu erwarten.

»Ich rasier mich, wenn es mir passt«, knurrte Kai, ohne den wahren Grund für seinen tatsächlich etwas ungepflegten Sieben-Tage-Bart zu nennen. Denn dies war billiger als teure Mittelchen aus der Apotheke gegen seine unreine Haut, an der er auch mit dreißig Jahren noch litt.

»Was gibt's denn heute?«, fragte der Alte.

»Riecht nach Gyros mit Zaziki. Türken-Fraß.«

Gisbert Walbrecht wurde wütend. »Ich will solche Ausdrücke in meinen vier Wänden nicht hören. Verstanden? Und außerdem kommt Gyros aus Griechenland.«

»Es reicht doch, wenn die ganzen Döner- und Spaghetti-Fresser uns die Arbeitsplätze wegnehmen. Da müssen wir uns nicht auch noch ihren Fraß reinziehen. Aber bitte. Du würdest ja wahrscheinlich sogar noch deine Sozialwohnung für einen Asylanten räumen und dafür unter der Brücke pennen. Stimmt's?«

»Mensch Junge.« Gisbert Walbrecht klang jetzt mehr traurig als wütend. »Solche Sprüche habe ich früher nie von dir gehört. Plapperst du denn nur nach, was du bei deinen neuen Freunden hörst? Du bist doch kein kleiner Bub mehr! Und dumm bist du auch nicht.«

»Das hat nichts mit meinen neuen Freunden zu tun«, erwiderte Kai trotzig. »Aber ich weiß, was es heißt, jeden Tag in der Kapuzinerstraße stempeln zu gehen, während die Alis und Mohammeds mit ihren Silberkettchen in dicken Schlitten durch Schwabing rasen. Das kotzt mich vielleicht an, weißt du das?«

»Kai, hör auf! Ich will nicht, dass du so redest. Wenn das deine Mutter ...«

»Jetzt komm mir nicht wieder mit dieser Leier«, fiel der Sohn seinem Vater ins Wort.

»Lass uns nicht streiten, Junge. Ich weiß ja, dass du alt genug bist und deinen eigenen Kopf hast ...«

»Eben. Also lassen wir das. Warum bist du überhaupt so fein rausgeputzt? Kriegst wohl Damenbesuch? Oder lässt du dir ein Mädchen von gegenüber kommen?«

Auf der anderen Straßenseite von Walbrechts Wohnung in der Hansastraße war ein schäbiges Bordell, dessen Neonbeleuchtung den Gehweg ab Einbruch der Dunkelheit in rote und blaue Farben tauchte. Erst jetzt war ihm aufgefallen, dass sein Vater sich offenbar die sonst immer fettigen Haare gewaschen hatte und statt eines ausgeleierten Jogging-Anzugs eine braune Stoffhose und ein beigefarbenes Oberhemd trug.

»Besuch ja, aber keine Frau«, sagte Gisbert Walbrecht. »Ein Reporter von der *ATZ* hat sich für heute Abend angesagt. Er will mit mir über damals reden.«

Es bedurfte keiner weiterer Erläuterung, was mit damals gemeint war.

»Warum will dieses linke Kampfblatt diese alte Geschichte wieder aufwühlen? Ist doch eh klar, was die wieder drüber schreiben wollen.«

Ob die *ATZ* wirklich ein linkes Kampfblatt war, konnte Kai nicht wissen. Denn er las so gut wie nie Zeitung. Aber er wusste, dass D.D. immer wieder über diese Zeitung schimpfte. Und das sicher nicht ohne Grund. »Du kriegst hoffentlich ein fettes Honorar dafür, dass du mit denen sprichst.«

Gisbert Walbrecht hatte sein in eine Styroporwanne eingeschweißtes Mittagessen – es handelte sich tatsächlich um Gyros mit Reis und Zaziki – ausgepackt und sich dazu ein Helles eingeschenkt.

»Na denn, lass es dir schmecken«, sagte Kai spöttisch. »Wir sehen uns morgen wieder.« Er verdrängte, dass der Geruch der Gyros-Pfanne ihm durchaus Appetit machte.

* * *

Mythos Föhn, tippte Litzka. Die einzeilige Überschrift über dem zweispaltigen Text musste kurz und prägnant sein. Er redigierte einen Bericht über das berühmt-berüchtigte Münchner Wetterphänomen, in den vergangenen Tagen recherchiert von Schappi – der sollte ins morgige Blatt. Doch Litzka war unzufrieden mit dem Text, so interessant und faktenreich dieser auch war. So erfuhr man zum Beispiel, dass es »echten Föhn« in München nur an durchschnittlich zehn Tagen im Jahr gab und dass die ihm vom Volksmund nachgesagte Verantwortung für Kopfschmerzen, Niedergeschlagenheit und Kreislaufstörungen wissenschaftlich und statistisch nicht nachweisbar war. Im Gegenteil: Die reine Föhn-Luft rege sogar die Vitamin-D-Bildung an und steigere die körperliche Leistungsfähigkeit.

»Schön und gut«, sagte Litzka zu der Volontärin, die ihm beim Redigieren über die Schulter schaute. »Aber der ganze zweite Teil ist viel zu kompliziert geschrieben. Wie in einem meteorologischen Fachaufsatz und nicht wie ein Zeitungstext.«

Stefanie Schappert schaute ihn fragend an. Und es ließ sich nicht vermeiden, dass er unter dem eng anliegenden, viel zu kleinen Top die Farbe ihres dunkelblauen BHs erkennen konnte.

Ob die sich beim Vorstellungsgespräch fürs Volontariat auch so angezogen hat?, fragte er sich. Denn er wusste, dass der Chefredakteur durchaus etwas für kleine Mädchen im Schlampen-Look übrig hatte.

»Wieso zu kompliziert?«, fragte Schappi. »Ich habe doch nur aufgeschrieben, was mir der Experte vom Wetteramt gesagt hat.«

»Genau so klingt es auch. Hör dir mal diesen Satz an: *Am Alpenhauptkamm saugen Düseneffekte, nachdem die Luftmasse mit einer geringen Tröpfchenzahl in der Gipfelwolke angekommen ist, die sehr trockene Luft aus großen Höhen nach unten, wodurch sich die Stauwolke auf der Windschattenseite schnell auflöst*. Das versteht doch kein Mensch!«

Schappi verdrehte genervt die Augen. Der Ventilator auf Litzkas Schreibtisch ließ den Saum ihres anderthalb Hand breit über den Knien endenden Rocks im Wind zappeln.

»Du hast noch zwei Stunden bis zum Andruck. Nimm dir den Text doch bitte noch mal selbstkritisch vor.«

Er wusste, wie sich die Volontärin jetzt fühlte. Denn er selbst hatte diese Situationen in seiner eigenen Ausbildungszeit immer gehasst. Doch mit Peter Hilfringhaus hatte er damals einen sehr fairen und kompetenten Volontärsvater gehabt. Es war für Litzka daher eine Ehre, inzwischen dessen Kollege zu sein. Er blickte auf die Uhr. Abgesehen von der Föhn-Geschichte, einem typischen Sommerloch-Thema, hatte er sein Tagwerk erledigt. Den ersten Recherchetermin für den Jahrestag des Wiesn-Anschlags hatte er erst für den Abend ausgemacht. Er leerte mit einem kräftigen Schluck die Anderthalb-Liter-Coke-Flasche und stellte die Unkaputtbare in den Kasten unter seinem Schreibtisch zurück. Ganz untypisch für Journalisten verabscheute er Kaffee und kippte dafür die koffeinhaltige braune Brause in Unmengen in sich hinein.

Schappi würde jetzt eine Weile brauchen, ihren Text umzuschreiben.

Daher schaute er in sein Mail-Programm, um vielleicht die Nachricht seiner Freundin Carisa zu beantworten. Doch dann fiel ihm wieder die Mail von Tanja ins Auge, und er erinnerte sich an seine Antwort. Ein Blick auf die Uhr: Sie könnte inzwischen daheim in ihrer Wohnung in Laim sein. Kurzentschlossen griff er zu seinem Telefon und tippte ihre Nummer ein, die er schon lange auswendig kannte.

Es tutete. Zweimal. Dreimal. Viermal.

»Beck bei Kollaritsch.«

Eine Schrecksekunde. Dann: »Sorry. Verwählt.« Litzka legte wieder auf. Das war eine Männerstimme. Ein Besucher würde doch nicht ans Telefon gehen und sich mit seinem Namen melden. Aber sie hatte keinen Freund – jedenfalls hatte sie ihm bislang nichts davon erzählt. Jetzt wurde ihm einiges klar. Sie wollte sich mit ihm auf ein Bier treffen, um ihm das Neueste aus ihrem Privatleben zu berichten: dass sie wieder liiert sei. Es wäre auch sehr verwunderlich gewesen, wenn eine so attraktive, junge und erfolgreiche Frau länger als zwei Jahre Single bliebe. Als ihr damaliger Freund, der *Morning-Man* von Radio 106.4, sie sitzen ließ, erzählte sie jedem, der es wissen wollte oder auch nicht, dass sie nie wieder etwas mit einem Kollegen aus der Medienbranche anfangen würde. Trotzdem hatte er bei ihren freundschaftlich-kollegialen Begegnungen immer das Gefühl gehabt, dass da unterschwellig auch ein Flirten ihrerseits mit im Spiel sei. Es prickelte manchmal richtig, ohne dass es zu mehr als einem freundschaftlichen Abschieds-Bussi kam. Oder hatte er sich das vielleicht nur eingebildet? Er hatte sich auch nie offensiv und ernsthaft um Tanja bemüht. Schließlich gab's ja Carisa. Aber warum hatte er jetzt ein Problem damit, ihren neuen Freund am Telefon zu haben? Litzka verstand sich selbst mal wieder nicht. Er beantwortete Carisas Mail und gratulierte ihr zum Job. Und er wünschte ihr eine schöne Reportagereise. Mit Rolf.

3. Kapitel

Hauptkommissar Jürgen Sonne parkte den roten Astra auf dem Besucherparkplatz des Pressehauses. Bis vor einigen Jahren war hier ganz in der Nähe in einem Plattenbaubüroklotz mitten im Bahnhofsviertel das Dezernat 11 untergebracht gewesen, bevor die Mordermittler in einen Neubautrakt im ehrwürdigen Polizeipräsidium an der Ettstraße umgezogen waren. Kommissar Gunnar Holmsen begleitete ihn, sie hatten die Hoffnung, vom Pförtner des Verlagsgebäudes eine brauchbare Beschreibung der Person zu bekommen, die den geheimnisvollen Brief abgegeben hatte.

»Schau mal, ich hätte mir den Pförtner anders vorgestellt«, sagte Holmsen, als sie sich der verglasten Kabine näherten.

»Stimmt, Sherlock, ich auch«, flüsterte Sonne und sagte dann laut, während er seine Dienstmarke vorzeigte: »Grüß Gott, Sonne, Kripo München. Das ist mein Kollege Holmsen.«

»Man hat mir Ihren Besuch bereits angekündigt«, erklärte eine junge blonde Frau mit Sommersprossen und Pippi-Langstrumpf-Zöpfen. »Ich habe gehört, ich bin eine wichtige Zeugin?« Kesser Augenaufschlag.

»Wenn Sie hier der Pförtner sind und Montag Vormittag Dienst hatten«, bestätigte Sonne.

»Ich bin sozusagen der Pförtner während der Sommerferien. Ich mache die Vertretung. Ich heiße Sonja.« Und auf den erwartungsvollen Blick der Kommissare fügte sie hinzu: »Sonja Koller. Wie Hitze-Koller.« Sie kicherte. »Aber Sie haben ja auch einen zur Jahreszeit passenden Namen.«

Sie ist keine zwanzig, dachte Sonne. Und an den Papieren, die sie vor sich liegen hatte, erkannte er, dass sie noch zur

Schule ging. Offensichtlich nutzte sie den Ferienjob dazu, sich auf irgendwelche Prüfungen vorzubereiten, vermutlich Chemie oder Physik, vielleicht Nachprüfung nach den Ferien.

»Kommen Sie doch rein«, sagte Sonja, und die Kommissare betraten die enge Pförtnerkabine, in der ein Tischventilator für angenehmen Wind sorgte. Sonne überlegte, was er wohl verdient hätte, wenn er vor diesem Sommer sein Urlaubsgeld in Aktien eines Tischventilator-Herstellers investiert hätte. »Einen Sitzplatz kann ich Ihnen leider nicht anbieten. Nur einen Kaffee.« Das Pressehaus machte äußerlich einen recht heruntergekommenen Eindruck, wie man ihn bei dem modernen Erscheinungsbild der Zeitung gar nicht erwartet hätte. Zu dem Kaffee sagte Sonne gerne ja, Holmsen verzichtete dankend.

»Es geht um die Person, die am Montag gegen neun Uhr einen Umschlag hier an der Pforte abgegeben hat. Können Sie sich daran erinnern?«, fragte Sonne.

»Klar doch. Sehr gut sogar«, antwortete Sonja. »Sie war jung, etwa in meinem Alter. Bisschen älter vielleicht, aber nicht viel.«

»Sie?«, fragte Sonne. Daran, dass der Brief von einer Frau stammen könnte, hatte er noch gar nicht gedacht.

»Ja. Schulterlanges blondes Haar, allerdings gefärbt. Man konnte den dunklen Haaransatz sehen. Und sie trug eine Sonnenbrille, was bei diesem Wetter nicht weiter auffällig war.«

»Wie war sie gekleidet?«, wollte Holmsen wissen.

»Weiße Jeans, ich glaube eine Levi's 557, Farbe steve-e brown. Starke Used-Optik. Und ein hellblaues T-Shirt mit Kurzarm und Blumenmuster, der Saum im Romantik-Style gewellt.« Offenbar bemerkte sie die verblüfften Gesichter von Sonne und Holmsen. »Sie müssen wissen: Während der

Schulzeit jobbe ich bei H&M. Da kriegt man einen Blick für so was.«

»Solche aufmerksamen Zeugenaussagen hätten wir gerne öfter«, freute sich Sonne und wollte fragen, was er unter Romantik-Style verstehen müsse. Doch dann beschloss er, sich nicht diese Blöße zu geben und später seine Kollegin Natascha zu fragen.

»Was ist Ihnen sonst noch aufgefallen?«, fragte Holmsen.

»Eine bunte Pop-Swatch am Handgelenk, aber da konnte ich kein genaues Modell erkennen.«

Holmsen notierte die Aussage.

Sonne fragte: »Wie hat die Frau auf Sie gewirkt? Nervös? Unruhig? Aufgeregt?«

»Nichts von alledem. Eher ganz normal. Allerdings hat die Sonnenbrille natürlich ihre Augen verdeckt.«

»Konnten Sie erkennen, ob sie mit dem Auto oder mit öffentlichen Verkehrsmitteln unterwegs war?«

»Ich glaube, sie hatte einen Schlüssel dabei. Ob's ein Autoschlüssel war, weiß ich nicht. Jedenfalls hatte sie keine Streifenkarte in der Hand.« Die Aushilfspförtnerin lächelte.

Sonne bat sie, am nächsten Vormittag auf dem Polizeipräsidium bei der Anfertigung eines Phantombildes zu helfen. Dann bat er sie nachzufragen, ob Herr Litzka in der Lokalredaktion zu sprechen sei.

»Herr Litzka ist da«, sagte sie nach einem kurzen Anruf. »Sie müssen quer über den Innenhof und dann mit dem Fahrstuhl ...«

»Danke, ich kenne den Weg«, sagte Sonne. Und zu Holmsen: »Fahr du schon mal ins Präsidium zurück und schreib das Protokoll. Ich komme später mit der U-Bahn. Vielleicht hat Flitzer ja Neuigkeiten.«

In der Redaktion herrschte hektisches Treiben wie in einem Bienenstock. Sonne ging durch das von Neonröhren erleuchtete Großraumbüro. Von innen war das Gebäude toprenoviert. Viel Glas und helle Möbel, Flatscreen-Monitore auf allen Schreibtischen, drahtlose Mäuse. Nach der viel beschworenen Medienkrise sah das hier nicht aus. Und überall hörte er das eifrige Tippen der Redakteure. Litzka saß an seinem Schreibtisch in der hinteren Ecke am Fenster.

»Wie isset, Flitzer?« Manchmal konnte Sonne seine rheinische Herkunft auch nach über sechs Jahren nicht verbergen. Er stammte aus einer spießigen Beamtenfamilie in Köln-Mülheim. Sein Vater war Steuerprüfer beim Finanzamt, seine Mutter Lehrerin. Beide hatten sich so sehr gewünscht, dass ihr einziger Sohn auch eine Beamtenlaufbahn einschlüge. Doch damit, dass er zur Kripo ging, Drogenfahnder beim Kölner Rauschgiftdezernat wurde, hatten sie nicht gerechnet. Nach München war er gewechselt, als seine Freundin Tina ihn verließ und seine Eltern kurz darauf bei einem Autounfall ums Leben kamen. In einer fremden Stadt wollte er ein neues Leben beginnen. Seine damaligen Kollegen hatten gespottet, er wolle als einsamer Wolf ein Leben in der Fremde beginnen. Litzka war einer der wenigen in München, die von seiner Vergangenheit wussten.

»Jot«, versuchte Litzka, den rheinischen Slang zu imitieren. »Warst du bei Sonja?«

»Genau. Sie hat eine absolut brauchbare Beschreibung geliefert. Allerdings nur der Klamotten. Über das Gesicht der Frau, die den Brief abgegeben hat, konnte sie nur wenig sagen. Wir probieren es trotzdem mit einem Phantombild.«

»Magst du einen Kaffee, Jürgen?«

»Lass mal. Danke.« Sonne wusste zu gut, dass Litzka als Nicht-Kaffee-Trinker nichts in die Kaffeekasse der Redaktion einzahlte und er daher für jede Tasse, die er Besuchern anbot, fünfzig Cent zahlen musste. »Hab schon einen von eurer Sonja bekommen. Wir haben übrigens eine Arbeitsgruppe gebildet, um diese Sache aufzuklären.«

»Eine Soko?«, fragte Litzka aufgeregt.

»Nein, keine Soko. Eine Arbeitsgruppe. Wir wollen erst mal rauskriegen, ob überhaupt etwas Ernsthaftes hinter diesem Brief steckt. Und an welchem Thema sitzt du?« Sonne deutete auf den Text auf Sonnes Monitor.

»Ich redigiere ein Feature von unserem Society-Scout. Er hat ...«

»Society-Scout?«

»Klingt besser als Klatschreporter, oder? Er ist seit Wochen hinter diesem frommen Brauereikönig Schoberl her. Lohmann will unbedingt, dass wir die Ersten sind, die ihm nachweisen, dass er seine Frau betrügt. Wir sollen die Bombe am besten noch vor dem Oktoberfest platzen lassen.« Litzka bemerkte offenbar seine angesichts der Umstände etwas makabre Wortwahl. »Ich meine: Wir sollen den Coup noch vor der Wiesn landen. Aber ich habe kein gutes Gefühl bei der Sache.«

»Solche Skrupel hast du früher nicht gehabt, oder? Wenn ich da an den Isarbullen denke ...« Sonne erinnerte sich an die Ermittlungen, als der Hauptdarsteller einer populären Krimireihe unter Verdacht geriet. Litzkas von Lohmann angetriebene Skandal-Berichterstattung hatte den Schauspieler beinahe in den Selbstmord getrieben. Erst danach entwickelte er sich zu einem gewissenhaften und fairen Journalisten, dem meistens die Gratwanderung zwischen Schlagzeile und Seriosität gelang – allerdings immer wieder gegen den Widerstand seines Vorgesetzten.

»Ich meine, dieser Schoberl ist kein Politiker oder so«, sagte Litzka und biss in einen Schokoriegel, der zur Hälfte aufgegessen neben seiner Computermaus lag. »Eigentlich geht es doch keinen was an, mit wem er ins Bett steigt, oder?«

»Würde ich auch so sehen«, meinte Sonne. »Aber dein Chef ist wohl anderer Meinung, stimmt's?«

Litzka seufzte leise, was Sonne als Bestätigung seiner Vermutung wertete.

»Ansonsten recherchiere ich über das Wiesn-Attentat vor fünfundzwanzig Jahren. Ich treffe nachher einen Augenzeugen. Eine arme Sau, die seitdem im Rollstuhl sitzt.«

»Eine Story für die Tränendrüse?«

»Mal schauen. Der Typ klang am Telefon aber nicht sehr weinerlich.«

Sie plauderten noch ein paar Minuten, dann merkte Sonne, dass Litzka etwas auf heißen Kohlen saß und wollte ihn nicht länger von der Arbeit abhalten.

* * *

»Sie gestatten, dass ich das Diktiergerät mitlaufen lasse?«, fragte Tanja Kollaritsch ihren Gesprächspartner.

»Das ist ja fast wie bei einem Polizeiverhör«, lachte Fürst Waldemar von Rosenberg. Die *Factum*-Reporterin und der Chef der Benedictus-Brauerei hatten sich im Biergarten am Chinesischen Turm einen schattigen Platz ausgesucht. Rosenberg hatte Wert darauf gelegt, dass sie sich für das Interview in einer Lokalität trafen, wo auch sein besonders würziges Benedictus-Bier ausgeschenkt wurde. Tanja kannte »Fürst Waldi«, wie ihn die Boulevardpresse nannte, bislang nur aus der Zeitung. Sie war gespannt auf den Mittfünfziger, der an der Spitze des Familienunternehmens aus Martinsried vor den Toren Münchens stand.

»Herr von ...« Sie überlegte, ob sie ihn mit »Fürst« ansprechen solle. Sie hatte gelesen, dass Adelstitel in Deutschland seit 1919 abgeschafft waren, aber als Teile des Namens weiter geführt werden konnten. »Herr ... Fürst von Rosenberg. Es freut mich sehr, dass Sie sich die Zeit für das Interview genommen haben.«

»Ganz meinerseits«, Rosenberg schmunzelte. »Ich freue mich, dass Sie sich für mein Anliegen interessieren. Wie Sie wissen, gebe ich meinen Kampf nicht auf.«

Tanja hatte sich mit Archivmaterial intensiv auf das Interview vorbereitet. Einen Fragenkatalog hatte sie dennoch nicht dabei. Sie bevorzugte es, dem Gespräch freien Lauf zu lassen und sich nicht selbst durch ein vorformuliertes Fragenkorsett einzuengen. Sie genoss es, nach ihrer knapp zweijährigen Zeit als Pressereferentin in der Staatskanzlei wieder als Journalistin zu arbeiten. Nach der Schwarzgeld-Affäre hatte sie den Job in der Pressestelle hingeschmissen und war zu dem renommierten Nachrichtenmagazin gewechselt.

Trotz des heißen Spätsommertages war der traditionelle Biergarten im Herzen des Englischen Gartens, der eine permanente Oktoberfeststimmung garantierte, nur spärlich besetzt, was wohl auf die Tageszeit mitten unter der Woche zurückzuführen war. Rosenberg war ein kleiner, übergewichtiger Mann mit herben Gesichtszügen und schwarzen Haaren und einem vernarbten Gesicht. Seinen Trachtenjanker hatte er neben sich auf die Sitzbank gelegt. Er griff zu der Maß, die vor ihm stand, und sagte: »Ein Prosit der Gemütlichkeit.«

Tanja nahm wortlos ihr Glas Apfelsaftschorle und trank daraus einen Schluck. »Ich lege Ihnen selbstverständlich meine Abschrift des Interviews zur Autorisierung vor.« Dadurch erhielt sie mehr Freiheiten, die Antworten ihres

Interviewpartners sprachlich zu glätten und zu kürzen. Allerdings ging sie auch das Risiko ein, dass ganze Passagen geändert oder gestrichen würden. Sie selbst hatte das in ihrem vorherigen Job bei der Autorisierung von Interviews mit dem Ministerpräsidenten ausgiebig praktiziert. Sie schaltete das Diktiergerät ein und wurde das Gefühl nicht los, dass Rosenberg pausenlos auf ihr Dekolleté starrte. Dann bemerkte sie, dass die obersten zwei Knöpfe ihrer weißen Bluse geöffnet waren. Sie behob das Versehen mit einem fast unauffälligen Handgriff. »Können wir anfangen?«

Rosenberg nickte.

»Es sind nur noch wenige Wochen bis zum Oktoberfest. Und wieder findet die Wiesn ohne Benedictus-Bier statt. Macht Sie das wütend?«

Sie staunte, dass sein Maßkrug schon zu einem Drittel geleert war.

* * *

Litzka drückte den Klingelknopf neben dem Schild »G. Walbrecht«. Es dauerte nur einen Augenblick, bis ein markerschütternder Summton die Haustür öffnete, die ebenso wie das vierstöckige Wohnhaus in der Hansastraße vor Jahrzehnten den letzten Anstrich gesehen haben musste. Dies war nicht die Gegend, die man in Touristenführern als typisch münchnerisch anpries. Auf den übrigen Namensschildern standen vorwiegend fremdländisch klingende Namen mit vielen Konsonanten, die zumeist auf »vic« endeten. Auch das Treppenhaus sah trist und grau aus. Kein Tageslicht, dafür ein muffiger Geruch. Einer handgeschriebenen Tabelle, die unter den Briefkästen hing, konnte er entnehmen, dass in dieser Woche die Familie Perkovic mit der

Treppenreinigung an der Reihe war. Er entschied sich für die Treppe und gegen den nicht sehr Vertrauen erweckenden Lift. Im zweiten Stock erwartete ihn ein freundlich ausschauender Mann im Rollstuhl mit braunen Stoffhose und einem zerknittertem Siebziger-Jahre-Hemd. Der etwa sechzigjährige Mann mit den schütteren, grauen Haaren streckte ihm bereits seine Hand entgegen, als Litzka noch eine halbe Treppe vor sich hatte.

»Grüß Gott, ich bin Frank Litzka. Wir haben telefoniert?«

»Walbrecht. Kommen Sie doch rein.« Der Kranke rollte zur Seite und machte für Litzka den Eingang frei. »Gerade durch und rechts.«

Die Wohnung war klein und roch nach alten Leuten, eine Mischung aus *Old Spice*-Aftershave und Zigarrenqualm. Litzka erinnerte der Geruch an die Wohnung seines vor drei Jahren gestorbenen Opas in Milbertshofen. Er nahm Platz an einem Küchentisch mit einer gelben Plastikdecke.

»Darf ich Ihnen einen Kaffee anbieten?«

Litzka lehnte dankend ab.

»Ein Bier?«

Litzka schüttelte wieder den Kopf.

»Ich nehm' eins, wenn Sie nichts dagegen haben.«

Während Walbrecht eine Flasche Klosterbräu mit einem Feuerzeug öffnete, holte Litzka aus der Innentasche seines zerknitterten blauen Sakkos einen kleinen Notizblock hervor und zückte einen Kugelschreiber.

»Ich habe Ihnen ja am Telefon schon angedeutet, worum es geht. Wir wollen zum Jahrestag des schrecklichen Attentats Zeitzeugen zu Wort kommen lassen ...«

Er machte eine bewusste Pause, um Walbrechts Reaktion abzuwarten. Er konnte ja nicht wissen, wie der alte Mann darauf reagieren würde, mit seinen grausamen Erinnerungen konfrontiert zu werden. Hatte er nach fünfundzwanzig Jahren alles verarbeitet oder litt er immer noch? Wie einfühlsam und vorsichtig mussten die Fragen sein?

»Ja?«, war die einzige, emotionslose Reaktion.

»Der Rollstuhl ... ich meine, ist das eine Folge des ...«

»Ja. Bombensplitter in beiden Beinen.« Er nahm einen großen Schluck aus der Bierflasche. »Es ist so lange her. Aber es ist trotzdem wie gestern.«

»Erzählen Sie doch Ihre Erinnerungen!«, bat Litzka.

Einen Moment schwieg dieser, als müsse er sich überwinden. Dann berichtete er in einem sachlichen, nüchternen Ton: »Es ging alles so schrecklich schnell. Ich hatte ein paar Bier getrunken. Ich hätte schon längst wieder daheim sein müssen, allein wegen des Kleinen ...«

Litzka machte ein fragendes Gesicht.

»Ich war mit meinem Buben unterwegs«, erläuterte Walbrecht. »Kai hätte tot sein können.« Tränen traten in seine Augen. »Wir können so froh sein, dass wir mit dem Leben davongekommen sind.«

Litzka wollte die wiederkehrende Erinnerung nicht durch Zwischenfragen stören. Er ließ seinen Interviewpartner einfach reden.

»Es war ein entsetzlich lauter Knall. Ich dachte, mein Kopf explodiert. Dann die Schmerzen in den Beinen. Und die Hitze, die Flammen. Und alle Menschen schrien. Und ich rief nur: ›Kai! Kai! Mein Bub.‹ Er lag ein paar Meter neben mir auf dem Boden und schrie. Er sah furchtbar aus, überall Blut, Blut, Blut.«

Als Walbrecht eine Weile schwieg, hakte Litzka nach: »Wie schwer wurde Ihr Sohn verletzt?«

»Er hatte durch den Sturz Prellungen und Schürfwunden erlitten. Sah schlimmer aus, als es war. Die kleine Wunde an seiner Hand hatte sich aber in der Hektik niemand genauer angesehen. Er hatte einen kleinen Bombensplitter in der linken Hand. Doch der hat eine Sehne durchtrennt. Die Ärzte mussten seinen Finger amputieren.«

»Das tut mir Leid«, versuchte Litzka, Anteilnahme zu zeigen.

»Schon gut. Wir können echt von Glück reden, dass es nur meine Beine und sein Finger waren. Wir hätten beide tot sein können.«

Litzka schrieb dieses wörtliche Zitat in seinen Block. Er beherrschte es perfekt, bei den Zeitungslesern Emotionen auszulösen. Dabei war es gar nicht notwendig, die Unwahrheit zu schreiben. Das richtige Foto mit der richtigen Überschrift reichte aus. Das hatte er in seinen Jahren als Boulevardreporter gelernt. Und oft formulierte er in Gedanken schon während des Interviews die Schlagzeile und einen prägnanten Einstieg in den Artikel, um im selben Moment über sich selbst zu erschrecken: Wie abgebrüht war er geworden!

»Wussten Sie damals sofort, dass es eine Bombe war?«

»Ich wusste gar nichts. Ich dachte an einen Unfall, eine Gasexplosion. Keine Ahnung. Ich wusste nur, dass etwas Verheerendes geschehen war. Es lagen zerfetzte Körper und abgerissene Arme und Beine auf dem Boden.«

Litzka wollte sich die Erinnerungen des Mannes nicht bildhaft vorstellen. Noch eine Weile ließ er die Schilderungen Revue passieren. Walbrecht kam immer wieder auf seinen Sohn zu sprechen.

»Was macht Ihr Sohn heute?«, ging Litzka darauf ein. »Und wie alt ist er?«

»Er ist jetzt dreißig. Und er macht nichts.«

»Nichts?« Litzka sah seinen Gesprächspartner verwundert an. »Wie meinen Sie das?«

»So, wie ich es sage: nichts halt. Er ist arbeitslos. Und nutzlos. Entschuldigen Sie, dass ich es so offen sage. Er ist ein Taugenichts. Lümmelt mit schäbigen Typen in schummrigen Kneipen.«

»Sie verstehen sich nicht gut?«

»So kann man es nennen. Er bringt mir das Essen jeden Mittag. Und er glaubt, dass er damit seine Pflichten gegenüber seinem Vater erfüllt hat.« Walbrecht war mit seinen Gedanken nach dem Ausflug in die schmerzhafte Vergangenheit wieder in der offenbar nicht weniger schmerzhaften Gegenwart angekommen. Litzka hatte das Gefühl, dass Walbrecht von zwei verschiedenen Menschen sprach: seinem kleinen, geliebten Sohn von damals und dem Nichtsnutz von heute. Ihm kam eine Idee.

»Glauben Sie, dass Ihr Sohn auch zu einem Interview bereit wäre?«

»Nein. Ich kann mir das nicht vorstellen. Er nennt Ihre Zeitung ›Linkes Kampfblatt‹.« Walbrecht unterdrückte ein Rülpsen, dann fügte er hinzu: »Aber Sie können es ja gerne mal probieren. Wollen Sie seine Nummer?«

Litzka war von der Idee fasziniert. Eine Geschichte über Vater und Sohn, die beide von der Wiesn-Bombe verletzt und fürs Leben gezeichnet wurden. Das waren Emotionen, das war lokaler Bezug! Das würde Lohmann sicher gefallen.

Walbrecht griff hinter sich und nahm aus einem Schubfach im Küchenschrank ein Blatt von einem Stapel Schmierpapier.

»Darf ich mal?«, fragte er und deutete dabei auf Litzkas Kugelschreiber. Dann notierte er auf dem Zettel eine Telefonnummer.

Litzka faltete das Papier und steckte es in seine Sakko-Tasche. Noch eine Weile unterhielten sie sich, und Litzka notierte interessante Details und Zitate in seinen Block. Dann vereinbarten sie, dass er noch einen Fotografen vorbeischicken werde, und er verabschiedete sich. »Ich finde allein raus«, sagte Litzka, »bemühen Sie sich nicht.«

Im Treppenhaus schlug ihm wieder der Mief entgegen. Die im gesamten Sommer aufgeheizte Luft schien sich in dem fensterlosen Gang zu stauen. Die Stufen waren inzwischen feucht, offenbar hatte jemand aus der Familie Perkovic gewischt. Während er die Stufen hinunterstieg, faltete er Walbrechts Zettel auseinander. Auf der einen Seite stand in einer wackeligen Handschrift die Telefonnummer des Sohnes, die Rückseite war offenbar der missglückte Ausdruck eines Leserbriefs an den *Merkur*. Er enthielt mehrere mit Kuli markierte Tippfehler, weshalb der Brief vermutlich noch einmal ausgedruckt worden war. Auch dieser Text war verschmiert, offenbar ausgedruckt mit einem Tintenstrahldrucker älteren Baujahrs. Walbrecht kritisierte in dem Leserbrief eine Rede von Innenminister Peter Kaserer, der sich für eine rasche Ausweisung krimineller, ausländischer Straftäter stark machte.

Litzka faltete das Papier wieder zusammen. Auf der untersten Treppe wäre er beinahe in den Putzeimer von Frau Perkovic getreten.

4. Kapitel

Im Besprechungsraum des Dezernats 11 war die Arbeitsgruppe unter Leitung von Hauptkommissar Jürgen Sonne zusammengekommen. Außer den Mitgliedern der MK4 saßen noch Dezernatsleiter Steinmayr, Hauke Matschinski von der Operativen Fallanalyse sowie Jörg Wrede von der Staatsschutzabteilung des Landeskriminalamtes an den hufeisenförmig aufgestellten Tischen. Zum Glück funktionierte die Klimaanlage, die im Hochsommer wegen eines Totalausfalls wochenlang jede Konferenz unerträglich gemacht hatte. Sonne fühlte sich durch die Sitzordnung an seine eigene Kölner Schulzeit erinnert. Wie damals in der Schule wurde auch hier heimlich getuschelt. Was hatte Sherlock nur wieder mit der hübschen Natascha zu flüstern? Immer wieder mal kam ihm der Verdacht, dass die beiden etwas Außerdienstliches am laufen hatten. Doch dann hoffte er insgeheim darauf, dass es sich nur um einen von Holmsens einseitigen Flirtversuchen handelte. Denn ein Pärchen in der Kommission war für ihn eine Horrorvorstellung. Gar nicht daran zu denken, dass seine Mitarbeiterin wegen einer Schwangerschaft jahrelang eine Planstelle blockieren würde. Er hatte im Kölner Drogendezernat einmal diese Situation gehabt, die dazu führte, dass der Beziehungsstress seiner Kollegen regelmäßig die Polizeiarbeit lahm legte. Aber solange Sherlock nur flirtete ...

Sonne räusperte sich demonstrativ, um sich Gehör zu verschaffen. »Liebe Kollegen, es ist selten, dass wir uns in einer Arbeitsgruppe zusammenfinden, ohne dass ein Mord geschehen ist. Wenn ich die Vorgabe von Kriminaloberrat Steinmayr richtig verstanden habe, dann hat unsere Arbeit sozusagen prophylaktischen Charakter.« Sein Blick wanderte kurz zu Steinmayr, der mit einem Kopfnicken seine Bestätigung signalisierte. »Der Fall ist Ihnen allen bekannt. Wir haben es mit einer Drohung gegen das Oktoberfest zu tun, und wir wissen noch nicht, wie ernst diese Drohung zu nehmen ist. Ich begrüße Herrn Matschinski vom K115, der uns hoffentlich schon ein grobes Täterprofil aufgrund des Schreibens erstellen kann. Bitte, Herr Matschinski.« Sonne lehnte sich in seinen Stuhl zurück.

Matschinski war ein ehrgeizig und etwas steif wirkender Beamter Ende zwanzig, der Sonne an ehemalige Mitschüler erinnerte, die im Abitur Mathematik und Physik belegt hatten und in jedem Fach Bestnoten erzielten, außer in Sport.

Matschinski ergriff das Wort. »Sehr geehrte Damen und Herren.« Sonne sah, wie Sherlock und Natascha schon nach dieser förmlichen Anrede innerlich zu kichern begannen. »Allein aus der Tatsache, dass der Brief mit einem Computer verfasst und nicht etwa aus ausgeschnittenen Zeitungsbuchstaben zusammengesetzt wurde, ist zu schließen, dass der Absender entweder einen Zugang zu einem PC hat, beispielsweise aufgrund einer in einem Büro ausgeübten beruflichen Tätigkeit, oder selbst eine EDV-Anlage in seinem Besitz hat. Die Formatierung des Textes mit Tabulatoren und unterschiedlichen ASCII-Schriftsätzen legt zudem nahe, dass der Verfasser mit der Handhabung moderner Textverarbeitungs-Software vertraut ist. Dass der Brief jedoch auf einem inzwischen fast als antiquiert zu betrachtenden Peripheriegerät mit Tintenstrahldrucktechnik ausgefertigt wurde, spricht eher dagegen, dass die Arbeit mit dem Computer im Fokus der beruflichen oder auch privaten Tätigkeit des Verfassers steht. Ich erspare mir hierzu die detaillierten Erörterungen, die Sie in meinem

Kurzgutachten nachlesen können, das ich Ihnen allen per E-Mail zukommen lasse.«

Sonne war dankbar, dass der Kollege seine Ausführungen in einer noch kürzeren Fassung zum Besten gab. Denn er war im Grunde nur an den Ergebnissen des Profilers interessiert. Der Weg zu diesen Ergebnissen interessierte ihn weniger, zumal die Arbeit der OFA-Abteilung Außenstehende oft mehr an Zauberei erinnerte als an moderne Polizeiarbeit. Dennoch war es immer wieder erstaunlich, wie die Kollegen aufgrund von vermeintlichen Nichtigkeiten Täterprofile erstellten, die sich im Nachhinein manchmal als hundert Prozent korrekt herausstellten, manchmal lagen sie mit ihren Profilen allerdings doch vollkommen daneben. Zum Beispiel im vergangenen Jahr, als es in Niederbayern eine Briefbombenserie gab. Die Profiler gingen von einem Täter im Rentenalter aus. Wie sich später herausstellte, handelte es sich um einen Halbwüchsigen.

Matschinski setzte seinen Vortrag fort: »Lassen Sie mich nun zu den Quintessenzen kommen, die ich aus dem Inhalt und der syntaktischen Analyse der wenigen Worte extrahiere. Der Text ist orthografisch und grammatikalisch fehlerfrei nach den Regeln der neuen Rechtschreibung geschrieben. Dies alles lässt mich zusammenfassend zu der Hypothese kommen, dass es sich bei dem Urheber um eine Person handelt, die jünger als vierzig Jahre, gebildet und technisch interessiert ist.«

»Männlein oder Weiblein?«, wollte Holmsen wissen.

»Darüber kann ich leider keine gesicherte Prognose wagen. Der Schreiber könnte durchaus auch weiblichen Geschlechts sein.«

Sonne bedankte sich für die Ausführungen und betrachtete das Phantombild, das aufgrund der Aussage der jungen

Pförtnerin angefertigt worden war. Wie erwartet hatte die Zeugin sich mehr an die Kleidung als an Einzelheiten des Gesichts erinnert. »Nun zu Ihnen, Herr Kommissar Wrede.« Wrede war ein anerkannt kompetenter Ermittler vom Staatsschutz, der wegen seines detaillierten Insiderwissens über die extremistische Szene sogar bei den Spitzen der Landes- und Bundesministerien als wertvoller Berater und Informant galt. Um jedoch herauszufinden, dass er seit seiner Scheidung vor fast zehn Jahren offensichtlich ein Alkoholproblem hatte, musste man kein Profiler sein. Sein Atem und seine stets überdurchschnittlich durchblutete Nase waren dafür mehr Beweis als Indiz. Sonne hatte gelegentlich allerdings vermutet, dass Wrede sich sein Alkoholiker-Image als Tarnung zugelegt habe. Denn Wrede punktete immer wieder dadurch, regelmäßig unterschätzt zu werden.

Wrede erhob sich von seinem Stuhl, und Sonne fragte sich, ob es sich bei der Flüssigkeit vor ihm in dem Glas wirklich um stilles Mineralwasser handele.

»Zunächst eine Frage an Sie, Herr Matschinski«, begann Wrede. »Haben Sie Erkenntnisse darüber, dass der Schreiber mit der rechten Szene kontaktieren könnte?«

»Negativ. Keine Hinweise«, antwortete der Profiler.

»Warum fragen Sie?«, wollte Sonne wissen.

»Also«, Wrede räusperte sich, »wie wir ja bereits festgestellt haben, steht das Datum des angekündigten Anschlags möglicherweise im Zusammenhang mit dem Wiesn-Attentat vor fünfundzwanzig Jahren. Und da hat es ja bekanntlich einen rechtsextremen Hintergrund gegeben. Darum hat mich Kriminaloberrat Steinmayr gebeten, Sie kurz über die rechte Szene in München in Kenntnis zu setzen. Ob es da einen Zusammenhang mit der Bedrohung gibt, will ich damit freilich nicht vorwegnehmen.«

Gespannte Blicke richteten sich auf den Neonazi-Experten, der zunächst auf den jüngsten Verfassungsschutzbericht verwies, wonach es im Raum München rund sechzig Neonazis und hundertachtzig gewaltbereite Skinheads gab.

»Nach den Festnahmen vor zwei Jahren formiert sich die Szene derzeit neu.« Wrede meinte damit den Schlag gegen eine Gruppe von Neonazis, die angeblich Bombenanschläge auf die Baustelle des neuen jüdischen Gemeindezentrums geplant hatte. »Die ersten verurteilten Helfershelfer sind inzwischen wieder auf freiem Fuß und haben sich wieder mit denen zusammengefunden, denen damals keine Tatbeteiligung nachgewiesen werden konnte. Und sie haben neue Sympathisanten gefunden. Wir haben Hinweise darauf, dass eine neue Kameradschaft gegründet wurde, die sich ›Münchner Aktionsbündnis‹ nennt.«

»Was heißt das: Sie haben Hinweise?«, fragte Natascha Steinberg.

Wrede zögerte mit der Antwort und sagte dann nur: »Sie müssen sich damit begnügen, dass wir Hinweise haben. Ich bitte um Ihr Verständnis.« Unzufriedene Gesichter in der Runde. »Dieses Aktionsbündnis gruppiert sich nach unseren Informationen um einen Anwalt namens Detlev Deggendorf, der einen kleinen Verlag für krankes, rechtes Gedankengut betreibt. Damit unterfüttert er publizistisch sein Bestreben, eine bayernweite Nationalpartei zu gründen. Von einem Großbayerischen Imperium wird in dieser Gruppe immer wieder schwadroniert. Ich stelle fest: Es ist in der Szene derzeit einiges im Umbruch. Man könnte es auch als Prozess der Neustrukturierung bezeichnen. Wir beobachten das aufmerksam mit allen uns zur Verfügung stehenden Mitteln.«

»Was heißt das konkret?«, fragte Natascha.

»Sie werden verstehen, dass ich Ihnen keine Details nennen kann«, antwortete Wrede, »aber Sie können sich denken, dass wir direkte Verbindungen in den Kern dieser Organisation unterhalten. Es ist ein verdeckter Ermittler im Einsatz. Es versteht sich von selbst, dass ich Sie bitten muss, diese Information äußerst diskret zu behandeln.«

»Und was hat das mit unserem gestörten Briefeschreiber zu tun?«, insistierte Holmsen.

»Vielleicht nichts. Vielleicht aber auch doch.«

»Sehr witzig«, murmelte Holmsen leise. Und Natascha trat ihm als Rüffel sanft vors Schienenbein.

»Wir werden diese Hinweise bei unseren Ermittlungen berücksichtigen«, sagte Sonne, der selbst nicht genau wusste, für wie hilfreich er das halten sollte. Wenn wirklich Neonazis auf der Wiesn eine Bombe zünden wollten, dann würden sie das vorher gewiss nicht mit einem Brief ankündigen.

* * *

Ungewohnte Techno-Klänge ertönten aus dem Schottenhamel-Zelt – oder besser gesagt: aus dem hölzernen Gerippe, das bald zu dem Zelt werden sollte, in dem Oberbürgermeister Körber das erste Fass Wiesnbier anzapfen und an Ministerpräsident Staudinger ausschenken würde. Dort, wo schon in wenigen Wochen die Blaskapelle im Viertelstundentakt das »Prosit der Gemütlichkeit« anstimmen sollte, saßen türkische Arbeiter in Blaumännern offenbar zur Frühstückspause beisammen. Sie tranken billiges Bier vom Penny-Markt in Pfandflaschen aus Plastik mit Schraubverschluss.

»Widerwärtig«, brummelte Kilian Schoberl. »Eigentlich sollte man den Firmen, die am Oktoberfest-Aufbau beteiligt sind, zur Auflage machen, dass ihre Mitarbeiter nur richtiges Bier trinken dürfen.«

»Wenn du keine anderen Sorgen hast«, seufzte Silvia Thielmann. Nach einer Nacht mit wenig Schlaf hatte sie viel Schminke gebraucht, um die Augenringe zu verbergen. Aber sie hatte die Nacht wie immer genossen. Sie gingen am Breakdancer vorbei, die Fahrkabinen des turbulenten Karussells waren noch in Plastikplanen eingehüllt. Auf der Theresienwiese herrschte ein reges Treiben. Hier und da waren Hammerschläge oder elektrische Sägen zu hören. Unmengen an Gabelstaplern und Containern standen herum, wo sich bald tausende Menschen dicht gedrängt durch die engen Gassen bewegen würden. Sie gingen am großen Riesenrad vorbei, an dem noch keine Gondeln befestigt waren und das sich langsam und ungleichmäßig ruckelnd bewegte.

Es roch nach Sägewerk, fand Silvia. Sie hatte wie jeden Dienstag die Nacht mit ihrem Geliebten im Freisinger Dorinth-Hotel verbracht. Sie fragte sich schon lange nicht mehr, was er seiner Frau Woche für Woche erzählte, wenn sie für hundertvierzig Euro im Doppelzimmer eincheckten. Silvia liebte diesen Mann. Sie lebte ihr Leben als Bürokauffrau bei einer großen privaten Krankenversicherung in der Nähe vom Goetheplatz nur auf den Dienstagabend hin. Auch diesmal war die Nacht wieder viel zu schnell vorbeigegangen. Und wie jeden Mittwochmorgen fuhr er sie in seinem geleasten S-Klasse-Mercedes zur Arbeit. Damit sie nicht zusammen gesehen wurden, ließ er sie normalerweise am Sendlinger Tor aussteigen. Doch diesmal wollte er noch auf die Festwiese, um zu schauen, wie weit die Bauarbeiten seiner Bierhalle schon fortgeschritten waren. Und sie wollte unbedingt mitkommen. Sie kannte das Wiesn-Gelände nur im bierseligen Trubel. Wie es dort während der Aufbauarbeiten aussah, interessierte sie.

Sie drückte Kilian plötzlich einen Kuss auf die Wange.

Doch der zuckte zusammen. »Mensch, Schneckerl, Vorsicht! Wenn uns einer sieht!«

»Wer soll uns denn sehen? Morgens um acht auf der Theresienwiese?«

»Du weißt genau, dass ich es mir nicht erlauben kann, dass das mit uns rauskommt. Dann bin ich erledigt. Wir sind eh schon oft viel zu unvorsichtig. Für die Schmierfinken von der Klatschpresse wäre das hier ein gefundenes Fressen!«

»Dann sorg halt für klare Verhältnisse«, sagte sie und biss sich im selben Moment auf die Zunge. Sie hatte sich eigentlich vorgenommen, ihn nicht länger zu bedrängen oder unter Druck zu setzen. Es musste seine freie Entscheidung sein. Wenn er sie wirklich liebte, dann würde er sich irgendwann scheiden lassen und auf das viele Geld seiner Frau pfeifen. Wie gerne würde sie mit diesem Mann den tristen Alltagstrott teilen, auch wenn er siebenundzwanzig Jahre älter war als sie – also genau doppelt so alt. Doch sie hatte keine Kraft mehr, ihm in dieser Frage die Pistole auf die Brust zu setzen. Wenn sie vor der Wahl stand, ihn entweder weiter mit seiner Ehefrau zu teilen oder ihn ganz zu verlieren, dann war ihr im Moment noch die Dreiecksbeziehung lieber. Sie versuchte, diese Gedanken zu verdrängen.

»Fang bitte nicht wieder damit an«, erwiderte er erwartungsgemäß. Und als wolle er sie beruhigen, küsste er sie flüchtig und unauffällig auf den Mund. »Es ist so schön mit uns. Seien wir froh, dass wir nur unsere Schokoladenseiten genießen und uns gegenseitig den grauen Alltagstrott ersparen.«

»Dummes Gerede eines Liebhabers, der sich nicht festlegen will«, murmelte sie.

Wegen Überfüllung geschlossen, stand auf einer Holztafel, die an den Eingangstüren der Klosterbräu-Bierhalle angebracht war. Kilian lachte, denn die rund fünfzig Arbeiter konnten die Halle bei weitem nicht ausfüllen. Fast achttausend Menschen fanden hier Platz, bevor die Überfüllungs-Schilder zum Einsatz kamen. Er öffnete die Tür. Elektriker, Schlosser, Dekorateure und Zimmerer arbeiteten emsig daran, das traditionsreiche Zelt herzurichten.

»Wenn einer fragt, du bist meine Assistentin«, sagte er leise zu ihr, während sie an der halb aufgebauten Theke entlanggingen, wo die Bedienungen später die vollen Maßkrüge und Teller mit saftigen Hendln abholen würden. Silvia erinnerte sich an ihre ersten Einsätze als Kellnerin auf der Wiesn vor acht Jahren. Kurz nach dem Abitur hatte sie zwei Wochen lang im Klosterbräu-Zelt als Bedienung durchgearbeitet und sich dabei ihr erstes Auto finanziert. Seitdem machte sie den Job jedes Jahr. Und vor vier Jahren lernte sie dann den Chef kennen. Er hatte sie zuerst nur auf ein Hendl eingeladen, dabei waren sie sich sehr sympathisch gewesen. Kurz vorher hatte sie sich von ihrem drei Jahre jüngeren Freund Stefan getrennt. Dass sich jetzt ein reifer, erfolgreicher und durchaus attraktiver Mann für sie interessierte, schmeichelte ihr zunächst nur. Doch nach einigen weiteren Treffen stellte sie fest, wie sehr sie ihn bewunderte und sich zugleich in seinen feinsinnigen Humor verliebte. Dieses Gefühl war bis heute geblieben. Hinzugekommen war jedoch eine gewisse Hilflosigkeit. Hilflosigkeit darüber, dass sie nicht die Kraft hatte, sich von ihm zu lösen, wenn er nicht zu einer Entscheidung in der Lage war. Manchmal wünschte sie, er würde »die Sache«, wie er ihr Verhältnis immer nannte, von sich aus beenden. Dann würde sie eine Weile in Selbstmitleid und Depressionen versinken, aber danach wäre sie frei für einen Mann, dem sie ganz gehören könnte. Im selben Moment verwarf sie diese Gedanken wieder und sagte sich, dass sie so einen Mann wie Kilian nie wieder finden würde.

»Silvia, hast du mich verstanden?«

Sie erschrak.

»Hörst du mir überhaupt zu?«

»Wie bitte?«

»Ich sagte: Wenn jemand fragt, dann bist du meine Sekretärin, okay?«

Jetzt wurde sie wütend. Sie ballte die Hände zu Fäusten und trommelte wie wild auf seine Brust. »Ich will nicht länger deine heimliche Geliebte sein! Ich halt das nicht mehr aus! Ich will dieses Versteckspiel nicht mehr. Ich kann diese Heimlichtuerei ...«

Er drückte seine Hand auf ihrem Mund. »Um Himmels Willen, Schneckerl! Sei still!« Den anderen Arm legte er um ihre Schulter und drückte sie an sich. Er schaute sich um, ob die Bauarbeiter etwas bemerkt hätten. Doch die hämmerten und schraubten unbeirrt weiter.

Ihre Tränen flossen auf sein hellblaues Hemd.

»Beruhige dich«, sagte er sanft und streichelte ihr über ihre braunen, schulterlangen Haare. »Es muss so sein, wie es ist.«

Sie schluchzte und löste sich aus seiner Umarmung. Dann sagte sie in scharfem Ton: »Wenn du dich nicht entscheidest, werde ich mich entscheiden.« Auch wenn sie sicher war, dass ihre Entschlossenheit nicht von langer Dauer sein würde: Sie schwor sich, ihn zu einer Entscheidung zu zwingen. Mit den Waffen einer Frau.

* * *

Factum: Fürst von Rosenberg, es sind nur noch wenige Wochen bis zum Oktoberfest. Und wieder findet die Wiesn ohne Benedictus-Bier statt. Macht Sie das wütend?

Rosenberg: Es ist ein Anachronismus, dass immer noch die Vorschrift von Anno dazumal gilt, wonach auf dem Oktoberfest nur die leistungsfähigen und bewährten Münchner Traditionsbrauereien Bier ausschenken dürfen. Dass meine Traditionsbrauerei zufälligerweise ein paar Kilometer vor der Stadtgrenze liegt, macht sie nicht weniger bewährt oder leistungsfähig. Es ist doch nicht mehr als ein Zufall, dass Martinsried bei der großen Gebietsreform nicht nach München eingemeindet worden ist.

Factum: Haben Sie ernsthaft Hoffnung, dass sich an dieser Regelung jemals etwas ändert?

Rosenberg: Ich habe auch Jahrzehnte lang nie die Hoffnung aufgegeben, dass unser geteiltes Vaterland wieder vereinigt wird. Ich glaube an Wunder. Und ich werde weiter gegen diese Ungerechtigkeit kämpfen, und zwar gemeinsam mit den anderen Brauereien aus dem Münchner Umland. Ich halte es übrigens für ein vorgeschobenes Scheinargument, dass nur Münchner Brauereien zugelassen werden.

Factum: Was heißt das? Was sind Ihrer Meinung nach die wahren Gründe?

Rosenberg: Wir haben es hier mit einem kriminellen Bierpreis-Kartell zu tun. Halten Sie es vielleicht für gerechtfertigt, dass der Bierpreis Jahr für Jahr steigt? Vor fünfzehn Jahren kostete eine Maß Bier sieben Mark. Und heuer weit über sieben Euro. Das Doppelte! Glauben Sie, diese jährliche Preistreiberei ist durch irgendetwas anderes gerechtfertigt als die Abzocker-Mentalität der Wiesn-Wirte? Das Oktoberfest ist zu einem Business- und Tourismus-Event mit dem Ziel der Gewinnmaximierung geworden!

Factum: Könnten Sie denn Wiesn-Bier günstiger anbieten?

Rosenberg: Freilich!

Factum: Zu welchem Preis?

Rosenberg: Wir beliefern viele andere Volksfeste mit einer ähnlichen Struktur wie das Oktoberfest, zum Beispiel das Gäubodenfest in Straubing, immerhin das zweitgrößte Volksfest in Bayern. Auch da müssen Service, Musik und Aufbau bezahlt werden. Trotzdem kann ich dort eine Maß für weniger als fünf Euro anbieten.

Factum: Warum sollten die Organisatoren ausgerechnet die Benedictus-Brauerei auf der Wiesn zulassen?

Rosenberg: Wir sind ein bayerisches Unternehmen mit Jahrhunderte alter Familientradition. Im Gegensatz zu den Münchner Brauereien, die fast alle in der Hand von ausländischen Großkonzernen sind.

Factum: Das mit der Familientradition steht allerdings auch bei Ihnen nur noch auf dem Etikett. Ihre Firma wurde doch schon vor fünf Jahren von der amerikanischen Masterbrew-Kette gekauft.

Rosenberg: Das ändert nichts an unserer Tradition.

Factum: Aber seitdem sind Sie nicht mehr Eigentümer, sondern nur noch Geschäftsführer der Brauerei. Das Sagen haben die Amerikaner.

Rosenberg: Man lässt mir unternehmerisch weit gehend freie Hand.

Factum: Stimmt es, dass Masterbrew Sie unter Druck setzt, die Umsatzzahlen zu erhöhen, und auf jeden Fall auf dem Oktoberfest vertreten sein will?

Rosenberg: Der Wunsch höherer Umsätze und Erträge ist in der Marktwirtschaft legitim.

Factum: Vor einigen Jahren haben Sie, um Ihrer Forderung nach Zulassung auf der Wiesn Nachdruck zu verleihen, einen Demonstrationszug von Martinsried nach München organisiert. Maßkrüge schwenkend marschierten Sie mit Pferdekutschen und Bierfässern auf die Theresienwiese. Was hat Ihnen das damals gebracht außer einer Strafanzeige wegen Nötigung?

Rosenberg: Dies war eine nette PR-Action, um Publicity für unser Anliegen zu bekommen. Die Strafanzeige war's wert. Heute würde ich mir etwas anderes einfallen lassen.

Factum: Was denn?

Rosenberg: Lassen Sie sich überraschen.

Factum: Haben Sie konkrete Aktionen in Vorbereitung?

Rosenberg: Worauf Sie sich verlassen können.

Factum: Herzlichen Dank für das Gespräch.

* * *

Es waren einige Tage vergangen, es war wieder Montag geworden. Litzka blätterte das Heft um. Er hatte das mit vielen großen Farbfotos aufbereitete Interview mit Waldemar Rosenberg aufmerksam gelesen. Schließlich hatte er selbst damals als freier *ATZ*-Mitarbeiter über den legendären Marsch auf die Wiesn der Benedictus-Brauer berichtet. Auf der nächsten Seite war ein großes farbiges Porträtfoto des Brauereichefs abgedruckt, das ihn vor seinem imposanten Firmengebäude in Martinsried zeigte. Darunter ein Kasten mit biografischen

Daten. Er erfuhr, dass Rosenberg seit fünfundzwanzig Jahren mit Evelyn Prinzessin von Höhenstein verheiratet war. Außerdem war er Vizepräsident der Münchner Löwen sowie Vorstandsmitglied der Freien Liste München, einer rechtslastigen Law-and-Order-Partei, die mit drei Abgeordneten im Münchner Rathaus saß. In seiner Brauerei beschäftigte er achtzig Mitarbeiter, neunzigtausend Hektoliter Benedictus-Bier wurden jährlich in Flaschen und Fässer gefüllt.

Er las auf der letzten Seite die witzigsten Politiker-Zitate der Woche und klappte dann das Heft zu. Die Übergabe-Mail an den Spätdienst-Redakteur hatte er bereits geschrieben. Lohmann hatte verlangt, in der Andruck-Ausgabe, die in den Abendverkauf und den Postversand ging, ein paar kleine Änderungen in den Lokalteil einzuarbeiten. Auch die Lottozahlen mussten später noch in den Servicekasten eingefügt werden.

Er scrollte durch seine Mailbox. Carisa hatte sich nicht gemeldet. Schon drei Tage lang. Er fuhr ordnungsgemäß seinen Rechner runter und ließ alle Notizen und Schmierzettel, die sich im Laufe des Tages auf seinem Schreibtisch angesammelt hatten, in der Altpapierkiste verschwinden.

Die Herausforderung, am nächsten Tag wieder bei null anzufangen und eine neue Zeitung zu produzieren, war einer der Gründe, warum er seinen Job so liebte. Er verabschiedete sich von den noch anwesenden Kollegen und ging zu seinem zwölf Jahre alten Polo, den er im Innenhof des Verlagshauses geparkt hatte. Nachdem er in den vergangenen Tagen mehrfach vergeblich probiert hatte, Kai Walbrecht telefonisch zu erreichen, wollte er jetzt einfach mal sein Glück direkt in Neuperlach versuchen.

Eine knappe halbe Stunde später parkte er auf einem kleinen Anwohnerparkplatz am Karl-Marx-Ring und stieg aus. Er hörte das armselige Röcheln eines Motors, das er von seinem eigenen Auto her nur zu gut kannte. Sofort packte ihn solidarisches Mitgefühl mit dem jungen Mann, der vor der offenen Motorhaube eines Autos stand, das Litzka auf den ersten Blick als einen Opel Kadett älteren Baujahrs identifizierte.

»Kann ich helfen?«, rief er dem dicken, unrasierten Mann zu. »Batterie im Eimer, oder?«

»Verdammte Scheiße«, fluchte der andere. »Die Karre kommt gerade aus der Werkstatt. Und jetzt das. Hast du ein Starthilfekabel?«

Klar hatte Litzka ein Starthilfekabel. Zwar weniger, um allzeit den barmherzigen Samariter am Straßenrand zu spielen, sondern eher, weil er selbst mit seinem Auto regelmäßig in ähnliche Situationen geriet. Aus eigener Erfahrung wusste er, dass eine Autobatterie von einer Minute auf die andere ohne jede Vorwarnung den Geist aufgeben kann. »Logisch. Warte, ich hol mein Auto her.« Er hatte sich entschlossen, sein Gegenüber ebenfalls zu duzen. Vermutlich war das hier in der Gegend so üblich.

Zwar war Litzka technisch nicht außergewöhnlich begabt, aber er hatte alle nur denkbaren Pannen-Situationen schon mehrmals erlebt und gemeistert. Und seine ADAC-Mitgliedschaft hatte sich schon lange bezahlt gemacht. Umso ungewöhnlicher war es, dass auch die Starthilfe den alten Kadett nicht wieder flottmachte.

»Klassische Fehldiagnose«, stellte Litzka fest. »Es scheint doch ein anderes Problem zu sein.«

»Verdammt«, rief der Kadettfahrer und trat mit dem rechten Fuß gegen das linke Hinterrad seines Autos. »Trotzdem vielen Dank. Echt nett von dir.«

»Du kennst dich sicher hier aus«, sagte Litzka. »Ich suche die Hausnummer 56. Muss hier irgendwo sein.«

»Kann ich dir sagen, wo das ist. Da wohn ich nämlich selbst. Hier den Trampelpfad entlang, dann die zweite Tür rechts. Zu wem willste denn?«

»Walbrecht«, sagte Litzka und bemerkte, wie dem jungen Mann vor Überraschung die Kinnlade herunterfiel.

»Das bin ich. Kai Walbrecht. Und wer bist'n du?«

Was für ein Zufall, dachte Litzka und nannte seinen Namen. Im gleichen Moment sah er, dass Walbrecht an der linken Hand der kleine Finger fehlte. Dann fügte er hinzu, dass er Journalist von der *ATZ* sei. Und sofort verschwand alles Nette und Freundliche aus dem Gesicht von Kai Walbrecht.

»Ach, du liebe Scheiße. Dann bist du dieser Schreiberling, der bei meinem Alten war?«

»Ich war bei deinem Vater. Das stimmt.« Litzka war unsicher, wie er sich verhalten solle. Walbrecht junior schien tatsächlich eine gewisse Feindseligkeit gegenüber der schreibenden Zunft zu haben. »Er hat mir von dir erzählt.« Er versuchte Zeit zu gewinnen, um zu verhindern, dass Walbrecht, der bei einem Boxkampf mindestens zwei Gewichtsklassen höher eingestuft worden wäre, ihm einen wütenden Faustschlag versetzte. Litzka, eher von schmächtiger Statur, fürchtete schon um die kleine, runde Metallbrille auf seiner Nase. Doch was dann geschah, überraschte ihn.

»Na ja, du scheinst ja ganz in Ordnung zu sein. Und ein cooles Auto fährste auch.«

Litzka versuchte ein unbeholfenes Lächeln.

»Weißt du, ich kann Leute nicht leiden, die immer nur fabrikneue Schlitten fahren und sich in jedem Frühling einen neuen Jahreswagen holen.« Walbrecht schaute auf seine etwas altmodische Digitaluhr. Ein ähnliches Modell hatte Litzka zu seiner Konfirmation bekommen. »Für meinen

Stammtisch ist's jetzt eh zu spät. Was willste denn von mir? Komm halt mit hoch.«

Damit hatte Litzka jetzt nicht gerechnet. Er schilderte ihm vorsichtig sein Anliegen. Fünf Minuten später saßen sie in Walbrechts Anderthalbzimmer-Wohnung. Die angebotene selbstgedrehte Zigarette lehnte Litzka ab, dafür nahm er ein Dosenbier, das Walbrecht ihm wortlos auf den kleinen Wohnküchentisch stellte. Litzka schaute sich in dem Zimmer um. Die Bude war mit billigen Pressspanmöbeln eingerichtet, ohne einheitlichen Stil. Zweckmäßig und billig. Es roch penetrant nach kaltem Zigarettenrauch.

»Nett hast du's hier«, sagte Litzka und hoffte, dass es glaubwürdig klang. »Echt gemütlich.«

»Hauptsache, ein Dach überm Kopf«, erwiderte Kai Walbrecht. »Eine Dachterrassenwohnung in Schwabing ist beim Arbeitslosengeld nicht drin. Wo wohnst'n du?«

»Fürstenried. Ziemliche Spießergegend.« Litzka dachte an das Altenheim in seiner Straße und die zahlreichen Schilder auf sämtlichen Rasenflächen, die Ballspielen dort streng untersagten. Trotzdem lebte er seit einigen Jahren gerne im Münchner Süden. Mit der U-Bahn, die fast vor seiner Haustür hielt, konnte er in einer Viertelstunde in der City sein.

»Siehst gar nicht aus wie ein Spießer«, sagte Walbrecht, und Litzka war sicher, dass dies als Kompliment gemeint war. »Prost.« Sie ließen ihre Bierdosen gegeneinander stoßen, was ein dumpfes blechernes Geräusch verursachte. »Ich dachte immer, alle Pressefuzzis laufen in schwarzen Anzügen und gebügelten Oberhemden mit Seidenkrawatten und Einstecktuch durch die Gegend.«

»Völliger Unsinn.« Litzka nahm einen Schluck aus der Bierdose. Er trank nur selten Alkohol, aber jetzt war es eindeutig ein dienstlicher, also notwendiger Anlass. »Die

Lackschuhfraktion gibt's höchstens im Wirtschaftsressort. Die versuchen immer, noch schicker auszusehen als die Manager und Vorstandschefs, über die sie berichten. Nicht meine Welt.« Litzkas Dienstkleidung bestand durchweg aus Jeans und schwarzem T-Shirt mit einem meist zerknitterten Sakko. Nur für unerwartete und besondere Anlässe hatte er im Büro stets eine Krawatte und ein gebügeltes Hemd deponiert.

»Ich möchte über das Attentat vor fünfundzwanzig Jahren schreiben«, sagte Litzka, als ihn plötzlich ein schriller und lauter elektrischer Klingelton aufschrecken ließ. Für Walbrecht hingegen war das Geräusch seiner Türklingel nichts Ungewöhnliches. Er entschuldigte sich und ging zur Wohnungstür. Litzka hörte, wie ein älterer Mann mit schlesischem Akzent, offenbar der Hausmeister oder Hausverwalter, sich darüber beschwerte, dass ein Fahrrad die Feuerwehrzufahrt versperrte. Walbrecht murmelte kleinlaut ein paar entschuldigende Worte und rief Litzka zu, er sei in zwei Minuten wieder zurück.

Als die Wohnungstür hinter Walbrecht ins Schloss gefallen war, stand Litzka von seinem Stuhl auf und schaute sich in der kleinen Wohnung um. In einem Holzregal lag ein Stapel zerfledderter billiger Sex-Heftchen, wie sie in den Tankstellen nur unter der Ladentheke verkauft wurden. Daneben lagen ein paar Action-Videos mit Sylvester Stallone in der Hauptrolle. Ein Regalbrett höher stand ein altes Buch, das überhaupt nicht hierher passte. *Deutsche Gedichte* war der Titel, der in altdeutscher Schrift auf dem verblassten, dunkelgrünen Buchdeckel stand. Litzka schlug zufällig eine Seite auf und versuchte, die alte Schrift auf dem vergilbten Papier zu entziffern. Er atmete den Geruch längst vergangener Zeiten.

Der Gott, der Eisen wachsen ließ
Der wollte keine Knechte,
Drum gab er Säbel, Schwert und Spieß
Dem Mann in seine Rechte,
Drum gab er ihm den kühnen Mut,
Den Zorn der freien Rede,
Daß er bestände bis aufs Blut,
Bis in den Tod die Fehde.

Was für ein Scheiß, dachte er sich und las weiter.

Oh Deutschland, heil'ges Vaterland!
Oh deutsche Lieb' und Treue!
Du hohes Land, du schönes Land!
Dir schwören wir aufs neue:
Dem Buben und dem Knecht die Acht!
Der fütt're Krähn und Raben…

Unter dem Gedicht war der Name des Verfassers, Ernst Moritz Arndt, genannt. Litzka wusste, dass es auf Rügen eine Universität mit diesem Namen gab. Aber dass dieser Dichter solche schwülstigen Texte geschrieben hatte, war ihm neu. Er wollte das Buch wieder angewidert ins Regal zurückstellen, als ein Blatt herausfiel und auf dem PVC-Fußboden landete. Er hob es auf und faltete es auseinander. Es sah aus wie ein handschriftliches Protokoll einer Art Sitzung. Als Teilnehmer waren die Namen von sechs Männern und einer Frau genannt, unter ihnen auch Kai Walbrecht.

Litzka las: *Das Münchner Aktionsbündnis beschließt, die Vorbereitungen für den Plan X voranzutreiben. Unser Ziel muss es sein, ein Netzwerk aller Gleichgesinnten im Freistaat zu bilden und einer Zersplitterung der Nationalen Kräfte entgegenzuwirken. Das nationaldemokratische Wählerpotenzial darf sich nicht auf zahlreiche Gruppierungen verteilen, sondern muss zu einer nationalen Kraft in Bayern gebündelt werden. Deutschland muss wieder deutsch werden, und Bayern muss wieder bayerisch werden. Der menschenunwürdigen Integrationspolitik der deutschen Regierungen muss entgegengetreten werden. In Deutschland lebende und arbeitende Ausländer müssen die Möglichkeit bekommen, ihre eigene Kultur zu leben. Daher muss ihnen die erleichterte Rückkehr in ihre Heimat ermöglicht werden.*

Litzka überflog die nächsten Absätze und las dann weiter.

Im gleichen Maße, wie wir die Gründung einer Bayerischen Nationalpartei anstreben, müssen wir die geplanten Maßnahmen zur Destabilisierung des etablierten Systems fortsetzen.

Litzka traute seinen Augen nicht. Was sollte das heißen? Destabilisierung des Systems? Was für ein Protokoll hielt er hier in der Hand? Und was hatte Kai Walbrecht damit zu tun?

»Du interessierst dich für deutsche Volksdichtung?« Walbrecht hatte unbemerkt seine Wohnung wieder betreten.

»Äh, ja«, stotterte Litzka, »ich hab nur mal geschaut. Ernst Moritz Arndt, cooler Dichter.« Er stellte das Buch wieder an seinen Platz zurück.

»Er war seiner Zeit weit voraus«, sagte Walbrecht. »Er hat schon im 19. Jahrhundert viele unbequeme Sachen ausgesprochen. Er hat schon damals gesagt, dass das deutsche Blut rein gehalten bleiben muss vom Dreck der Juden ...«

»Wie bitte?«

»Na ja, ist ein bisschen krass ausgedrückt. Wahrscheinlich würde dieser Arndt heute vom Verfassungsschutz beobachtet oder in diesem Scheißstaat wegen Volksverhetzung verurteilt. Aber wo er Recht hatte, da hatte er Recht. Wir finden Arndt gut in unserer Gruppe. Er war ein Vorkämpfer der guten Sache.«

Litzka biss sich auf die Zunge, um mit Walbrecht keine politische Diskussion anzufangen. Das konnte er immer noch tun, wenn er die Informationen für seine Reportage beisammen hatte. »Was für eine Gruppe?«, fragte er.

»Nix Besonderes«, antwortete Walbrecht. »Eine Art Stammtisch. Wir treffen uns auf ein Bierchen und reden über Politik. Also nicht über den Scheiß, der über den Bundestag in der Zeitung steht und so. Sondern die wirklich wichtigen Sachen, die unser Land und unser Volk berühren.«

»Nämlich?«

»Zum Beispiel über die wahren Gründe der Arbeitslosigkeit. Und das Recht des Deutschen Volkes auf Selbstbestimmung und nationale Identität.«

Es klang wie auswendig gelernt, dachte Litzka. Er sagte nur: »Aha.«

Dann versuchte er, das Gespräch wieder auf das Attentat von 1980 zu bringen. Kai Walbrecht erzählte bereitwillig, wie er den Septembertag damals erlebt hatte. Und Litzka notierte alles in seinem Block.

5. Kapitel

Sie saßen im Hinterzimmer eines heruntergekommenen Wirtshauses im Münchner Süden. Eine Weile hatten sie hier Hausverbot gehabt, nachdem vor einigen Jahren direkt vor der Haustür ein junger Türke von einer Horde betrunkener Skinheads beinahe zu Tode geprügelt worden war. Wochen und Monate lang hatten die Ermittlungen der Polizei und schließlich die Strafprozesse vor dem Landgericht die Schlagzeilen beherrscht. Und immer wieder war dabei auch der Sendlinger Hof als heimlicher Treffpunkt der Münchner Neonazi-Szene genannt worden. Der Wirt hatte später um seinen Ruf und sein Geschäft gefürchtet und allen Glatzköpfigen und Springerstiefelträgern Lokalverbot erteilt. Kurzzeitig hatte er sogar erwogen, sein Lokal umzubenennen. Doch nach und nach waren sie, soweit sie nicht hinter Gittern saßen, wieder inoffiziell zurückgekehrt. Auch das Treffen des »Münchner Aktionsbündnisses« war offiziell nichts anderes als ein wöchentlicher Stammtisch junger Leute.

»Wo ist die Specklippe eigentlich?«, fragte Wolfgang Kremer, den sie immer nur »Wolf« nannten. Er war der einzige von ihnen, dem man auch äußerlich seine Gesinnung ansehen konnte: Springerstiefel, Bomberjacke und ein kahlrasierter Schädel. Der Sechsundzwanzigjährige war schon mehrfach wegen Körperverletzung und Sachbeschädigung vorbestraft. Im Aktionsbündnis war er der Mann fürs Grobe, der für D.D. auch schon mal eine Auftragsprügelei übernahm.

»Ich will nicht, dass ihr ihn so nennt«, fuhr Detlev Deggendorf dazwischen. Sein Ton ließ keinen Zweifel daran, dass er der Boss war. »Er gehört jetzt zu uns und wird entsprechend behandelt. Verstanden?«

»Wahrscheinlich ist er mal wieder mit seinem Alten beschäftigt«, sagte Christoph »Katze« Kaczerowski, ein einfältiger, fünfundzwanzigjähriger Fließbandarbeiter bei BMW, der felsenfest davon überzeugt war, dass eines Tages ein Führer wiederkommen würde, dem man heute schon den Weg bereiten musste.

»Vielleicht ist es besser so, wenn der Dicke ...«, Ulrich Füchsel korrigierte sich sofort, »ich meine, wenn Kai nicht dabei ist, wenn wir mit unserem Plan in die heiße Phase gehen.«

»Heiße Phase ist genau das richtige Wort«, sagte Nik Sieger und lachte. Er war Jurastudent und der Sohn eines wegen antisemitischer Äußerungen frühpensionierten Staatsanwalts.

»Ich vertraue ihm«, sagte Deggendorf, »und ich bin sicher, dass er für uns noch sehr nützlich sein wird. Schließlich brauchen wir für unsere Pläne eine Menge Geld, wenn's mal richtig ernst wird.«

»Er macht nicht den Eindruck, als ob er im Geld schwimmt«, sagte Wolf Kremer und signalisierte dem Wirt mit einem Handzeichen, dass er gerne noch eine Halbe hätte.

»Er selbst ist ein armer Schlucker«, räumte Deggendorf ein. »Aber denkt dran, dass sein Onkel dieser Brauereikönig Schoberl ist. Und solche Leute müssen wir ins Boot holen. Leute, die uns ideologisch unterstützen, aber das nicht laut sagen dürfen. Die uns als stille Förderer Geld zur Verfügung stellen, um sich dann, wenn die Machtübernahme erfolgt ist, auf unsere Seite zu stellen.«

»Auf die Seite der Sieger!«, rief Nik Sieger, der kein Wortspiel mit seinem Namen ausließ.

»Ich habe gehört, dass der Schoberl gar nicht so reich ist, sondern hoch verschuldet.« Es war das erste Mal, dass sich

Jenny Lettenmeyer an diesem Abend zu Wort meldete. Sie war die einzige Frau in der Runde, der sie vermutlich nur deshalb angehörte, weil sie D.D.s Freundin war. Kennen gelernt hatte die Zweiundzwanzigährige ihren mehr als doppelt so alten Freund auf dem Tollwood-Festival, als sie ihm versehentlich, weil sie angerempelt wurde, eine Portion Tortilla-Chips über den Anzug gekippt hatte. Als Wiedergutmachung hatte sie ihn daraufhin zu einem Soja-Drink eingeladen. Und da hatte es gefunkt. »Ich habe gelesen, dass er längst bankrott wäre, wenn ihn nicht seine Frau, eine reiche Millionenerbin, über Wasser halten würde.«

»Kann uns doch egal sein, aus welchem Portem... Portemonn... aus welchem Geldbeutel die Kohle letztlich kommt«, lallte Kremer, der wohl seine alkoholische Aufnahmekapazität bereits erschöpft hatte.

»Kai Walbrecht könnte für uns noch ein wertvoller Kontaktmann sein«, betonte Deggendorf. »Und ich verlange, dass er auch entsprechend behandelt wird.«

»Wir wollten doch heute über unser Grillfest reden«, sagte Ulrich Füchsel, der sich selbst als den heimlichen Stellvertreter Deggendorfs betrachtete.

Deggendorf lachte. Er war immer noch begeistert von der Idee, der bevorstehenden Aktion den Tarnnamen »Grillfest« zu geben. Das hatte eine Art von makabrem Humor, die ihm gefiel.

»Wie steht's denn mit den Vorbereitungen? Es sind noch genau vierzehn Tage ...«

»... bis der Grill entzündet wird«, ergänzte Füchsel. Sie lachten alle.

»Und ihr seid wirklich sicher, dass wir das durchziehen wollen?«, äußerte Jenny ihre Bedenken. »Ich meine: Es gibt sicherlich viele, die unsere Anliegen unterstützen, aber vor so etwas dann vielleicht doch zurückschrecken.«

»Es gibt keine gewaltfreie Revolution«, sagte Kaczerowski.

Und Füchsel stimmte zu: »So ist es. Wir müssen ein für alle sichtbares Signal setzen. Damit klar wird, dass es uns ernst ist! Dass wir eine ernstzunehmende Kraft sind und dass man mit uns rechnen muss.«

»Außerdem wird Kremer dafür sorgen, dass es keine Toten gibt. Wir werden ein kleines Feuerchen entzünden, das die Gemüter erhitzen wird.«

»'s ist schon ziemlich wahnsinnig, was ihr vorhabt«, warf Jenny noch einmal ein.

»Mädchen«, fuhr ihr Freund sie scharf an. »Das hier ist kein Kinderspiel. Wenn deine Nerven das nicht aushalten, dann musst du nicht mitmachen. Und wenn du unsere Sache nicht unterstützt ...«

»Ist ja schon gut«, erwiderte sie kleinlaut. »Ihr werdet schon wissen, was ihr tut.«

»Kremer, bist du noch klar genug im Kopf, um uns über den Stand der Vorbereitungen zu informieren? Hast du das Material beisammen?«

Wolf Kremer hob sein Bierglas und rief ein »Prosit« in die Runde. »Alles paletti«, sagte er dann. »Die Cocktails sind gemixt. Die Party kann steigen.« Sein Lachen ging in einem dreckigen Rülpser über.

»Und wenn was schief geht und es doch Tote gibt?«, fragte Jenny in das Gelächter hinein.

»Dann ist es die Rache für 1980«, antwortete Füchsel, und alle verstummten auf einen Schlag.

»Wie bitte?«, fragte Jenny.

»Dass der Wiesn-Anschlag vor fünfundzwanzig Jahren von einem verwirrten rechten Einzeltäter begangen wurde, ist ein vom Verfassungsschutz in die Welt gesetztes Gerücht, das sich bis heute hartnäckig hält.«

Jenny schaute ihn fassungslos an. Davon hatte sie noch nie gehört. Allerdings war sie damals ja auch noch gar nicht auf der Welt gewesen. Und später hatte sie nur gelegentlich etwas über das Attentat in der Zeitung gelesen.

»Der vermeintliche Attentäter Gundolf Köhler wurde von einem Verfassungsschutzbeamten angerufen und zum Oktoberfest bestellt«, setzte Füchsel seine Ausführungen fort, die er schon so oft vor seinen Fahrschülern ausgebreitet hatte. »Treffpunkt war der Papierkorb, in dem später die Bombe hochging.«

»Du meinst, die Bombe hat der Verfassungsschutz gezündet? Warum hätte er das tun sollen, Fuchs?«, fragte Jenny ungläubig.

»Weil es doch für alle so aussah, als hätte ein Neonazi die Bombe gezündet. Ein besserer Beweis für die Existenz eines gefährlichen Rechtsterrorismus wäre doch kaum möglich gewesen. Und ich bin überzeugt, dass sich eines Tages herausstellen wird, dass auch Mölln und Solingen auf das Konto des Verfassungsschutzes gehen.«

»Dabei haben unsere Gesinnungsgenossen niemals Anschläge gegen Menschen verübt«, dozierte Deggendorf. »Es gab in der Geschichte der BRD nur einen einzigen wirklichen rechten Terroristen. Der hat in den siebziger Jahren mehrere Sprengstoffanschläge gegen Fernsehtürme oder Gebäude verübt. Aber dabei sind niemals Menschen zu Schaden gekommen. Und so werden wir auch vorgehen.«

»Aber wie wollt ihr eine Brandbombe auf dem Oktoberfest zünden, ohne dass ein Mensch zu Schaden kommt?«

»Jenny, lass das mal unsere Sorge sein.« Deggendorf gab seiner Freundin einen Kuss auf die Stirn. »Und wenn sich einer die Finger verbrennt oder heiße Füße bekommt, ist das auch keine Katastrophe.«

»Wir setzen ein Signal«, sagte Füchsel.

Jenny trank ihr Radler aus und schaute auf ihre Pop-Swatch. »Ich muss heim«, sagte sie. »Habe Kopfweh.« Sie wohnte noch bei ihren Eltern, denen sie ihren Freund bislang verheimlicht hatte.

»Weiber«, sagte Deggendorf und bestellte noch ein Bier.

* * *

Am nächsten Morgen trafen sich Sonne und Litzka beim Bäcker Müller im U-Bahngeschoss am Sendlinger Tor. An der Haltestelle kreuzten sich ihre U-Bahnen, mit denen sie ins Polizeipräsidium beziehungsweise zum Pressehaus fuhren. Sonne verband mit den Stehtischen fast nostalgische Gefühle. Als er noch mit Steinmayr in einer MK zusammen gearbeitet hatte, hatten sie sich hier regelmäßig zum Frühstücken getroffen. Jetzt verabredete er sich hier immer wieder mit dem Reporter, wenn sie sich mit demselben Fall beschäftigten. Sonne trank einen Kaffee, der so schwarz wie heiß war und den er erst mal stehen ließ, um sich nicht ein weiteres Mal die Zunge zu verbrennen. Litzka hingegen konnte sofort zu seiner kalten Cola greifen.

»Und?«, sagte Litzka. Er musste seine Frage nicht präziser stellen.

»Immer noch sehr rätselhaft. Ich schließe absolut nicht aus, dass es sich um einen dummen Scherz handelt. Was meinst du?«

Litzka hatte gerade in sein Schoko-Croissant gebissen und kaute noch einen Moment, bevor er mit halbvollem Mund antwortete.

»Keine Ahnung. Ich werde jedenfalls am 26. September lieber keinen Fuß auf die Wiesn setzen. In vier Tagen ist Anstich. Meinst du, dass ihr bis dahin mehr wisst?«

»Unwahrscheinlich.« Sonne biss in eine Butterbrezel. »Wir haben ja nicht mehr als diesen anonymen Brief und die Beschreibung dieser Frau. Wir können ja keine Fahndung mit Phantombild rausgeben und schreiben: Diese Frau plant eine Bombendrohung gegen die Wiesn. Sachdienliche Hinweise nimmt jede Polizeidienststelle entgegen.«

»Stimmt. Das Ergebnis wäre die pure Panik.«

»Abgesehen davon, dass das Phantombild auf zehntausend Münchnerinnen zutrifft. Und wie kommst du mit deinen Recherchen zum Jahrestag des Anschlags voran?«, fragte Sonne.

»Habe schon zwei interessante Interviews geführt. Vater und Sohn, beide wurden damals schwer verletzt. Skurrile Figuren, ich sag's dir. Der Senior ein im Rollstuhl sitzender, marxistischer Friedensaktivist. Und der Junior ein arbeitsloser Möchtegern-Neonazi. Aber ein netter Typ. Ich glaube nicht, dass er von den Parolen, die er von sich gibt, wirklich überzeugt ist. Ein armer Mitläufer, wenn du mich fragst. Irgendwie scheint er in dieses Aktionsbündnis geraten zu sein und freut sich jetzt darüber, zum ersten Mal in seinem Leben richtige Freunde zu haben. Oder besser gesagt: Kameraden.«

»Wäre auch verwunderlich, wenn einer zum Nazi wird, wenn er selbst Opfer eines Rechtsextremisten geworden ist. Wurde er schwer verletzt?«

»Er lag damals im Krankenhaus. Im Gegensatz zu seinem Vater ist er heute wieder körperlich in Ordnung.«

Sonne rührte in seinem Kaffee und probierte noch einmal einen Schluck. Immer noch heiß, aber jetzt genießbar.

»Sag mal, Flitzer. Sagtest du eben Aktionsbündnis?«

»Ja, warum?«

»Du behältst es für dich, oder?«

»Sicher.«

»Der Staatsschutz beobachtet die Münchner Neonazi-Szene und ist der Ansicht, dass dieses Aktionsbündnis ein Sammelbecken für eine Neuorganisation der Rechtsextremisten ist.« Sonne gab in Stichpunkten Wredes Darstellung wieder.

Jetzt erinnerte sich Litzka auch wieder an den Zettel, der ihm aus der altertümlichen Gedichtesammlung gefallen war. »Die Zeilen deuteten irgendwie auf einen bestimmten Plan hin. Es ging um ein Netzwerk der gleichgesinnten, nationalen Kräfte oder so ähnlich.« Litzka versuchte, sich einigermaßen an den genauen Wortlaut der Notizen zu erinnern.

»Da gab es eine Formulierung, über die ich gestolpert bin. Lass mich überlegen.« Er knetete einen übriggebliebenen Krümel seines Croissants. »Da war die Rede von ... Maßnahmen ... ja, genau: Maßnahmen zur Destabilisierung des Systems.«

»Wenn das keine Aufschneiderei ist, dann klingt's gefährlich«, sagte Sonne. »Allerdings hat unser Staatsschützer auch erzählt, dass es einen V-Mann in dieser Gruppe gibt.«

»Einen Undercover-Nazi?«

»So ist es. Daher nehme ich an, dass der Verfassungsschutz von diesen Plänen weiß. Und dann kann man wohl auch davon ausgehen, dass die Jungs alle unter Beobachtung stehen.«

Litzka überlegte, ob er Kai Walbrecht warnen solle. Schließlich wäre dieser mit dran, wenn die Gruppe auffliegen sollte. Andererseits wusste er auch, dass Sonne ihm die Informationen streng vertraulich gegeben hatte, unter dem Siegel der Verschwiegenheit. Für eine Sekunde überlegte er, ob Walbrecht vielleicht sogar der V-Mann sei. Doch er verwarf den Gedanken sofort wieder. Fest stand für ihn aber, dass er Kai Walbrecht einen weiteren Besuch abstatten würde.

* * *

Kilian Schoberl ließ einen zufriedenen Blick über seine fast fertige Bierhalle schweifen. Es war jedes Jahr aufs Neue ein unglaubliches Gefühl, das ihn sehr stolz darauf machte, einer der vierzehn Wiesn-Wirte zu sein. Das Oktoberfest war für ihn der Höhepunkt eines jeden Jahres. Er zählte die Tage, wie ein Kind, das auf Weihnachten wartet. Und in diesem Jahr ließ er seine Vorfreude auch nicht dadurch trüben, dass ein Irrer einen verwirrten Brief an eine Zeitung geschrieben hatte.

In seinem Klosterbräu-Zelt wurde gerade das Podium für die Blaskapelle geschmückt. Von dort aus würde der Kapellmeister schon bald Abend für Abend den tobenden Massen einheizen und für die einzigartige Stimmung sorgen, die das Oktoberfest zum beliebtesten Volksfest der Welt machte.

»Grüße Gotte, Cheffe«, rief ihm Salvatore, der italienische Bauleiter, zu. »Wir werdene diese Jahr früher fertig habene als Planung. Alles paletti! Cheffe können zufriedene sein.«

»Passt scho«, erwiderte Schoberl und versprach für seine Arbeiter eine extra Runde Biermarken. Er inspizierte weiter sein Zelt, das auf besondere Weise bayerische Tradition und jugendliches Ambiente miteinander verband. Für ihre entsprechende Musikmischung war auch die Klosterbräu-Kapelle bekannt, die gleichermaßen die seit Jahren beliebten Oktoberfest-Schlager wie »Sierra Madre« oder »Fürstenfeld« spielte wie Stücke aus den aktuellen Charts, die schon Wochen vorher als Favoriten für den Wiesn-Hit gehandelt wurden. Vielleicht war das Klosterbräu-Zelt darum eines der beliebtesten und meist besuchten Wiesn-Zelte.

Er schaute auf seine Armbanduhr, eine Rolex-Imitation, aber das wusste bis auf seine Frau kein Mensch. Er hatte noch anderthalb Stunden Zeit, bis er Silvia am Sendlinger Tor aufgabeln würde, um dann mit ihr gemeinsam in das bereits gebuchte Liebesnest im Freisinger Dorinth-Hotel zu fahren. Er freute sich sehr auf die Nacht mit seiner Geliebten. Auch wenn ihm die letzten Worte ihres Treffens vor einer Woche noch bedrohlich im Ohr klangen.

Natürlich liebte er sie, darüber ließ er sie nicht im Zweifel. Aber wahrscheinlich liebte er sie auf eine andere Weise, als sie es sich wünschte. Er hatte immer öfter das Gefühl, dass sie mit der zu Beginn ihrer Affäre getroffenen Absprache nicht mehr leben konnte. Oder wollte. Sie hatten sich von Anfang an darauf verständigt, dass es niemals »etwas Ernstes« zwischen ihnen werden durfte. Sein Ruf, seine gesellschaftliche Position, seine familiäre Tradition und nicht zuletzt sein Amt im Kolping-Verband, dies alles verbot es ihm, seine langjährige Ehe für eine Jahrzehnte jüngere Frau aufs Spiel zu setzen. Das hatte er Silvia immer wieder deutlich gemacht, und sie hatte es anscheinend auch eingesehen. Was er ihr nicht gesagt hatte, war die Tatsache, dass er vom Geld seiner Ehefrau abhängig war. Ohne die Millionenerbschaft seiner Frau Ramona wäre Klosterbräu längst an irgendwelche ausländischen Investoren verkauft worden. Er hing mehr an seiner Brauerei als an seiner Ehefrau. Es handelte sich seit Jahren um eine mehr geschäftliche als emotionale Beziehung. Geschäftspartner mit Trauschein. Sex fand bei ihm nur noch dienstags statt. Im Freisinger Dorinth-Hotel.

Schoberl versuchte, an die bevorstehende Nacht zu denken. Silvia machte sich immer besonders hübsch zurecht, überraschte ihn manchmal mit ausgefallenen, sündigen Dessous oder verspielten Accessoires für die Liebesnacht. Letzte Woche hatte sie ihn mit Seidentüchern ans Hotelbett gefesselt und ihn mit einer Feder am ganzen wehrlosen Körper gekitzelt. Das hatte ihn auf den Geschmack gebracht. Vielleicht könnte sie ihn ja auch mal mit Handschellen ... und mit einem

Lederriemen statt einer Feder ... Er verwarf seine Gedanken sofort wieder. Er hoffte, sie würde nicht wieder mit dem Thema anfangen. Sonst wäre ein ernstes Wort seinerseits gefordert. Er würde ihr drohen, Schluss zu machen, wenn sie ihn weiter derart bedrängen würde. Schluss machen. Endgültig.

* * *

Oberbürgermeister Heinz Körber hatte die Kellertür in seinem Reihenhaus in Pasing hinter sich fest geschlossen. Seine Frau war an diesem Abend wie jeden Dienstag mit ihren Freundinnen im Westbad: Sauna und Wellness inbegriffen. Sie würde nicht vor Mitternacht wieder zu Hause sein. Er hatte den laminierten Fußboden des Partykellers mit einer Plastikplane abgedeckt. Möglicherweise würde er eine Riesen-Sauerei verursachen, er hatte schließlich überhaupt keine Erfahrung. Hier würde ihn niemand sehen, er konnte sich nicht lächerlich machen. Das Fass hatte er sich am Nachmittag von seinem Großhändler ins Haus liefern lassen. Den Hammer, den man eigentlich Schlegel nannte, hatte er von seiner Sekretärin im Baumarkt kaufen lassen. Vor seinem Bauch trug er eine Küchenschürze seiner Frau. Körber schloss die Augen und stellte sich vor, von Millionen Menschen an den Fernsehschirmen beobachtet, den Schlegel zu schwingen. Er wusste, dass sein Vorgänger in den letzten Jahren nie mehr als drei Schläge gebraucht hatte. Er wusste aber auch, dass vor Jahrzehnten mal ein Oberbürgermeister sagenhafte neunzehn Schläge gebraucht und vor den Augen der Weltöffentlichkeit ein unvorstellbares Desaster angerichtet hatte. Es würde der vielleicht wichtigste Moment in seiner bisherigen Amtszeit sein. Keine Rede im Stadtrat, kein

Interview und kein Talkshow-Auftritt wurde in der Öffentlichkeit so beachtet wie das Anzapfen des ersten Bierfasses auf dem größten Volksfest der Welt.

Er setzte den Zapfhahn mit der linken Hand an und holte mit dem rechten Arm weit aus. Einmal, zweimal. Es spritzte leicht aus dem Fass. Dreimal, viermal. Es spritzte weniger. Fünfmal. Und nach einem kurzen Moment noch ein sechster Sicherheitsschlag hinterher. Flugs füllte er einen Liter Bier in eine mangels Maßkrug bereitgestellte Blumenvase, rief laut »O'zapft is!« und stellte sich den dazugehörigen Jubel der Massen vor.

Das hatte einigermaßen funktioniert. Bis zu seinem großen Auftritt waren es noch vier Tage. Jetzt fehlte nur noch die maßgeschneiderte Lederhose.

* * *

Litzka wunderte sich, wie leicht es gewesen war, Kai Walbrecht zu einem weiteren Treffen zu überreden. »Auf ein Bier« hatte er ihn eingeladen und dies damit begründet, dass er noch ein paar Details für seine Reportage nachfragen wolle. Walbrecht hatte sofort zugesagt, unter der Bedingung, dass sie sich in der Nähe einer U-Bahn-Haltestelle der Linie U5 trafen – wegen seines kaputten Wagens. Litzka hatte das Tambosi am Odeonsplatz vorgeschlagen. Doch das war Walbrecht zu nobel. Er plädierte für den McDonald's am Stachus, wo Litzka jetzt im ersten Geschoss mit Blick auf das Karlstor sowie einem Royal-TS-Sparmenü samt extra großer Cola seinen Gesprächspartner erwartete. Schon zum dritten Mal las er die Teilnahmebedingungen für das Gewinnspiel auf der Papier-Kleckerunterlage seines Plastiktabletts, als sich Kai Walbrecht mit seinen drei Zentnern auf den Stuhl gegenüber fallenließ. Als Litzka dieses Schwergewicht vor sich sah, dachte er, dass es eigentlich unverantwortlich war, einen Mann mit solch einem Übergewicht auch noch zu McDonald's zu bestellen. Aber vielleicht hat er ja einen Gemüse-Mäc geordert, dachte Litzka, um im selben Moment zu beobachten, wie Walbrecht die Zwanziger-Portion Chicken McNuggets und einen Hamburger auspackte.

»Schön, dass du dir die Zeit nehmen kannst«, sagte Litzka. »Und guten Appetit.«

»Gleichfalls. Essen muss man ja eh. Und warum dabei nicht ein paar Minuten quatschen.«

»Stimmt«, sagte Litzka und biss in seinen Burger. »Bist du öfters hier im Restaurant zum Goldenen M?«

Walbrecht grinste mit vollem Mund. »Nein. Ist auf Dauer auch zu teuer. Außerdem arbeiten mir hier zu viele Kanaken.«

Litzka überlegte, ob er auf diese Sprüche eingehen sollte. Den pädagogischen Zeigefinger wollte er eigentlich nicht hervorholen. Denn damit würde er das entstandene, ansatzweise vertrauensvolle Verhältnis schnell wieder zerstören. Dennoch konnte er es sich nicht verkneifen zu sagen: »Meinst du das wirklich oder ist das nur so ein nachgeplappertes Gerede aus deiner Clique?«

»Was soll das heißen: nachgeplappertes Gerede?« Walbrechts Gegenfrage klang dank seines vollen Mundes weniger aggressiv, als Litzka befürchtet hatte. »Natürlich sind wir in unserer Gruppe alle der Meinung, dass die Gastarbeiter gerne ihre Kultur ausüben dürfen, aber sie sollen doch bitte unter sich bleiben. Und was die Mehmets da unten in der Pommes-Schmiede betrifft: Wer gibt denen das Recht, dass die hier einen Job haben, und ich als anständiger Deutscher muss stempeln gehen?«

Litzka verkniff sich jede oberlehrerhafte Erwiderung. Stattdessen versuchte er, Verständnis zu zeigen, ohne sich selbst zu verleugnen: »Kann schon verstehen, dass du sauer bist, weil die einen Job haben und du nicht.« Er biss in seinen Royal TS, um ein paar Sekunden zu gewinnen und zu schauen, wie Walbrecht reagierte. Litzka war davon überzeugt, dass Walbrecht kein wirklicher Nazi, sondern ein geblendeter Mitläufer war.

»Warst du schon mal arbeitslos?«

Litzka schüttelte den Kopf. Vor drei Jahren gab es bei der ATZ die bislang einzige Kündigungswelle: Zwei Dutzend Kollegen waren angesichts rasant gesunkener Auflagen betriebsbedingt entlassen worden. Er hatte Glück gehabt.

»Dann weißt du auch nicht, wie demütigend es ist, auf die Almosen des Staates angewiesen zu sein.«

»Arbeitslosengeld ist kein Almosen. Das sind Leistungen eines Sozialsystems, in das jeder seinen Beitrag leistet, um im Falle eigener ...« Jetzt hatte er doch den erhobenen Zeigefinger gezückt. »Entschuldige. Ich weiß, dass du dich nicht von einem Zeitungsfuzzi belehren lassen willst. Wir wollten ja über etwas anderes reden.«

»Schon gut. Ich bin diese Sprüche von meinem alten Herrn gewöhnt. Und den mag ich trotzdem irgendwie. Trotz allem.«

»Darum bringst du ihm auch jeden Tag das Mittagessen?«

»So ist es. Bin schließlich sein einziger Sohn. Wenn auch ein missratener – aus seiner Sicht.«

»Hast du noch mehr Familie in München?«, Litzka nahm einen großen Schluck aus seinem eisgekühlten Cola-Becher.

»Nur noch Onkel Kilian und Tante Ramona. Aber die gehören auch zu den feineren Herrschaften. Und dann noch meinen Onkel Ambrosius, der fromme Ambrosius.«

Als er den ungewöhnlichen Namen Kilian hörte, machte es bei Litzka Klick.

»Kilian und Ramona Schoberl? Der Klosterbräu-Schoberl ist dein Onkel?«

Walbrecht nickte. »Aber schreib's lieber nicht. Okay?«

Schade, dachte Litzka. Dieses Detail würde seiner Story einen zusätzlichen Kick geben: Der Neffe und der Bruder des Klosterbräu-Schoberl waren unter den Opfern des Wiesn-Attentats gewesen. Das war in der Öffentlichkeit bislang nicht bekannt. In seinem Kopf entstanden schon neue Überschriften für seinen Text. Doch er respektierte den Wunsch Walbrechts, dies nicht zu veröffentlichen. Damit konnte er weiter Vertrauen schaffen.

»Schreib, was du meinst. Ich hol mir noch eine Pommes. Du auch was?«

Litzka schüttelte den Kopf und sagte dann: »Oder doch. Noch eine Cola.« Kai Walbrecht war für ihn eine rätselhafte Figur. Er hatte den Kopf voller rechter Parolen. Aber sie klangen alle wie leere Worthülsen. So als kämen sie nur aus dem Mund, nicht aus dem Herzen. Was suchte der in der Gruppe der Neonazis? Kameradschaft? Freundschaft? Anerkennung? Und was versprachen sich die Extremisten davon, Walbrecht in ihre Gruppe aufzunehmen? Litzka war klar, dass er diese Fragen nicht in seinem Bericht über das Wiesn-Attentat thematisieren konnte. Aber es ließ ihn nicht los. Der Mensch Kai Walbrecht interessierte ihn. Und er machte sich Sorgen um ihn. Wenige Minuten später kam Walbrecht mit Pommes und Cola an den Tisch zurück.

»Sag mal, Kai, diese Aktionsgemeinschaft, in der du Mitglied bist ... also ich meine ... ohne dass ich das Gedankengut jetzt bewerten oder verurteilen will ...« Er schämte sich vor sich selbst, wie er herumdruckste. Aber es konnte ihm jetzt nicht darum gehen, Walbrecht zu provozieren oder einen Streit herbeizuführen. »Was ich sagen will: Du bist dir schon im Klaren darüber, dass ihr euch da in einem Bereich bewegt, der nicht ganz legal ... also kurzum: Du musst damit rechnen, dass du früher oder später mächtig Ärger mit den Bullen bekommst. Egal, ob du bei krummen Dingern mitgemacht hast oder nicht. In dem Fall gilt: Mitgegangen, mitgehangen.« Ob Kai die Warnung ernst nehmen würde?

»Wir betreiben legitime Opposition«, erwiderte Walbrecht, während er auf einer in Ketchup getunkten Pommesstange kaute. Und wieder klang es nicht nach dem Wortschatz eines dreißigjährigen Arbeitslosen.

Litzka wurde eindringlicher. »Kai, du musst auf dich aufpassen! Noch ist es vielleicht nicht zu spät. Sieh zu, dass du deinen Arsch rettest! Verdammt noch mal!«

»Was soll das heißen?«

»Der Verfassungsschutz hat ein Auge auf euch geworfen! Die haben einen V-Mann bei euch eingeschleust.« Litzka hätte sich im selben Moment ohrfeigen können. Er hatte eine interne Information von Sonne ausgeplaudert. Nein, es war kein Ausplaudern, beruhigte er sich selbst. Es war der Versuch, einen vermutlich harmlosen Mitläufer davor zu bewahren, sein Leben zu ruinieren. Trotzdem hatte er Sonnes Vertrauen missbraucht. Und was war, wenn Kai selbst der V-Mann war? Nein, unvorstellbar.

»Ein V-Mann? Ein Spion bei uns im Aktionsbündnis? Woher willst du das wissen?«

»Du musst mir glauben. Und vor allem den Mund halten. Vertrau mir! Wenn du ein Sterbenswörtchen darüber verlierst, sind wir beide dran. Okay?«

Walbrecht vergaß seine Portion Pommes und fragte immer noch ungläubig: »Wer von uns kann ein Spion sein?

Die sind echt alle voll in Ordnung. Ich trau das keinem von uns zu.«

»Wie viele seid ihr denn im Aktionsbündnis?«, fragte Litzka.

»Detlev Deggendorf, der Boss, seine kleine Freundin Jenny Lettenmeyer, Wolf Kremer, Christoph Kaczerowski, die Katze, Nik Sieger und Ulrich Füchsel, der Fuchs.«

»Das sind sieben, mit dir«, sagte Litzka, der die Namen in seinem Block notiert hatte.

»Keiner von denen arbeitet für den Verfassungsschutz. Das glaub ich einfach nicht.« Und nach einem Augenblick fügte Walbrecht hinzu: »Warum eigentlich warnst du mich?«

Gute Frage, dachte Litzka. Warum eigentlich?

»Weil du ein ... ein guter Kerl bist.«

»Ich bin ein guter Deutscher. Und ich weiß, was ich tue.«

Es ist hoffnungslos, dachte Litzka resignierend. »Ich will nicht, dass du dich in etwas verrennst.«

»Du bist bestimmt auch ein guter Kerl«, sagte Walbrecht, und sein Ton wurde schärfer, als er aufstand und rief: »Aber ich brauche dich nicht als Beschützer. Ich kann selber auf mich aufpassen!«

Walbrecht verschwand die Treppe hinunter und ließ einen kleinen Berg salziger Pommes unter einer roten Ketchupmasse zurück. Litzka schaute hinter ihm her und dachte noch einmal: Es ist hoffnungslos.

* * *

Langsam ebbte das Beben ab, das seinen sonnenbankgebräunten Körper durchzogen hatte. Er lag auf dem Rücken auf dem wie immer viel zu weichen Hotelbett, die Augen geschlossen, ein zufriedenes Lächeln auf den Lippen. Silvia saß auf ihm und ließ ihren Körper langsam und sanft nach vorne fallen, sodass sie ihre Brüste auf seinen Oberkörper presste. Dann küsste sie seinen Hals und flüsterte ihm etwas ins Ohr, das wie »Ich liebe dich« klang.

»Schneckerl, du sollst doch so etwas nicht sagen«, flüsterte er zurück, umfasste ihre schlanke Taille und drückte sie an sich.

»Aber wenn's doch so ist!«

Ihre Liebkosungen machten ihn wehrlos. Er ließ seine Hände über ihren zarten Rücken gleiten, und er genoss die sanften Berührungen. Die Nächte mit Silvia waren wie ein Jungbrunnen für ihn. Sie ließen ihn völlig vergessen, dass er schon vierundfünfzig Jahre alt war. »Ich mag dich doch auch sehr gerne«, sagte er, und es klang wie die tröstenden Worte für ein kleines Kind. Er atmete den Apfelduft ihrer schulterlangen, gewellten, braunen Haare, der sich mit dem Geruch ihres Körperschweißes vermischte. Auf ihrem Rücken hatten sich kleine Schweißperlen gebildet. Eine Klimaanlage hatte das Hotelzimmer nicht.

»Hast du ein schlechtes Gewissen wegen deiner Frau?«

Kilian Schoberl seufzte. Silvia hatte das einzigartige Talent, jede romantische Stimmung nach dem Sex mit einem Paukenschlag zunichte zu machen. »Ach Schneckerl, du musst dich wirklich nicht mit meinem Gewissen plagen. Wir genießen unsere Momente doch beide, oder? Können wir es dabei nicht belassen?«

»Du hast ja Recht.« Sie stieg von seinem Körper herunter und legte sich neben ihn, kuschelte ihren Kopf an seine Schulter. »Aber ich muss immer an sie denken. Und ich muss mich immer fragen, ob du dabei an sie denkst.«

»Glaub mir, ich habe nicht den geringsten Grund, an sie zu denken, wenn wir zusammen sind.«

»Und warum verlässt du sie dann nicht?«

»Weil ich ... weil ich ...«

»Weil du sie liebst?«

»Unsinn! Weil ich sie ... brauche. Ihr Geld. Ich brauche ihr Geld. Es ist, wie es ist.«

Jetzt hatte er es gesagt. Er hatte sich vor seiner Geliebten erniedrigt und gestanden, dass er auf das Geld seiner Ehefrau angewiesen war. Er bereute sofort, ihr die Wahrheit gesagt zu haben. Aber vielleicht würde sie ihn ja auch verstehen und dann endlich Ruhe geben und ihn nicht mehr zur Scheidung drängen.

»Aber wir könnten doch so glücklich miteinander sein. Wir könnten eine kleine Familie sein, könnten Kinder haben. Irgendwo, weit weg von hier ...«

Er stutzte. Kinder? Davon hatte sie bislang noch nie gesprochen.

»Was würdest du sagen, wenn ich ein Kind von dir bekäme?«

Erschrocken richtete er sich auf. »Was ist das für eine Frage?«, stieß er hervor.

»Eine ganz normale Frage, Kilian. Was würdest du tun?«

»Du weißt selbst genau, dass das nicht geht.« Er vermutete, dass sie ihn provozieren, auf die Probe stellen wollte, wie er zu ihr stand. Typisch Frau, dachte er. Daher bemühte er sich, ruhig zu reagieren. »Du weißt genau, dass wir keine Kinder zusammen haben dürfen. Es geht nicht!«

»Warum soll es nicht gehen? Es ist die natürlichste Sache der Welt.«

Er überging ihren koketten Augenaufschlag. »Du nimmst die Pille.«

»Na und?«

Jetzt wurde er allmählich zornig. »Was soll dieses Spielchen?«

Jetzt richtete auch sie sich auf. Dann sagte sie im Tonfall eines Amtsrichters bei der Urteilsverkündung: »Du hast ein Recht darauf, es zu erfahren. Ich bin schwanger.«

Zunächst verhallten ihre Worte wirkungslos. Erst das Echo in seinem Kopf ließ ihn realisieren, dass sie offenbar nicht scherzte.

* * *

Ramona Schoberl schaltete den Fernseher aus. Im Dritten lief ein stimmungsvoller Vorbericht auf die bevorstehende Eröffnung des Oktoberfestes. Schon seit Jahren war sie nicht mehr auf der Wiesn gewesen. Sie konnte das Gedränge und die vielen Menschen einfach nicht mehr ertragen. Außerdem ekelte sie sich fast bei der Vorstellung, einen ganzen Liter Bier aus einem Maßkrug trinken zu müssen oder anderen nach Alkohol stinkenden Menschen dabei zuzusehen. Sie hatte noch nie gerne Bier getrunken – sehr zum Leidwesen ihres Vaters, Julius Winterberg, der seinem einzigen Kind gerne die Leitung seiner Brauerei übertragen hätte. Doch dafür konnte sie sich von Anfang an nicht begeistern. Erst als sie den jungen und ehrgeizigen Geschäftsmann Kilian Schoberl heiratete und Winterberg bald darauf seinen Schwiegersohn zum Chef von Klosterbräu machen konnte, war der Familienfriede wieder hergestellt.

Inzwischen waren sie über fünfundzwanzig Jahre verheiratet, und der Senior war schon fast zehn Jahre tot. Sie hatte sein Vermögen geerbt, von dem sie immer wieder beträchtliche Summen zuschießen musste, um die Brauerei ihres Mannes – und das Lebenswerk ihres Vaters – vor dem Aus zu bewahren.

Sie hatte längst aufgehört zu fragen, ob Kilian, als er damals um ihre Hand angehalten hatte, größeres Interesse an ihr oder an der Brauerei gehabt hatte. Er war schon immer ein Frauenschwarm gewesen, ganz im Gegensatz zu seinem Bruder. Beide sollten nach dem Willen ihrer Eltern eigentlich Priester werden. Doch es überraschte niemanden, dass Kilian das Theologiestudium schon nach eineinhalb Semestern wieder abbrach, um sich der Betriebswirtschaftslehre einerseits und dem anderen Geschlecht andererseits zuzuwenden. Als sie, Ramona, Kilian heiratete, hatte Ambrosius gerade die Priesterweihe hinter sich und feierte mit ihnen seine erste Trauung. Es war eine sehr romantische Hochzeit am Starnberger See gewesen. Ramona Schoberl versank für einige Augenblicke in der Vergangenheit. Vielleicht verklärte sie die Erinnerung, die im krassen Gegensatz zu dem Kilian Schoberl stand, mit dem sie heute eher eine Geschäftsbeziehung als eine Ehe führte. Dass keine Gefühle mehr zwischen ihnen waren, damit hätte sie sich abfinden können. Aber dass er sie durch sein notorisches Fremdgehen immer wieder demütigen musste, machte für sie das Zusammenleben zu einer Tortur. Auch jetzt hatte er wieder etwas am Laufen. Sie brauchte dafür keine Beweise, keine Pamphlete in der Regenbogen-Presse – sie spürte das. Jede Frau spürt es, wenn sie von ihrem Mann betrogen wird. Davon war sie überzeugt. Sie dachte oft an Scheidung. Doch ihr fehlte inzwischen die Kraft zu kämpfen. Das war vor einigen Jahren noch anders gewesen. Als sie zum ersten Mal die Gewissheit hatte, dass es andere Frauen in seinem Leben gab, setzte dies in ihr völlig ungeahnte Kräfte frei.

Sie verdrängte die Erinnerung. Denn manchmal fürchtete sie sich davor, dass diese Gefühle wiederkämen und Macht über sie gewännen.

In diesen Augenblicken fürchtete sie sich am meisten vor sich selbst.

6. Kapitel

Der Samstag versprach, ein perfekter Tag für den Wiesn-Auftakt zu werden: weiß-blauer Himmel über München, Bilderbuchwetter.

Litzka verfolgte das O'zapfen diesmal in der Redaktion vor dem Fernsehgerät. Vor Ort im Schottenhamel-Zelt war Schappi. Oktoberfest-Auftakt war bei der *ATZ* traditionell Volontärs-Aufgabe. Die Live-Übertragung des festlichen Einzugs der Wiesn-Wirte mit den Prachtgespannen der Münchner Brauereien lief seit Stunden ohne Ton im Hintergrund, während er am Bildschirm mit geübten Mausklicks am Layout für die Montagausgabe herumbastelte. Es war kurz vor zwölf. Noch wenige Minuten bis zum Anstich. Er hatte diese Zeremonie schon so oft verfolgt. Der Fernsehreporter des Bayerischen Rundfunks stellte mit schlauen Fragen seine Wiesn-Kompetenz unter Beweis. Er war ein alter Hase im Vergleich zu den beiden Neulingen an seiner Seite: Sowohl für Oberbürgermeister Heinz Körber als auch für Ministerpräsident Max Staudinger war es die erste Wiesn-Eröffnung. Noch dreißig Sekunden. Während der Reporter ein paar lockere Sprüche über das Kaiserwetter mit dem standesgemäßen weiß-blauen Himmel abließ, nahm Körber bereits den Schlegel in die Hand.

Es war Punkt zwölf. Körber schlug zu. Einmal, zweimal, dreimal. Ein kurzes Zögern. Eine halbe Sekunde, die wie eine Ewigkeit erschien. Dann noch ein vierter Schlag und schließlich der befreiende Ruf: »O'zapft is!« Körber prostete den rund sechstausend Besuchern und Ehrengästen im Schottenhamel-Zelt zu und rief ihnen »Auf eine friedliche Wiesn« zu. Danach, so war es im Wiesn-Protokoll feierliche Tradition, überreichte er dem Ministerpräsidenten die erste Maß. Zugleich ertönten zwölf Böllerschüsse über der Theresienwiese. Litzka hörte das Knallen mit einer Zehntelsekunde Zeitverzug im Fernseher und draußen durch das geöffnete Fenster. Und wenige Augenblicke später flackerten auf seinem Computer-Monitor bereits die Vorrang-Meldungen der Nachrichtenagenturen auf, die in alle Welt verbreiteten, dass der Münchner Oberbürgermeister Heinz Körber mit vier Schlägen das 172. Oktoberfest eröffnet hatte.

Litzka schaltete gelangweilt den Ton wieder leise und überlegte, ob er beim 200. Wiesn-Anstich immer noch über das Oktoberfest schreiben würde. Zwischendurch tippte er eine kleine E-Mail an seine Freundin Carisa, nur einen kurzen Gruß als Lebenszeichen. So handhabten sie es schon lange, um sich immer mal wieder zu zeigen, dass sie aneinander dachten. In letzter Zeit aber immer häufiger auch aus einer Art Pflichtgefühl heraus. Er widmete sich wieder der Meldungsspalte mit den Kurznotizen, »Kunos« genannt. Diese Aufgabe wurde an Werktagen von der Redaktionsassistentin übernommen und war am Wochenende ungeliebter Job des diensthabenden Lokalredakteurs. Eine halbe Stunde lang tippte er Blutspendetermine, Apothekennotdienste und Hinweise zur Müllabfuhr in die vorbereitete Meldungsmaske, bis plötzlich aus heiterem Himmel ein Hinweisfenster aufpoppte und auf eine *Neue Eil-Meldung* hinwies. Was kann das jetzt sein?, fragte er sich und klickte das Agentursystem an. Was er dann las, verschlug ihm die Sprache. Er las die zweizeilige Meldung noch einmal, dann griff er sofort zum Telefon und wählte hektisch Schappis Mobilnummer. Als er nur die Tonbandstimme hörte, dass die Angerufene *temporarily not available* sei, wählte er die Nummer von Hauptkommissar Jürgen Sonne. Während das

Anrufsignal in der Leitung ertönte, tauchte in seinem Mail-Programm ein *Out of office Reply* von Carisa auf. Auf Englisch und Deutsch teilte sie mit, dass sie die nächsten vierzehn Tage per E-Mail nicht erreichbar sei. Man möge sich bitte an die Zentralredaktion in München wenden. Nach einem halben Dutzend Klingelzeichen meldete sich am anderen Ende der Leitung auch nur die Mailbox des Kommissars. Schließlich sah Litzka, dass er eine SMS bekommen hatte: Von Tanja.

Bin mit Kollegen im Klosterbräu-Zelt. Magst du mit uns anstoßen? Würde mich freuen, wenn wir uns sehen! T.

Um Gottes Willen, dachte Litzka. Tanja ist im Klosterbräu-Zelt! Hoffentlich ist ihr nichts passiert!

* * *

Wie immer am ersten Wiesn-Tag war das Klosterbräu-Zelt schon am frühen Vormittag, Stunden vor dem offiziellen Anstich, bis auf den letzten Sitzplatz besetzt und wegen Überfüllung geschlossen. Tanja Kollaritsch und ihre Kollegen vom *Factum*-Magazin hatten das Glück, Platzkarten in der Ehrenloge zu besitzen. Ihr Redaktionsleiter hatte dies aufgrund seiner hervorragenden Kontakte zur Pressestelle der Brauerei organisiert. Die Kapelle spielte *Mambo Number five*, und die ersten Gäste standen bereits singend und Maßkrug schwenkend auf den Holzbänken. Tanja hatte ihre glatten, schwarzen Haare zu zwei frechen Zöpfen gebunden und ihr Dirndl angezogen, das sonst das ganze Jahr über unberührt im Kleiderschrank hing, um dann zur Wiesn-Zeit ausgeführt zu werden. Allerdings war sie der festen Überzeugung, dass sie für ein Dirndl viel zu schlank und zierlich sei. Während ihre Kollegen alle schon den zweiten Maßkrug leerten, hielt sie sich immer noch an ihrem ersten Radler fest.

»Die Krüge hoch!«, rief der Kapellmeister, um sofort das altbekannte *Prosit der Gemütlichkeit* anzustimmen. Tanja ließ ihren schweren Glaskrug, den sie mit einer Hand kaum halten konnte, gegen die Krüge ihrer Tischnachbarn stoßen.

»Glaubst du, dein Flitzer kommt noch?«, fragte Leo Wolters, der Layout-Redakteur, der schon lange ein Auge auf Tanja geworfen hatte.

»Das ist nicht *mein* Flitzer. Er ist ein netter Kollege. Und ob er kommt, weiß ich nicht. Er hat mir auf meine SMS noch nicht geantwortet.«

»Warum denn gleich so zickig, Frau Kollegin? Prosit!«

Sie stießen miteinander an. Leo war ein netter Kerl. Mehr aber nicht. Und außerdem hatte sie nicht vor, ihren Vorsatz aufzugeben, nie wieder etwas mit einem Kollegen anzufangen. Doch Leo war einer von der hartnäckigen Sorte.

»Ich weiß gar nicht, warum du dich mit diesem Boulevard-Fuzzi abgibst. Wir beim *Factum* spielen in der Bundesliga. Großes Kino. Und nicht Regionalklasse.«

Dass Leo ein eingebildeter Fatzke war, ahnte Tanja schon lange. Aber nach einem Liter Bier konnte er sich offenbar nicht mehr verstellen. Sie wollte ihm etwas Passendes erwidern, als sie plötzlich einen beißenden Geruch in der Nase spürte.

»Riechst du das auch?«, fragte sie ihre Kollegin Christel aus der Kulturredaktion.

»Ich rieche nur Bier und Männerschweiß«, sagte die lachend und prostete Tanja mit ihrer alkoholfreien Maß zu.

»Schau mal da oben – auf der Empore. Da ist Rauch!«

Jetzt hatten offenbar noch andere Menschen im Zelt den Qualm bemerkt. Unruhe machte sich breit.

»Feuer! Feuer! Es brennt!«, waren hysterische Stimmen zu hören. Der Rauch wurde rasch dichter und plötzlich hörte die Kapelle auf zu spielen. Innerhalb von Sekunden war die bierselige Stimmung im Klosterbräu-Zelt einem aufgeregten Tumult gewichen.

»Wir müssen hier raus«, rief Christel.

»Du hast gut reden. Wie denn?«, erwiderte Tanja.

Inzwischen waren die Notausgänge an allen Seiten des Zeltes geöffnet worden. Das spielte sich in wenigen Sekunden ab.

»Bitte bewahren Sie Ruhe«, sprach nun ein Mann in Krachlederner in das Mikrofon auf der Bühne. »Es gibt ein technisches Problem. Bitte verlassen Sie geordnet und zügig den Saal.« Die zahlreichen Sicherheitsmänner versuchten, die herausströmenden Massen zu kanalisieren, wie sie es wahrscheinlich schon Dutzende Male bei Alarmübungen geprobt hatten. Doch dies war der Ernstfall.

Technisches Problem! Wahrscheinlich gab es eine Anweisung, bei Feueralarm von technischem Problem zu reden, um keine Panik zu schüren. Doch die Ursache des Problems ließ sich nicht verbergen, jeder spürte es im Hals und in der Nase. Tanja spürte jetzt schon den Rauch, dabei fiel ihr ein, dass bei Feuer die meisten Menschen nicht verbrannten, sondern durch Rauchgasvergiftung ums Leben kamen. Sie sah, wie sich der Brand immer weiter ausbreitete, die ganze Holzvertäfelung stand bereits lichterloh in Flammen. Und jetzt fiel ihr auch auf, dass auf der Empore gar keine Gäste saßen. Zugleich hörte sie, wie sich Feuerwehrsirenen näherten. Hier und da schrien Menschen um Hilfe. Nur nicht ohnmächtig werden, dachte sie.

Es war erstaunlich, wie diszipliniert die Massen durch die zahlreichen Notausgänge nach draußen strömten. Meter für

Meter arbeiteten sie sich weiter vor. Panik und Hysterie blieben aus, auch wenn die Luft immer stickiger und beißender wurde.

»Ich habe Angst«, sagte Leo in weinerlichem Ton.

»Wir haben es gleich geschafft«, versuchte Tanja, ihn zu beruhigen. War er nicht nur ein Angeber, sondern auch ein Weichei? Der Ausgang war nicht mehr weit entfernt. Ihre Angst legte sich wieder, ihre Gedanken wurden wieder klarer. Kurz erwägte sie, zum Handy zu greifen und ihren Chefredakteur zu informieren. Doch der Redaktionsschluss für die Ausgabe am Montag war schon vorbei. Jetzt konnte das Heft nur noch umgeschmissen werden, wenn ein Krieg ausbrach. Oder ein Anschlag passierte.

Das Kratzen im Hals wurde wieder stärker. Das Atmen fiel ihr schwerer. Ihr wurde schwindelig, sie konnte sich kaum auf den Beinen halten.

»Tanja, was ist los mit dir?«, forschte Leo Wolters.

Sie versuchte zu antworten, brachte aber nur ein Röcheln zu Stande. Sie spürte noch, wie er seinen Arm um sie legte, dann knickten ihr die Beine weg und ihr wurde schwarz vor Augen.

* * *

Der Alarm war um 12.33 Uhr eingegangen. Feuer auf der Wiesn! Der Dienst habende Beamte in der Einsatzzentrale des Polizeipräsidiums hatte sofort geschaltet und nicht nur die Wiesn-Wache informiert, sondern auch Kriminaloberrat Steinmayr daheim auf dem Handy angerufen. Der hatte augenblicklich Hauptkommissar Sonne in Kenntnis gesetzt, der gerade seinen freien Samstag damit verbrachte, seine Junggesellenwohnung im Stadtteil Freimann wieder in einen bewohnbaren Zustand zu versetzen. Um 12.39 Uhr saßen Sonne und Steinmayr in ihren Autos – Steinmayr in seinem Dienst-BMW und Sonne in seinem privaten Ford Focus – und rasten auf die Theresienwiese zu.

* * *

Verdammt, nur die Mailbox, dachte Litzka, nachdem er Tanjas Nummer gewählt hatte. Er probierte es noch einmal. Vergeblich. In dem Augenblick, als er den Hörer wieder auflegte, klingelte sein Telefon. Er riss den Hörer ans Ohr.

»Tanja, bist du es? Geht es dir ...«

»Hier ist Stefanie. Flitzer, hast du schon gehört? Hier ist was los. Überall Polizei und Feuerwehr.« Die Volontärin klang hektisch und aufgeregt. »Überall Absperrungen, ich komme nicht durch. Aber es ist deutlich zu sehen, dass es brennt. Eine Bierhalle.«

»AP meldet, dass das Klosterbräu-Zelt brennt. Bei dpa ist nur von einem Wiesn-Zelt die Rede. Weißt du Näheres?«

»Klosterbräu? Die Richtung könnte stimmen. Ich versuche, mich irgendwie durchzuschlagen, mit Presseausweis. Vielleicht lassen sie mich durch die Absperrung.«

Litzka wusste, was in Schappi jetzt vorging. Das war der Traum eines jeden Volontärs: Durch Zufall bei einer großen Katastrophe als Erster vor Ort zu sein und so eine… nein, *die* Chance zu bekommen auf *die* ganz große Story! Er selbst hatte das vor elf Jahren erlebt. Er war siebzehn und absolvierte sein Schulpraktikum in der Lokalredaktion der *ATZ*. Er war mit dem Fahrrad in Trudering unterwegs, als ein Linienbus plötzlich mitten auf der Fahrbahn in einen großen Krater stürzte. Durch Zufall war er zur Stelle und konnte beobachten, wie die Rettungskräfte Dutzende Insassen aus dem Unglücksbus bargen – für drei von ihnen kam allerdings jede Hilfe zu spät! Vermutlich war er der erste *ATZ*-Praktikant, der schon in seiner ersten Praktikumswoche den Blattaufmacher schreiben durfte. So ähnlich konnte es heute auch Schappi gehen. Mit dem Unterschied, dass sie bei Weitem nicht die einzige Journalistin auf der Wiesn war. Aber im Moment die einzige von der *ATZ*.

Erst jetzt wurde Litzka schlagartig klar, dass er als Dienst habender Redakteur die weitere Berichterstattung zu organisieren hatte. Die Volontärin wäre allein hoffnungslos überfordert.

»Versuch, so nahe wie möglich ranzukommen und weitere Einzelheiten herauszufinden«, befahl er ihr und legte den Hörer auf, ohne ihre Antwort abzuwarten. Dann griff er zu seinem roten Plastikschnellhefter, in dem er alle wichtigen Telefonlisten, vom Rathaus über das Polizeipräsidium bis zur internen Redaktionsliste, abgelegt hatte. Zuerst rief er Lohmann, den Chefredakteur, an, der bei wichtigen Ereignissen immer informiert werden musste. Dann bestellte er noch zwei weitere Fotografen auf das Wiesn-Gelände. Und schließlich versuchte er noch einmal, Tanja anzurufen. Doch wieder keine Verbindung!

* * *

»Die Feuerwehr hat den Brand weitgehend unter Kontrolle. Aber es gibt eine Tote.«

Polizeihauptkommissar Manfred Wiedemann, der Leiter der Wiesn-Wache, berichtete Steinmayr und Sonne in wenigen Worten den aktuellen Sachstand. Er hatte im Eingangsbereich der Ochsenbraterei eine provisorische Einsatzzentrale einrichten lassen. Hier hatte sich inzwischen auch

Polizeipressesprecher Martin Brandt eingefunden, um als Ansprechpartner für die zahlreichen Journalisten vor Ort zur Verfügung zu stehen.

»Dabei können wir von Glück reden, dass es nur ein Todesopfer gegeben hat. Die Empore, wo das Feuer ausgebrochen ist, war abgesperrt. Eine Firma hatte den ganzen Bereich für ihren Wiesn-Abend reservieren lassen. Wären die Bänke da oben voll besetzt gewesen ...«

»Nicht auszudenken«, fiel ihm Steinmayr ins Wort.

»Eine Tote?«, fragte Litzka dazwischen.

»Flitzer, woher kommst du denn?«, wollte Sonne wissen.

»Ich mache meinen Job. Genau wie du. Was ist mit der Toten?«

Sonne zuckte mit den Schultern und schaute Wiedemann fragend an.

»Wir können leider noch keine Angabe zur Identität machen. Und wir haben über ein Dutzend Verletzte. Fast alles Rauchgasvergiftungen. Fest steht nur: Die Tote ist eine Frau zwischen zwanzig und dreißig. Mehr können wir noch nicht sagen. Es ist nicht viel von ihr übrig.«

Oh Gott, dachte Litzka und murmelte leise: »Tanja!« Wieder griff er zu seinem Mobiltelefon und drückte die Wahlwiederholungstaste. Es klingelte ins Leere.

* * *

Wenige Stunden später war das Feuer komplett gelöscht. Das verheerende Ausmaß wurde jetzt allmählich sichtbar: »Der ganze vordere Teil der Halle komplett abgefackelt. Nur noch ein qualmendes Gerippe«, murmelte Steinmayr.

»Ein absolutes Wunder, dass es nicht mehr Opfer gegeben hat«, sagte Sonne. Inzwischen waren auch die Brandfahnder vom K113 zur Stelle, sie hatten mit der Suche nach der Brandursache begonnen. Auch sie gehörten zum von Steinmayr geleiteten Dezernat. Ein beißender Gestank nach verbranntem Holz und Kunststoff lag in der Luft. »Was glaubst du? Hat das hier etwas mit unserer Drohung zu tun?«

Sonne schwieg einen Moment. Dann sagte er: »Ich glaube nicht. Schließlich bezog sich die Ankündigung auf ein konkretes Datum. Und bis zum 26. sind es noch zwölf Tage. Außerdem war in dem Brief von einer Explosion die Rede. Aber bislang hat kein Zeuge einen Knall gehört.«

»Stimmt«, sagte Steinmayr. »Aber ein Wiesn-Zelt fängt normalerweise nicht einfach so an zu brennen.«

»Stimmt auch.«

Die beiden Kommissare schritten durch die leere Bierhalle. Die meisten Tische und Sitzbänke waren umgestürzt. Hunderte von Bierkrügen lagen über den aus Holzbrettern zusammengesetzten Holzfußboden verteilt. Der skurrile Anblick erinnerte Sonne an den Morgen nach einer rauschenden Party. Der ganze hintere Teil der Halle war verschont geblieben, das Feuer hatte nur den vorderen Bereich vernichtet.

»Es kann ein elektrischer Defekt gewesen sein. Oder jemand hat mit einer Zigarettenkippe eine von diesen Papiertischdecken angezündet«, dachte Steinmayr laut nach.

»Aber wer? Die Empore war abgesperrt. Da kann niemand geraucht haben.«

»Die Tote war auf der Empore.«

»Um heimlich zu rauchen? Wohl kaum.« Sonne unterdrückte ein Lachen.

Dann hörten sie eine vertraute Stimme rufen: »Ihr zwei. Ich hab was für euch.« Es war Kommissar Gunnar Holmsen, der mit einem Notizzettel winkte und näher kam.

»Was gibt's, Sherlock?«

»Bei der Toten ist das Fragment eines verkohlten Personalausweises gefunden worden. Der Name stand leider nicht drauf, dafür aber waren die letzten fünf Ziffern der Ausweisnummer zu erkennen.«

»Und?«, forderte Sonne seinen jungen Kollegen auf, die dramatische Kunstpause zu verkürzen.

»In München ist nur eine Person mit diesen Endziffern gemeldet.« Er schaute auf seinen Zettel. »Sie heißt Silvia Thielmann und ist siebenundzwanzig Jahre alt. Sie wohnt in der Pfeuferstraße 43. Nicht weit von hier. Fünfzehn Minuten Fußweg.«

»Wenn da niemand öffnet, dann brauchen wir den Zahnarzt von dieser Dame.«

* * *

»Wenn es stimmt, dass es ein Todesopfer gab, dann müssen wir das Fest abblasen«, sagte Körber, der im Schottenhamel-Festzelt von dem Brand erfahren und sich sofort mit Festleiterin Schwarzkopf in einen Ruheraum hinter der Küche zurückgezogen hatte. Ihm zitterten die Hände vor Aufregung. Es war sein erstes Oktoberfest – und dann gleich das!

»Wir müssen jetzt erst mal Ruhe bewahren«, versuchte Schwarzkopf zu beschwichtigen. »Wichtig ist, dass sich herausstellt, dass die Brandursache nicht im ... wie soll ich sagen ... ich meine, dass so etwas nicht jederzeit in jedem anderen Zelt auch passieren kann. Wir sollten die Presse sofort entsprechend informieren.«

»Bevor die Brandursache festgestellt ist?«, wunderte sich Körber.

»Herr Körber, Sie sind doch Profi und wissen, wie der Hase läuft«, sagte Schwarzkopf in mütterlichem Ton. »Es muss uns jetzt in erster Linie darum gehen, eine Panik zu vermeiden. Es wäre tödlich für uns, wenn sich die Gäste ab morgen aus Angst vor einer Brandkatastrophe nicht mehr auf die Wiesn trauen. Einen Besucherrückgang können wir uns einfach nicht leisten.«

»Wir sollen die Menschen anlügen?«

»Herr Körber, ich bitte Sie! Sie sind doch Politiker, oder? Wir gehen davon aus, dass sich die Brandursache entsprechend aufklären wird. Aber wir können mit unserer Stellungnahme nicht warten, bis dieses Ergebnis offiziell vorliegt.«

»Und wenn sich bei die Untersuchungen doch etwas anderes herausstellt?« Körber war erschrocken über die Kaltblütigkeit der Festleiterin, die dem Volk offenkundig Beruhigungspillen verkaufen wollte.

»Dann ist die Wiesn längst vorbei. Und vor dem nächsten Oktoberfest können wir dann rechtzeitig verkünden, dass wir ein neues Brandschutzkonzept entwickelt haben, womit solche Vorkommnisse hundertprozentig ausgeschlossen sind.«

»Vorkommnisse? Es hat hier eine Tote gegeben!«, empörte sich Körber, der jetzt wieder deutlich machen wollte, dass er der Vorgesetzte der Chefin des Fremdenverkehrsamtes war, auch wenn er im Gegensatz zu ihr ein Neuling in seinem Job war, während sie schon seit siebzehn Jahren das größte Volksfest der Welt organisierte.

»Jetzt trinken Sie erst mal einen Schnaps, Herr Körber, und dann geben wir eine Pressekonferenz. Am besten gemeinsam mit der Polizei. Und kommen Sie mir bitte nicht wieder auf die Idee, die Wiesn jetzt abzublasen! – Das einzige Problem, das wir haben, liegt darin, dass uns ab sofort ein funktionsfähiges Festzelt fehlt. Achttausend Sitzplätze weniger bei diesem Altweibersommer. Und die Wiesn hat erst vor ein paar Stunden begonnen. Das könnte enorme Umsatzeinbußen nach sich ziehen ...«

Körber wurde wütend. Wie konnte diese Frau nur an Umsätze und fehlende Sitzplätze denken?

»Haben Sie noch gar nicht daran gedacht, dass vielleicht etwas anderes hinter diesem Feuer stecken könnte als ein Kurzschluss oder eine weggeworfene Zigarettenkippe?«

»Was meinen Sie?« Jetzt blickte ihn die Festleiterin verständnislos an.

»Ich meine den Drohbrief, dass auf der Wiesn eine Bombe hochgehen wird. Wollen Sie das Leben von vielen tausend Menschen aufs Spiel setzen?«

Sie konterte eiskalt: »Und Sie, Sie wollen den Erfolg des Oktoberfestes, den Ruf unserer Stadt, aufs Spiel setzen?«

* * *

Mehrere Stunden später am Nachmittag hatten sich alle Journalisten, die eigentlich für eine launige Reportage zum Wiesn-Auftakt auf das Oktoberfest gekommen waren, in einem von der Polizei abgesperrten Bereich der Ochsenbraterei eingefunden. Außerdem hatten einige Redaktionen zusätzlich noch ihre Polizeireporter losgeschickt. Denn dies war das erste große Unglück auf der Wiesn seit dem Attentat vor fünfundzwanzig Jahren. Für die *ATZ* saß natürlich Frank Litzka auf einer der Holzbänke und wartete schon seit fast einer Viertelstunde auf den Beginn der kurzfristig einberufenen Pressekonferenz.

Schappi hatte er im Auftrag von Lohmann losgeschickt, um für eine Umfrage möglichst viele Besucher-Stimmen einzufangen. »Leser-Blatt Bindung« nannte der Chefredakteur immer diese Aktionen, die dazu führen sollten, dass sich möglichst viele Abonnenten und Käufer mit Namen und Bild in der Zeitung wiederfanden.

»Sieh an, der Flitzer ist auch wieder vorne dabei«, sagte Josef Fillinger und setzte sich neben Litzka.

»Und wo es Tote gibt, darf auch der Leichen-Sepp nicht fehlen«, begrüßte Litzka den Polizeireporter des Bayerischen Rundfunks, der längst als Urgestein unter den Münchner Blaulicht-Journalisten galt. Manchmal war er besser über die Hintergründe eines Falles informiert als die zuständigen Beamten.

»Ich hatte mir dieses Wochenende eigentlich anders vorgestellt«, stöhnte Fillinger. »Wir wollten das schöne Wetter ausnutzen und noch mal zum Ammersee rausfahren.«

Als er »wir« hörte, fiel Litzka auf, dass er bislang keine Ahnung hatte, ob der Leichen-Sepp Familie hatte. Er war wohl immer stillschweigend davon ausgegangen, dass jemand, der stets rund um die Uhr ein Ohr am Polizeifunk hat und jederzeit einsatzbereit ist, Junggeselle, Witwer oder geschieden sein muss. Er kam nicht mehr dazu, Fillinger nach seinen familiären Verhältnissen zu fragen, weil in diesem Moment Steinmayr und Brandt den Raum betraten, gefolgt von dem OB und Frau Schwarzkopf. Sie setzten sich auf ein provisorisch aufgebautes Podium und schauten in die zahlreichen Kameras, die auf sie gerichtet waren.

Margarete Schwarzkopf ergriff als erste das Wort. Sie sprach einige kurze Sätze des Bedauerns über den tragischen Todesfall, verwies auf das disziplinierte Verhalten der Besucher und das schnelle Eingreifen der Rettungskräfte, wodurch Schlimmeres verhindert worden sei.

Litzka schrieb einige Zitate in seinen Notizblock. Doch es fiel ihm schwer, sich zu konzentrieren. Immer noch dachte er an Tanja und hoffte, dass ihr nichts passiert sei. Warum meldete sie sich nicht?

Schwarzkopf appellierte an die journalistische Verantwortung der Berichterstatter und bat, keine Hysterie in der Bevölkerung zu schüren. »Die Wiesn ist sicher! Niemand muss Angst haben«, sagte sie in beschwörendem Tonfall.

»Ziemlich makaber, so etwas vor einem halb abgebrannten Wiesn-Zelt zu sagen, in dem vor ein paar Stunden ein Mensch ums Leben gekommen ist«, flüsterte Leichen-Sepp, der sonst eigentlich wenig sentimental war, wenn es um Mord und Totschlag ging.

Litzka nickte zustimmend, während er Schwarzkopfs Floskel aufschrieb.

Jetzt war Körber an der Reihe. Er war leichenblass, Schrecken, ja Entsetzen waren ihm deutlich anzusehen. Er zog die vier Mikrofone der Radioreporter, die vor Schwarzkopf aufgebaut waren, vor sich auf den Tisch. »Sie werden sich fragen, ob das Oktoberfest nach diesem Zwischenfall noch unbeschwert fortgesetzt werden kann. Und ich sage Ihnen: Ich bin der festen Überzeugung, dass es nicht richtig wäre, die Wiesn abzubrechen. Millionen Menschen aus aller Welt sind hierher gekommen, um mit uns zu feiern. Sie wollen wir nicht enttäuschen – auch nicht nach diesem Zwischenfall.«

»Es hat eine Tote gegeben!«, rief eine *SZ*-Journalistin wütend dazwischen.

Für den Bruchteil einer Sekunde wirkte es, als hätte Körber den Faden verloren. Doch dann sprach er weiter: »Wir haben in der Festleitung einvernehmlich beschlossen, dass wir aus den Einnahmen des diesjährigen Souvenirverkaufs einen

Fonds bilden, aus dem wir der Familie des Opfers eine lebenslange Rente zahlen.«

Litzka bemerkte den überraschten Ausdruck in Schwarzkopfs Gesicht. War Körber mit diesem Vorschlag ohne Absprache vorgeprescht? Litzka hielt dies durchaus für möglich, denn Körber war schon als Landtagsabgeordneter und Sozialpolitiker immer wieder als Mensch mit Herz und Mitgefühl und durch spontane karitative Maßnahmen aufgefallen – nicht immer zur Freude des Schatzmeisters seiner Partei.

»Natürlich müssen wir erst abwarten, bis die Leiche ... also das Opfer ... die Identität der Toten geklärt ist«, schloss Körber seine Ausführungen und übergab mit einer stummen Handbewegung das Wort an Kriminaloberrat Steinmayr.

Eine junge Kollegin vom *Merkur* stupste Litzka an und fragte leise: »Warum spricht hier eigentlich der Chef des Morddezernats?«

»Steinmayrs Dezernat ist auch für Brandermittlungen zuständig«, flüsterte Litzka.

»Herr Körber hat es bereits erwähnt«, begann Steinmayr, »die Leiche ist noch nicht endgültig identifiziert. Wir gehen aber inzwischen mit an Sicherheit grenzender Wahrscheinlichkeit davon aus ...«

Wie oft hatte er diese Polizistenfloskel schon gehört, die nichts anderes bedeutete als: Wir sind uns sicher, wollen uns aber lieber nicht festlegen. Er spürte sein Herz schneller klopfen. Natürlich war es unwahrscheinlich, dass ausgerechnet Tanja ... Aber solange sie sich nicht meldete, konnte er nicht sicher sein, dass ihr nichts passiert war.

»... dass es sich bei dem Todesopfer um die siebenundzwanzigjährige Bürokauffrau Silvia Thielmann aus München handelt.«

Ein Stein fiel von seinem Herzen. Und im gleichen Moment wurde ihm klar, dass es andere Menschen geben musste, für die bei dieser Botschaft eine Welt zusammenbrach. Er schrieb den Namen in seinen Block. Er brauchte jetzt unbedingt ein Foto von dieser Frau für die Seite eins.

»Frau Thielmann war im Klosterbräu-Zelt als Servicekraft beschäftigt«, fügte Steinmayr hinzu. »Die Brandermittlungen dauern an. Die Staatsanwaltschaft hat eine Obduktion angeordnet. Das ist alles, was ich Ihnen im Moment sagen kann.«

Der Tod auf der Wiesn hatte jetzt einen Namen.

7. Kapitel

Als sie wieder zu sich kam, erkannte sie, dass sie sich in einem Krankenwagen befand. Es dauerte einige Sekunden, ehe die Erinnerung zurückkam. Sie spürte, dass sich das Fahrzeug bewegte.

Bevor sie etwas fragen konnte, sagte ihr der ganz in Weiß gekleidete Sanitäter: »Alles in Ordnung. Sie haben nur etwas viel Qualm eingeatmet. Wir bringen Sie zur Untersuchung ins Schwabinger Krankenhaus.«

»Wie lange war ich ohnmächtig?«

»Bestimmt nicht lange, Ihr Freund, ein Herr Wolters, hat Sie aus dem Zelt getragen.«

Tanja stellte fest, dass der Krankenwagen ohne Sirene fuhr. Es war offenbar auch kein Notarzt an Bord. Also konnte es ihr wirklich nicht sehr schlecht gehen. Sie hustete. Ein furchtbares Kratzen im Hals. Dann erinnerte sie sich daran, dass sie kurz vor dem Feuer Flitzer eine SMS geschickt hatte. Was war, wenn er auch beim Ausbruch des Brandes in dem Zelt gewesen war?

»Gab es noch mehr Verletzte? Und wo ist mein Handy?«

»Sie hatten kein Handy bei sich«, antwortete der Sanitäter, während er routiniert Tanjas Puls fühlte. »Sie hatten überhaupt keine Tasche dabei.«

»Das gibt's doch nicht. Ich muss es verloren haben. Verdammt!«

* * *

Es gab noch einige Fragen der Journalisten, die jedoch vage und ausweichend beantwortet wurden.

Dann ließ Beethovens Schicksalssymphonie alle Anwesenden aufschrecken. Litzka hatte vergessen, sein Handy auf lautlos zu schalten. Sein polyphoner Klingelton war in der Münchner Medienszene längst zu seinem Markenzeichen geworden. Eine Nachricht von Tanja? Er sprang mit dem Telefon in der Hand auf und erkannte mit einem Blick, dass ein *unbekannter Anrufer* angezeigt wurde. Er trat wenige Schritte vor die Ochsenbraterei, nahm das Handy ans Ohr und sagte: »Hallo?«

»Mein Name ist Jens Beck«, sagte eine ihm unbekannte männliche Stimme. »Spreche ich mit Frank Litzka?«

»Am Apparat.«

»Es geht um Tanja Kollaritsch.«

Herzklopfen. Was hatte es zu bedeuten, dass ein fremder Mann ihn wegen Tanja anrief? Warum konnte sie nicht selbst telefonieren?

»Was ist mit Tanja?«

»Sie hat mich gebeten, Sie anzurufen. Es ist wegen des Feuers auf dem Oktoberfest, vielleicht haben Sie schon davon gehört. Sie war in dem Zelt, wo es gebrannt ...«

»Ja ja, ich weiß schon. Was ist mit Tanja? Ist ihr etwas passiert?«

»Sie ist im Schwabinger Krankenhaus. Leichte Rauchvergiftung. Aber es geht ihr soweit gut. Sie soll heute noch wieder entlassen werden.«

Litzka war erleichtert. »Aber warum ruft sie mich nicht selbst an?«, fragte er, und im gleichen Moment fiel ihm ein, dass Mobiltelefone in Krankenhäusern verboten waren.

»Sie hat in dem Tumult ihr Handy verloren. Darum konnte sie Sie nicht anrufen. Sie meldet sich bei Ihnen, wenn sie wieder raus ist.«

»Danke, und viele Grüße.«

Litzka beendete die Verbindung. Er hatte überhaupt nicht gefragt, wer dieser Jens Beck war. Ein Arzt oder ein Pfleger aus dem Krankenhaus? Sicher nicht, dann hätte er sich auch entsprechend gemeldet. Ein Verwandter? Oder doch ein neuer Freund? Diesen Gedanken hatte er in den vergangenen Tagen verdrängt. Zum vereinbarten Treffen war es noch nicht gekommen. Wer war dieser Jens Beck? Und hatte sich nicht neulich die männliche Stimme an ihrem Telefon auch mit diesem Namen gemeldet? Und warum mussten alle Frauen in seinem Leben mit irgendwelchen anderen Männern durch die Gegend ziehen?

Inzwischen waren auf der Pressekonferenz die Schlussworte gesprochen worden. Leichen-Sepp baute schon sein Mikro ab.

»Hab ich noch was verpasst?«, erkundigte sich Litzka.

»Gar nichts. Nur die üblichen Phrasen. Hat nur noch gefehlt, dass sie gesagt hätten, dass in alle Richtungen ermittelt wird.«

Sie lachten beide.

»Also dann, gutes Gelingen«, sagte Litzka. Im Gegensatz zu dem Radio-Reporter, der sich direkt auf den Weg ins Funkhaus machte, um sicherlich live auf B5 auf Sendung zu gehen, hatte Litzka noch einen Tag Zeit, weil am Sonntag keine Zeitung erschien. Er überlegte kurz, ob er zu Tanja ins Krankenhaus fahren solle, verwarf den Gedanken aber sofort wieder. Er wollte sie nicht in eine peinliche Situation bringen. Sicherlich hatte sie Gründe dafür, dass sie ihm ihren neuen Freund noch nicht vorgestellt hatte. Vielleicht war er eifersüchtig.

»Alles klar, Flitzer?«, fragte Sonne und riss ihn damit aus seinen Gedanken.

»Wo kommst du denn her? Und warum warst du bei der PK nicht dabei?«

»Erstens hätten sich deine Kollegen dann vielleicht unnötigerweise gefragt, was ein Mordermittler hier soll. Und zweitens habe ich interessante Neuigkeiten von der Spusi.«

Jetzt erst sah Litzka, dass Sonne eine durchsichtige und offenbar von der Spurensicherung beschriftete Plastiktüte in der linken Hand trug. Der Inhalt sah nach Glasscherben aus.

»Was denn?«

»Die Jungs haben ja Erfahrung mit so was.« Er hielt die Tüte hoch. »Und sie meinen, dass diese Glasscherben auf den ersten Blick verdammte Ähnlichkeit mit den Tatortspuren von Günzburg, Weißenhorn und Dillingen haben.«

Litzka konnte die drei Ortsnamen sofort den Brandanschlägen auf ein türkisches Kulturzentrum, ein jüdisches Gemeindezentrum und ein griechisches Restaurant zuordnen. Bei allen drei Fällen in Schwaben waren später in unmittelbarer Nähe Hakenkreuzschmierereien entdeckt worden. Die *ATZ* hatte groß berichtet und es als Polizeiskandal angeprangert, dass die Täter immer noch frei herumliefen. »Du meinst ...«

»Absolut. Brandbeschleuniger. Im Volksmund auch Molotow-Cocktail genannt.«

»Sicher?«

»Mit an Sicherheit ...«

»... grenzender Wahrscheinlichkeit. Ich weiß schon ...«

»Aber das ist noch *off the records*, okay? Wir müssen den Laborbericht abwarten.«

»Klar«, antwortete Litzka, der wusste, dass Sonne darauf vertraute, interne Informationen nicht am nächsten Tag in der Zeitung lesen zu müssen. Und Litzka hatte sein Vertrauen eigentlich noch nie missbraucht, obgleich ... Es beruhte auf Gegenseitigkeit, beide konnten sich aufeinander blind verlassen.

»Ich befürchte, wir werden diese Nazitruppe mal genauer unter die Lupe nehmen müssen«, sagte Sonne.

»Aber das Oktoberfest ist doch wirklich kein typisches Anschlagsziel für Rechtsextremisten.«

»Und was ist mit der Bombe von 1980?«

»Aber warum brennt es dann auf einer abgesperrten Empore, wo sich kein Mensch befindet? Bis auf die Kellnerin.«

»Vielleicht ein Versehen? Oder eine Warnung?«

»Eine Warnung?« Litzka durchschaute Sonnes Gedankengang sofort. »Du meinst eine Warnung vor dem ganz großen Knall?«

»Exakt. Vielleicht wissen sie, dass wir einen Hinweis auf den Anschlag am 26. bekommen haben. Und jetzt wollen sie uns demonstrieren, dass sie es wirklich ernst meinen.«

Litzka schwieg. Bislang hatte er es nicht wahrhaben wollen, dass sich hinter dem anonymen Schreiben wirklich eine tödliche Bedrohung verbarg. Was war, wenn Kai und seine obskuren Kameraden dahinter steckten? Vielleicht war Kai auch in die Pläne seiner Freunde gar nicht eingeweiht. Er wollte sich nicht vorstellen, dass Kai ein Brandstifter war.

* * *

Noch am gleichen Abend war im Amtszimmer des Oberbürgermeisters erneut die Krisenrunde zusammengekommen. Körber trug jetzt wieder einen braunen Cordanzug, in dem er sich wesentlich wohler fühlte als in der Wiesn-Tracht. Die übrigen Herren waren in graue Anzüge gewandet, nur Margarete Schwarzkopf trug nach wie vor ihr Dirndl.

»Sind wir wirklich alle der Meinung, dass wir das Oktoberfest fortsetzen wollen?« Körber blickte in die Runde, in der er zwar formal der Mächtigste, in Wirklichkeit aber, jetzt, wenige Monate nach seinem Amtsantritt, wohl noch der Einflussloseste war. Ihm war klar, dass er einen Abbruch des Festes gegen die Meinung der Übrigen zwar durchsetzen konnte, aber vermutlich politisch nicht überleben würde. Und er wusste, dass die Wiesn nur in Kriegen oder bei Hungersnöten ausgefallen war, und auch unmittelbar nach den Anschlägen vom 11. September hatte der Stadtrat sich gegen eine Absage ausgesprochen.

»Ich habe soeben mit dem Polizeipräsidenten telefoniert«, sagte der Staatssekretär des Innenministeriums Heisinger. »Wir werden ab sofort die Personalstärke auf dem Festgelände verdoppeln. Das betrifft sowohl die uniformierten als auch die zivilen Kräfte. Rund um die Theresienwiese werden wir berittene Streifen einsetzen und somit abschreckende Präsenz zeigen. Im Übrigen konzentrieren sich unsere Ermittlungen auf die Münchner Neonazi-Szene. Wenn die Sache dort ausgeheckt wurde, dann ist der Fall innerhalb von vierundzwanzig Stunden geklärt.«

»Woher nehmen Sie diesen Optimismus?«, zweifelte Körber.

»Wir vertrauen auf unsere verdeckten Ermittler.«

Jetzt wurde Körber wütend. »Wenn Sie verdammt noch mal Undercover-Nazis in die Szene eingeschleust haben, warum haben Sie diesen Anschlag dann nicht verhindert?«

»Beruhigen Sie sich, Herr Körber«, redete Frau Schwarzkopf auf ihn ein, was ihn noch wütender machte. Er musste sich nicht von seiner Fremdenverkehrschefin derart belehren lassen. Er war schließlich der Oberbürgermeister und trug die Verantwortung.

»Bislang sind wir davon ausgegangen, dass vor dem 26. keine Gefahr droht«, sagte Heisinger kleinlaut.

»Da haben Sie sich wohl geirrt.« Körber unterstrich seinen Ausruf, indem er mit der flachen Hand auf seine Schreibtischplatte schlug. Dann bemerkte er selbst, dass diese Geste nur sehr halbherzig wirkte. Warum hatte er nicht mit der Faust auf den Tisch gehauen? »Ihr tödlicher Irrtum hat einer unschuldigen Frau das Leben gekostet! Wollen Sie noch mehr Menschenleben aufs Spiel setzen?«

»Was wollen Sie eigentlich, Herr Oberbürgermeister?« Wenn sie ihn mit seinem Amtstitel ansprach, wirkte Schwarzkopf immer besonders hochnäsig. »Wollen Sie die Verantwortung dafür übernehmen, dass man uns nachsagen kann, wir hätten vor dem Verbrechen kapituliert und Schwäche gezeigt?«

»Wir müssen Stärke zeigen gegen die Kriminalität! Wenn wir nachgeben, haben die wirren Köpfe doch ihr Ziel erreicht und werden immer wieder versuchen, den Staat zu erpressen.« Heisinger schloss sich augenblicklich an und seine Stimme klang, als würde er eine Kabinettsvorlage seines Innenministers zitieren. »Und daher hält die Staatsregierung an ihrem Null-Toleranz-Konzept fest. Wir haben den Auftrag des Wählers, dieses Konzept umzusetzen.«

Heisinger spielte auf die Landtagswahl vor einem Jahr an, in der die Regierungspartei mit einer überwältigenden Mehrheit bestätigt wurde, nachdem sie das im Wahlkampf von der Opposition stark bekämpfte Konzept gegen die organisierte Kriminalität zum Hauptthema gemacht hatte. Bestärkt in diesem Null-Toleranz-Konzept wurde die Partei durch den tragischen Zufall, dass wenige Tage vor der Wahl ein Mordanschlag auf den Ministerpräsidenten und Spitzenkandidaten verübt wurde. Körber war der Spitzenkandidat der SPD gewesen und hatte das schlechteste Wahlergebnis seiner Partei in der Nachkriegsgeschichte eingefahren. Umso mehr ärgerte ihn das Gebaren des Staatssekretärs, in dessen Augen er sicherlich immer noch der Verlierer der Landtagswahl und nicht der strahlende Gewinner der OB-Wahl war.

»Was meinen Sie eigentlich als Wirte-Sprecher?«, wandte sich Körber nun an den Klosterbräu-Besitzer.

Schoberl hatte bislang noch nichts gesagt. »Sie können sich vorstellen, dass ich immer noch ziemlich geschockt von den Ereignissen bin. Erst allmählich beginne ich zu begreifen, was heute passiert ist. Dass nämlich mein Wiesn-Zelt abgebrannt und zerstört ist. Ich kann noch nicht abschätzen, welche Auswirkungen dies auf meine Brauerei hat. Ich muss Dutzende Servicekräfte fristlos entlassen. Die Einnahmen waren fest eingeplant. Wenn ich keine Lösung finde, diese Ausfälle auszugleichen, droht Klosterbräu die Insolvenz. Es ist schlimm genug, dass es mich und meine Mitarbeiter getroffen hat. Aber deshalb müssen wir nicht auch noch die anderen Brauereien und Schausteller in Nöte bringen, indem wir die Wiesn abbrechen und ihnen so die fest einkalkulierten Einnahmen streitig machen. Ich appelliere an Ihre Solidarität mit den Wiesn-Wirten.«

»Ich habe bereits kurz mit einigen anderen Wirten sprechen können«, sagte Schwarzkopf. »Sie haben signalisiert, dass sie einen Solidaritätsfonds für den Ausgleich der Schäden bei Klosterbräu bilden würden, sofern wir auf einen Abbruch des Oktoberfestes verzichten. Ich finde, das ist eine sehr faire Geste. Oder, Herr Oberbürgermeister?«

Körber hatte innerlich längst nachgegeben. Seine Angst um Leib und Leben der Wiesn-Besucher schien nichts wert zu sein im Vergleich zu der Sorge um die Millionenumsätze der Brauereien. Nur Sekunden dachte er daran, die Verantwortung für die Fortsetzung des Festes abzulehnen und zurückzutreten. Doch damit wäre seine Karriere gewiss zu Ende gewesen und er hätte in der bayerischen Politik keinen Fuß mehr auf die Erde bekommen. Er war so stolz auf sein neues Amt. Und vielleicht ging ja doch alles gut und die Polizei würde einen Anschlag verhindern. Warum sollte er nicht auf die Sicherheitskräfte vertrauen? Und doch wollte er diese Krisensitzung nicht als Schwächling beenden. Darum wandte er sich an Heisinger und sprach: »Ich mache Sie, Herr Staatssekretär, persönlich für die Sicherheit der Wiesn-Besucher verantwortlich. Und wenn etwas passiert, werde ich Sie zur Rechenschaft ziehen.«

Heisinger lächelte kalt.

* * *

Als die anderen sein Büro verlassen hatten, blieb Körber allein im Lichtkegel seiner Schreibtischlampe zurück. Er wusste, dass seine Drohung gegenüber Heisinger nur Theaterdonner gewesen war. Doch danach fühlte er sich besser. Er hatte Angst. Angst vor der falschen Entscheidung. Bislang hatten seine Entscheidungen nur Auswirkungen auf die Höhe der Hundesteuer oder den Flächennutzungsplan gehabt. Noch nie war es um Leben und Tod gegangen. Er öffnete den Schrank unterhalb seines Schreibtisches und nahm die Whiskyflasche heraus, die er dort für Notfälle deponiert hatte. Er hatte sie erst einmal gebraucht: Als ein Volksbegehren gegen den Bau neuer Hochhäuser in der Stadt erfolgreich war und er damit eine herbe politische Niederlage einstecken musste.

Er goss sich ein Glas ein, nahm einen Schluck und atmete tief durch. Seit dem frühen Morgen war er auf den Beinen.

Der Tag hatte mit der Aufregung vor dem ersten Anstich begonnen, und er endete mit der Angst vor der großen Katastrophe. Er hatte seit dem Anzapfen nicht mehr mit seiner Frau gesprochen. Er wollte jetzt heimfahren zu seiner Familie und für wenige Stunden bis zum nächsten Morgen die Aufregung vergessen. In diesem Moment hörte er, wie im Vorzimmer das Faxgerät mit einem dezenten Piepston den Empfang eines Fax signalisierte. In der Überzeugung, es handele sich um eine unwichtige Mitteilung, die auch bis Montag warten könnte, warf er im Vorbeigehen einen Blick auf das Blatt Papier, das langsam aus dem Gerät ausgespuckt wurde.

Er las: *Pressemitteilung der Benedictus-Brauerei zum Brand auf dem Oktoberfest.*

* * *

Jürgen Sonne und Natascha Steinberg standen vor einem unscheinbaren Gebäude in der Pfeuferstraße. Sie waren zu zweit, weil dies Vorschrift war. Anders als in den einschlägigen Fernsehserien waren sie aus Sicherheitsgründen auch bei Routinebesuchen niemals allein. An der braunen Holztür klebte ein Zettel, der auf eine Krimilesung mit dem Titel »Tod im Eishaus« hinwies.

»Das passt ja hervorragend«, sagte Sonne. »Aber was ist das Eishaus?«

Natascha schaute sich den Zettel genauer an. »Scheint ein Veranstaltungsraum hier im Rückgebäude zu sein. Eishaus klingt bei diesen Temperaturen nicht schlecht.«

Sonne drückte den Klingelknopf neben dem Namen Thielmann. Erwartungsgemäß öffnete niemand. Bei der Klingel, die dem Schild »Hausmeister« zugeordnet war, hatten sie mehr Glück. Und es bedurfte nur eines autoritären Blickes des Kommissars und eines kurzen Winkens mit der Kripo-Marke, bis ein offenbar sehr obrigkeitshöriger Hausmeister, der ein Hörgerät trug und nicht mehr der Jüngste war, die Wohnung im dritten Stock mit einem Generalschlüssel geöffnet hatte.

Die Wohnung war ordentlich aufgeräumt. Sonne dachte an seine eigene Bude und fragte sich, ob Frauen von Natur aus ordentlicher seien als Männer. Er beschloss, mit dieser Arbeitsthese zunächst weiter durchs Leben zu gehen und sich damit den Zustand seiner Wohnung zu erklären.

»Sieht's bei dir daheim auch so blitzblank aus?«, fragte er seine junge Kollegin.

»Nur, wenn Chris daheim ist. Jungfrau und die personifizierte Ordentlichkeit.«

Sonne warf seine soeben aufgestellte Hypothese wieder über den Haufen. Ihm fiel auf, dass er den Namen von Nataschas Freund bislang gar nicht kannte. Überhaupt stellte er immer wieder fest, wie wenig aus dem Privatleben seiner Kollegen er wusste. Und genauso wenig gab er wohl auch von sich selbst preis.

»Brauchen Sie mich noch, Herr Inspektor?«

Ach ja, der Hausmeister, dachte Sonne. »Nein, danke. Wir kommen zurecht. Wir werden die Wohnungstür versiegeln. Die Kollegen vom Erkennungsdienst werden dann noch kommen.«

Die Wohnung war preiswert, aber geschmackvoll eingerichtet. Silvia Thielmann liebte offenbar die Farbe blau. Türrahmen und Türen waren blau gestrichen, auch der Teppich im Flur war blau. Sie gingen ins Wohnzimmer, wo eine dunkelblaue Ledersitzgarnitur stand. Die Vorhänge waren hellblau, die Schrankwand aus Buchenholz. In mehreren

Glasvitrinen standen Frösche aller Art: aus Ton, Holz, Plastik und Porzellan. Offenbar eine Sammelleidenschaft. Mit wenigen geübten Blicken hatte er anhand der Einrichtung erkannt, dass die Wohnung nur von einer Person bewohnt wurde. Der Blick ins Schlafzimmer, in dem ein unberührtes Bett stand, bestätigte dies. Er zog ein Paar Einweghandschuhe über, die er immer bei sich trug, und öffnete Schränke und Schubladen. Derweil setzte sich Natascha an einen kleinen Schreibtisch, der im Schlafzimmer am Fußende des Bettes stand.

»Ich habe einen Versicherungsschein von der Krankenkasse gefunden«, sagte sie und fügte in einem Ton hinzu, den Sonne irgendwo zwischen Neid und Verachtung einordnete: »Privat versichert.«

»Über die Kasse dürfte es kein Problem sein, den Zahnarzt herauszufinden.«

»Es dürfte allerdings kein Zweifel mehr daran bestehen, dass die Tote Silvia Thielmann ist.«

»Warum so sicher?«, wollte Sonne wissen.

»Weil hier auch ein Arbeitsvertrag mit der Klosterbräu AG liegt. Befristete Anstellung als Servicekraft auf dem Oktoberfest. Schau hier!«

Sonne nahm das Dokument in die Hand. »Viel verdienen die aber nicht.«

»Du musst das Trinkgeld dazurechnen. Da kommt noch einiges dazu. Ich habe selbst mal ...«

»Du? Gekellnert auf der Wiesn?«

»Nicht auf der Wiesn, aber im Augustiner. Als Schülerin während der Sommerferien. Meine Erfahrung war: Das Trinkgeld steigt proportional zur Tiefe des Ausschnitts.«

Sonne grinste in sich hinein und malte sich den Anblick Nataschas mit tief ausgeschnittenem Oberteil aus. Denn im

Dienst war sie immer hoch geschlossen, und selbst im Hochsommer trug sie niemals Röcke, immer Hosen, meistens Jeans.

»Was bedeutet eigentlich Romantic-Style?«

Sie reagierte mit einem verständnislosen Blick.

»Ich meine, im Zusammenhang mit Jeans? Hosen?«

Sie zuckte mit den Schultern und schaute, als habe sie die Pointe eines schlechten Witzes nicht verstanden. Dann wandte sie sich wieder dem Schreibtisch und dem darauf befindlichen Papierkram zu. »Handyrechnungen und eine Menge privater Briefe.«

»Mit Verbindungsnachweis? Die Rechnungen, meine ich?«

»Sieht so aus. Alles ordentlich abgeheftet. Mitnehmen?«

»Auf jeden Fall. Und was sind das für Briefe? Mit der Hand geschrieben?«, staunte Sonne darüber, dass im Zeitalter von E-Mail und Laserdrucker noch jemand handschriftliche Korrespondenz pflegte. Er überlegte, wann er selbst zum letzten Mal einen Brief mit der Hand geschrieben habe. Ihm fiel nur ein Brief an seine Oma zum achzigsten Geburtstag ein. Und die war vor zwölf Jahren gestorben – im Alter von zweiundneunzig. »Zeig mal!«

Natascha reichte ihm den Stoß Papier.

»Eine weibliche Handschrift«, murmelte Sonne, »also keine Liebesbriefe.«

»Wieso nicht?«, fragte Natascha schnippisch.

Sonne verdrehte die Augen. Natürlich wusste er, dass Frauen auch Frauen lieben konnten. Aber was sollte dieser giftige Tonfall jetzt? Er beschloss, ihre Bemerkung als winzigen Anflug von Zicken-Terror abzutun und zu ignorieren. »Unterschrieben sind sie alle von einer Marianne«, stellte er fest. »Und datiert jeweils im Abstand von drei bis vier Wochen.«

»Eine Brieffreundschaft?« Sie nahm die Blätter wieder in die Hand.

»Möglich. Aber dann ist die Brieffreundschaft irgendwann in die Brüche gegangen. Oder die beiden haben vor neun Jahren auf E-Mail umgeschaltet.«

»Dann wären sie aber Pioniere in der virtuellen Welt gewesen«, erwiderte Natascha. »Zu der Zeit war E-Mail noch nicht sehr verbreitet und ziemlich teuer. Eher was für Freaks.«

»Hat diese Marianne denn auch einen Nachnamen?«, fragte Sonne.

Natascha blätterte die Briefe durch. »Ah, hier.« Auf einem der Briefe war ein Absender aufgedruckt.

»Und?«

»Marianne Kischel. Margeritenstraße 4. Fürstenfeldbruck.«

»Marianne Kischel? Wo habe ich den Namen neulich schon mal gehört?« Sonne sah in Gedanken vor sich die Druckbuchstaben des Namens in schwarzer Schrift auf grünem Hintergrund. Ein grüner Aktendeckel. Eine Mordakte. Jetzt fiel es ihm wieder ein: »Der Wiesn-Mord.«

»Wie bitte?«

»Marianne Kischel war das Opfer. Der Fall lag erst kürzlich wieder auf meinem Schreibtisch. Unaufgeklärt.«

»Das muss vor meiner Zeit gewesen sein«, sagte Natascha. »Wann war das?«

»Im September 1996. Also vor neun Jahren.«

* * *

Pressemitteilung der Benedictus-Brauerei zum Brand auf dem Oktoberfest, las Litzka auf dem Blatt Papier im Faxgerät. Neugierig las er den restlichen Text.

Die Benedictus-Brauerei in Martinsried bei München bietet den Organisatoren des Oktoberfestes ihre unbürokratische Hilfe an. Nach dem Brand eines Bierzeltes auf der Theresienwiese ist die

Benedictus-Brauerei bereit, innerhalb kürzester Zeit ein Ersatzzelt mit 5500 Sitzplätzen aufzubauen. Auch die Bewirtung der Besucher wäre gewährleistet. Um nicht gegen den Kodex der Wiesn-Wirte zu verstoßen, erklärt sich Benedictus bereit, das Bier für den Ausschank einer der Münchner Großbrauereien abzunehmen. Damit wäre sichergestellt, dass auf dem Oktoberfest weiter nur Münchner Bier verkauft wird. Unterzeichnet war die Pressemitteilung von Fürst Waldemar von Rosenberg.

»Fürst Waldi«, murmelte Litzka leise vor sich hin.

8. Kapitel

Er lässt nichts unversucht, um irgendwie auf die Wiesn zu kommen«, sagte Tanja Kollaritsch, als sie mit Frank Litzka eine halbe Stunde später auf dem Sofa in ihrer Laimer Wohnung saß und das Fax der Benedictus-Brauerei las, das Litzka mitgebracht hatte. »Er hatte in meinem Interview bereits angekündigt, eine besondere Aktion zu starten.« Tanja war barfuß und saß auf ihrem Sofa im Schneidersitz. Sie hatte ihre schwarzen Haare hochgesteckt und trug eine rote Bluse, deren obersten drei Knöpfe offen waren.

»Was für eine Aktion?«, fragte Litzka und griff in die Schale mit Erdnuss-Flips.

»Er hat ein großes Geheimnis daraus gemacht. Nur Andeutungen. Es ging darum, dass er sich nach dem Protestmarsch auf die Wiesn vor ein paar Jahren diesmal eine effektivere Aktion einfallen lassen würde.« Sie beugte sich vor, um in die Schale mit Knabberzeug zu greifen. Litzka fragte sich, ob es wohl Absicht war, dass er ihr für Sekundenbruchteile in die Bluse blicken konnte. Sie trug einen schwarzen BH. Obwohl es wirklich nur ein winziger Augenblick war, fühlte er sich sofort ertappt und ließ seinen Blick auf das Fax sinken. Aber sie ließ sich nichts anmerken, sondern redete weiter. Welches Spiel spielte sie mit ihm? Die Verabredung war spontan zu Stande gekommen. Nachdem er die Pressemitteilung der Brauerei in der Redaktion erhalten hatte, hatte er sie sofort angerufen. Sie war daheim und fragte ihn, ob er nicht zu ihr kommen wolle, woraufhin er wenige Minuten später mit seinen gesamten Aufzeichnungen und Ausdrucken aus dem Archiv der Zeitung in seinem Polo saß. Endlich konnte er es hinter sich bringen und sich ihrem neuen Freund vorstellen lassen, hatte er gedacht. Doch wenn der sich nicht im Kleiderschrank oder in der Spülmaschine versteckt hatte, dann war Tanja allein in ihrer Zwei-Zimmer-Wohnung in der Reithmannstraße. Und provozierte ihn mit tiefsten Einblicken! Bislang hatten sie aber nur über Fürst Waldi und seine Brauerei gesprochen.

»Was glaubst du?«, drang ihre Stimme plötzlich wieder in sein Bewusstsein vor.

»Entschuldige, ich war grad woanders. Was sagtest du?«

»Du bist überarbeitet, Flitzer! Ich fragte, ob du wusstest, dass der Fürst mit seiner Brauerei kurz vor der Pleite steht.«

Litzka schüttelte den Kopf.

»Die Umsatzzahlen sinken seit Jahren. Es gab betriebsbedingte Kündigungen, von über dreißig Entlassungen war in Branchenkreisen die Rede. Und der amerikanische Mutterkonzern verlangt weitere Kostensenkungen.«

»Masterbrew?«

»Genau. Die räumen den deutschen Biermarkt auf. Sind angeblich auch an Klosterbräu interessiert.«

»Na toll«, sagte Litzka und griff zu einem Glas Cola, das neben der Flips-Schale stand, »es dauert nicht mehr lange, bis in Deutschland nur noch ein Einheitsbier ausgeschenkt wird.«

»So wie die Einheits-Cola, die du literweise in dich hineinschüttest.« Sie lächelte ihn an, und er schaute sofort weg, um nicht dahinzuschmelzen. Ihr neuer Freund war wirklich zu beneiden. Nicht nur um dieses Lächeln.

»Es gab bis vor anderthalb Jahren noch eine kleine Produktionsstätte in Kisslegg im Allgäu. Die musste er aber an eine Sprudelfirma verkaufen, um die Gehälter der Mitarbeiter noch zahlen zu können. Im Jahr darauf haben die Angestellten auf zehn Prozent ihres Lohns verzichtet.«

»Freiwillig?«

»Na ja. Die Alternative wäre der Gang zum Insolvenzgericht gewesen.«

»Woher weißt du das eigentlich alles, Tanja?«

»Wir haben ein gutes Archiv«, sagte sie und fügte nach einer Sekunde hinzu: »Und ich habe ein gutes Gedächtnis. Vor dem Interview habe ich mich natürlich mit Informationen eingedeckt. Und unsere Dokumentations-Abteilung hat Zugriff auf alle nur denkbaren Datenbanken. Selbst in *USA today* gab es einen Bericht über die Übernahme von Benedictus durch Masterbrew.«

»Und woher weißt du, dass Masterbrew auch an Klosterbräu interessiert ist?«

»Das ist ein offenes Geheimnis in der Branche, Deutschland ist für die Amis, wie gesagt, ein wichtiger Biermarkt. Sie würden am liebsten alles aufkaufen und zu einem Mega-Konzern verschmelzen. Mittelständische Brauereien mit langer Tradition und einer starken regionalen Verankerung sind den Großkonzernen immer ein Dorn im Auge. Daher versucht Masterbrew im Moment gezielt, mit vielen Gasthöfen auf dem Land exklusive Lieferverträge zu Dumpingpreisen abzuschließen.«

»Aber ein echter Bayer würde doch niemals einen Maßkrug mit amerikanischem Bier auch nur in die Hand nehmen, oder?«

»Eben drum,« bestätigte Tanja. »Masterbew kauft daher möglichst viele kleine deutsche Brauereien auf. Und hat damit natürlich auch die Markenrechte.«

»Und Schoberls Klosterbräu konnte bislang allen Übernahmeversuchen widerstehen?«

»Das hat er wohl dem Geld seiner besseren Hälfte zu verdanken. Wenn's stimmt, was unser Archiv ausgespuckt hat, dann wäre Schoberl ohne die Kohle seiner Frau schon längst bankrott.«

»Und was steht noch alles in eurem Archiv über diesen Kilian Schoberl?«

»Etwas Interessantes habe ich hier noch.« Mit der Geste eines Zauberers, der sein Kaninchen aus dem Hut holt, zog sie aus einer Kunststoffmappe eine Fotokopie hervor. »Ich habe mal die Mappe mit dem gesamten Material mitgebracht, das ich eigentlich für das Interview mit Rosenberg herausgesucht habe. Da habe ich dann auch einiges über Schoberl gefunden. Und das ist gar nicht uninteressant. Pass auf! Schoberl hat erst vor wenigen Tagen bei der Schmidt-Bank einen Sofortkredit über fünfzigtausend Euro aufgenommen.«

Jetzt sah Litzka, dass Tanja die Kopie eines Kreditvertrages vor sich liegen hatte, und fragte: »Woher zum Teufel hast du das denn? Ich dachte, es gibt ein Bankgeheimnis!«

»Alles nur eine Frage der richtigen Kontakte«, antwortete Tanja geheimnisvoll. »*Factum* macht halt großes Kino.«

Litzka beschloss, nicht weiter nachzufragen. Vielleicht hatte sie ja auch schon Kopien seiner Gehaltsabrechnungen und hatte deshalb ihren neuen Freund ihm vorgezogen. »Haben dir deine Quellen auch verraten, wozu er das Geld brauchte?«

Sie lächelte wieder: »Das nicht. Aber ich habe eine Vermutung.«

»Nämlich?«

»Na, überleg mal. Wozu braucht ein erwachsener Mann, verheiratet, heimlich Bargeld?«

»Glücksspiele? Puff? Keine Ahnung. Sag's mir, du scheinst es besser zu wissen.« Er grinste sie frech an.

»Oder er hat eine Geliebte. Das kann ein teures Vergnügen sein.«

Woher wusste sie das so genau? Hatte sie Erfahrung in dieser Rolle?

»Du spielst auf die Gerüchte über seine Affäre an?«

»So ist es. Dein Blatt hat oft genug und ausführlichst darüber geschrieben.«

Wohl wahr, dachte Litzka.

»Das habe ich mich auch gefragt. Eine marode Firma kann man mit *dem* Geld nicht sanieren. Hier kommen wir im Moment nicht weiter. Hast du die Liste mit den Namen dabei?«

Litzka holte den Zettel mit den Namen der Kameraden hervor, die Kai ihm genannt hatte. Zugleich schlug Tanja einen Ordner auf.

»Was hast du da?«

»Unser Archiv ist Gold wert. Das sind die Biografien sämtlicher jemals in München und Umgebung aktenkundig gewordenen Rechtsextremisten. Mit Kopien der Anklageschriften, sofern sie schon mal vor Gericht standen.«

Litzka pfiff anerkennend durch die Zähne. »Dann lass mal sehen.«

Sie gingen jeden Namen einzeln durch.

»Detlev Deggendorf«, nannte Litzka den Namen des Anführers, und Tanja blätterte in ihrer alphabetischen Liste.

»Sechsundvierzig Jahre alt«, las sie vor. »Sein Ausländerhass ist politisch motiviert. Er ist überzeugt davon, dass der Staat durch den ungehinderten Zuzug von Ausländern bedroht ist. Er ist Jurist, war Anwalt und betreibt jetzt einen kleinen Verlag. Äußeres Erscheinungsbild: Er trägt meist dunkle Anzüge, schwarzes T-Shirt und immer eine schwarze Sonnenbrille. Sein Ziel ist die Gründung einer bayerischen Rechtspartei. Dazu versammelt er Gesinnungsgenossen um sich. Sie nennen ihn D.D.«

»Anklagen?«

»Er ist zu intelligent, um sich selbst die Hände schmutzig zu machen. Es ist ihm noch nie etwas nachgewiesen worden.«

»Was ist mit dieser Jenny?«

»Jenny Lettenmeyer ist zweiundzwanzig und Deggendorfs Freundin. Sie himmelt ihn an. Es darf aber bezweifelt werden, dass sie den Durchblick durch die politischen Ansichten ihres Freundes hat. Möglich, dass sein imposantes Auftreten sie beeindruckt. Oder er ist einfach nur gut im Bett.« Litzkas erstaunten Blick erwiderte sie mit den Worten: »Warum sollten Neonazis nicht gut vögeln können?« Sie lachte, war offenbar selbst überrascht über ihre derbe Wortwahl. »Ich sehe keinen Zusammenhang zwischen Politik und Potenz. Außerdem ist das Mädchen auch noch nicht polizeilich in Erscheinung getreten.«

»Moment mal. Wenn D.D. und seine Jenny noch nie vor Gericht standen, woher hast du dann die Informationen über sie?«

»Über die Münchner Neonaziszene ist schon so viel geschrieben worden, dazu braucht's keine geheimdienstlichen Untersuchungen, um diese Dossiers zusammenzustellen. Man muss nur die Informationen aus den verschiedenen Artikeln zusammenfügen, dann erhält man ein ziemlich genaues Bild.«

»Der Nächste ist Wolf Kremer.«

»Er heißt eigentlich Wolfgang und ist sechsundzwanzig Jahre alt. Ein Randalierer aus der Hooligan-Szene. Ist vor längerer Zeit aus einem FC-Bayern-Fanclub ausgeschlossen worden, weil er einem Ordner im Stadion, der ihm eine Bierflasche abnehmen wollte, eins auf die Nase geschlagen hat. Daher rührt auch seine erste Verurteilung wegen Körperverletzung. Es folgten noch zahlreiche weitere. Scheint ein etwas primitiver Typ zu sein, der glaubt, mit Bomberjacke und Springerstiefeln ein harter Kerl zu werden.«

»Christoph Kaczerowski.«

»Wird auch Katze genannt. Fünfundzwanzig Jahre, arbeitet bei BMW. Aus unbekannten Gründen ist er Vollwaise, er wuchs bei seinem Großvater auf, der ihm offenbar schon von Kindesbeinen an das Nazi-Gedankengut eingetrichtert hat. Er treibt sich oft vor Schulen und Jugendtreffs herum, um dort CDs oder Propagandaflugblätter zu verteilen. Begeisterter Motorradfahrer.«

»Und Nik Sieger.«

»Heißt eigentlich Nikolaus, hasst aber diesen Namen. Dafür macht er ständig Witzchen über seinen Nachnamen. Vierundzwanzig Jahre alt. Er studiert auch Jura, ist ein Kommilitone von Jenny und Mitglied in einer schlagenden Verbindung. Sein Vater ist übrigens der ehemalige Generalstaatsanwalt Tarcisius Gaub.«

»Der Gaub-Leiter?« Litzka erinnerte sich an den Justizskandal um den Chefankläger. Er wurde vor einigen Jahren frühpensioniert, weil er in einem Essay für eine juristische Fachzeitschrift die Juden als »Tätervolk« bezeichnet und dies mit einer wirren Argumentationskette bis zur Kreuzigung Jesu zurückverfolgt hatte. »Da fällt der Apfel ja mal wieder ...«

»Du sagst es!«

»Dann Ulrich Füchsel. Sie nennen ihn den Fuchs.«

Tanja blätterte wieder. »Ein siebenundzwanzigjähriger

Fahrlehrer, der sich zum Ziel gesetzt hat, D.D.s Nachfolger zu werden. Er ist Angestellter in Deggendorfs Verlag. Ein Überzeugungstäter: Im OB-Wahlkampf stürmte er eine SPD-Kundgebung von Körber im Unionsbräu mit einer Reichskriegsflagge. Die Folge: eine Anzeige wegen Hausfriedensbruch und Volksverhetzung. Derartige Späße hat er sich schon öfters mal erlaubt, jedoch ist bislang nicht bekannt, dass er selbst mal gewalttätig geworden ist.«

Als Tanja nichts mehr sagte, fragte Litzka: »Und hast du auch etwas über Kai Walbrecht?«

Sie blätterte, fand aber nichts. »Nein. Fehlanzeige.«

Kai schien also wirklich noch nicht lange Kontakt zu dieser Gruppe zu haben. Vielleicht war es noch nicht zu spät für ihn. »Sag mal, hast du in deiner Mappe auch ein Dossier über den Attentäter von 1980?«

»Freilich«, sagte Tanja und schlug den Buchstaben K auf und reichte Litzka ein Blatt mit den biografischen Daten des Mannes, der vor fünfundzwanzig Jahren von seiner eigenen Bombe zerfetzt wurde. Litzka überflog die Angaben. Dann bat er Tanja: »Und jetzt gib mir bitte noch mal das Blatt von Deggendorf.«

»Bitte sehr.«

Litzka las die Angaben noch einmal. Dann rief er plötzlich aus: »Das ist ja der Hammer! Oder ein unglaublicher Zufall.«

»Was denn?«

»Ich muss sofort Sonne anrufen.«

* * *

»Ich denke, wir können sein Angebot akzeptieren«, sagte Körber.

»Es muss eine Ausnahme bleiben«, sagte Schwarzkopf. »Unter keinen Umständen dürfen wir die traditionellen Regeln aufweichen. Es wird kein fünfzehntes Wiesn-Zelt geben.«

Der Oberbürgermeister und die Festleiterin hatten sich noch am selben Abend in einem Hinterzimmer des Ratskellers getroffen, um über das Angebot der Benedictus-Brauerei zu beraten. Körber bemerkte, wie hin- und hergerissen Schwarzkopf war. Einerseits legte sie Wert auf die Tradition, wonach nur Münchner Brauereien für das Oktoberfest zugelassen wurden. Andererseits sah man ihr an, wie sie sich ständig die Verluste durch das ausgefallene Festzelt vorrechnete. Der Traditionsbruch schien ihr das kleinere Übel zu sein.

»Und wie legen wir fest, von welcher Münchner Brauerei er das Bier bezieht?«, fragte Körber.

»Eine Frage der Kapazitäten. Ich denke, dass Klosterbräu am ehesten die Möglichkeiten hat, kurzfristig den Ausstoß entsprechend zu erhöhen. Ich frage mich aber noch mehr, wie er in kürzester Zeit das neue Zelt aufbauen will und woher er so schnell das Personal nimmt.«

»Das soll nicht unsere Sorge sein, oder?«

»Sie haben Recht, Herr Körber. Ich bin froh, dass Sie in dieser Frage auch so pragmatisch denken.«

»Ich werde gleich morgen früh veranlassen, dass der Fürst eine Sondererlaubnis bekommt und alles weitere ...«

»Eine Bitte hätte ich noch, Herr Oberbürgermeister. Wirte-Sprecher Schoberl weist darauf hin, dass Rosenberg in mehreren Interviews angekündigt hat, er würde auf dem Oktoberfest einen Bierpreis von unter fünf Euro verlangen. Ich denke, wir sind uns alle einig, dass wir keinen ruinösen

Dumping-Wettbewerb auf der Wiesn zulassen dürfen. Nicht wahr?« Da war sie wieder, die allzeit kalkulierende Geschäftsfrau.

»Ich werde das entsprechend berücksichtigen, Frau Festleiterin«, knurrte Körber und fragte sich, ob diese Frau bei sich zu Hause wohl auch das Haushaltsgeld verwalte und ihrem Mann ein monatliches Taschengeld auszahle.

* * *

»Wat is, Flitzer?« Sonne hatte im Display Litzkas Handynummer erkannt. Er saß gerade, wie oft an spätsommerlich warmen Abenden, im Biergarten vom Aumeister und ließ bei einem Weißbier den Tag Revue passieren. Mehr als ein Bier trank er nie, auch wenn er seine Wohnung innerhalb von zwanzig Minuten zu Fuß erreichen konnte.

»Ich sitze gerade bei Tanja, und wir haben die Biografien von Detlev Deggendorf und Gundolf Köhler verglichen. Zuerst war mir aufgefallen, dass sie im gleichen Jahr geboren wurden. Dann habe ich mir die Lebensläufe etwas genauer angeschaut.«

»Ja?«, sagte Sonne neugierig und schob sein Bierglas zur Seite.

»Die beiden haben dieselbe Volksschule besucht.«

»Das muss lange her sein«, sagte Sonne. »Sie waren Kinder.«

»1965 bis 1969. Glaubst du an einen Zufall?«

Sonne war schon lange der Überzeugung, dass es in einem Kriminalfall nie Zufälle gab. Alles hatte eine Bedeutung, die sich dem Ermittler aber oft erst mühsam erschließen musste. »Absolut sicher ist, sie kannten sich. Und an einen Mitschüler mit so einem Vornamen erinnert man sich auch nach Jahrzehnten noch.«

»Aber als Zehnjähriger entwickelt man wohl kaum rechtsextremistische Tendenzen. Diese Verbindung belegt noch lange nicht, dass Deggendorf etwas mit dem Wiesn-Anschlag zu tun hatte.«

»Es sei denn, wir finden heraus, dass der Kontakt über die Grundschule hinaus andauerte.«

»Oder später wieder neu belebt wurde.«

»Was sagt Tanja?«, fragte Sonne.

»Bis jetzt noch nichts. Ich habe dich sofort angerufen. Aber wir schauen mal, ob ihr Archiv noch weitere Verbindungen zu Tage fördert.«

»Ja, macht das! Und sei nett zu Tanja.« Sonne wusste, dass Tanja und Litzka eine nicht näher definierbare Zuneigung verband. Er konnte das nachvollziehen. Einmal war er der damaligen Pressereferentin in der Staatskanzlei zwangsweise näher gekommen, als sie sich unter dem Schreibtisch des Ministerpräsidenten verstecken mussten. Doch er hatte sich nie intensiver um diese attraktive Frau bemüht, um seine Freundschaft zu Litzka nicht zu gefährden. Zudem redete er sich weiter ein, dass Kriminalkommissare das Image pflegen sollten, ausschließlich mit ihrem Job verheiratet zu sein. Diesen Vorwurf hatte ihm bis zu ihrer Trennung auch seine Freundin Tina immer wieder gemacht.

»Also dann«, sagte Litzka und legte auf.

* * *

»Was sagt Jürgen?«

»Wie immer glaubt er nicht an Zufall.«

»Magst du noch eine Cola? Oder was anderes?«

Litzka überlegte, ob er Tanja auf die männliche Stimme am Telefon ansprechen solle. Aber wie würde das wirken? Wie

Eifersucht? Dazu hatte er kein Recht. Er war nicht mehr als Tanjas guter Freund. Und er war sich nicht einmal vollkommen sicher, ob er mehr sein wollte. Suchte er vielleicht nur nach einer Möglichkeit der Revanche für Carisas Dienstreisen mit diesem Rolf? Oder hatte er sich unbewusst längst damit abgefunden, dass seine Beziehung zu Carisa nur noch formal bestand? »Nein, danke«, beantwortete er Tanjas Frage. »Ich glaube, ich muss langsam los. Es ist schon spät.«

»Schade«, sagte sie. Und er wusste nicht, wie ernst sie das meinte.

Einzige Lichtquelle in Tanjas Zimmer war eine kleine Halogenleuchte, die auf die Dokumente und Unterlagen gerichtet war. Tanjas Gesicht lag im Schatten. Als er seinen Blick aus dem Licht auf Tanja wandte, nahm er nur Umrisse wahr. Sie wirkte geheimnisvoll, ihre Schönheit war nur zu erahnen. Sie war so nah und doch unerreichbar. Vielleicht sollte er sich einfach mal trauen und ihr gestehen, dass er sich in sie verliebt hatte. Doch hatte er das wirklich? Oder hatte er nur einen sympathischen Menschen gefunden, mit dem er sich gut verstand und der für ihn da war. Hier und nicht am anderen Ende der Welt.

»Also dann, ich pack's«, sagte er und räumte seine Sachen zusammen. Sie drückte ihm ein Abschiedsbussi auf die Wange. Die Knöpfe ihrer Bluse hatte sie in einem unbemerkten Augenblick wieder geschlossen.

Als Litzka zu seinem in einer Seitenstraße geparkten Polo kam, sah er, dass etwas nicht stimmte!

9. Kapitel

Alle vier Reifen waren platt. Litzka schaute sich um, er entdeckte aber keine Menschenseele. Sofort machte er sich klar, dass der Messerstecher es auf sein Auto abgesehen hatte. Aber woher wussten die, dass er bei Tanja war? Sie hatten ihn offenbar verfolgt. Waren sie jetzt noch in der Nähe und beobachteten ihn? Er spürte ein flaues Gefühl in Magen. Er konnte zum Laimer S-Bahnhof gehen, das war nicht weit. Doch wenn sie ihn in einer dunklen Ecke niederschlugen? Sie, aber wer waren sie? Die Neonazis? Er beschloss, zuerst kehrtzumachen und zu Tanja zurückzugehen. Dann würde er weitersehen. Fünf Minuten später stand er also wieder vor ihrer Wohnungstür.

Er klingelte. Es dauerte nur wenige Augenblicke, bis sie öffnete. Wenn er erwartet hätte, dass sie ihm im Negligé die Tür öffnen würde, hätte er sich getäuscht. Sie sah noch genauso aus wie vor zehn Minuten.

»Was ist los, Flitzer?«

»Jemand hat mir die Reifen zerstochen.«

»Was?«, erschrak sie. »Komm erst mal rein!«

Als er auf ihrem Sofa saß, bemerkte er, wie schnell sein Puls raste.

»Meinst du, das hat was mit deinen Neonazi-Recherchen zu tun?«, fragte sie.

»Keine Ahnung. Wenn ja, dann heißt das, dass ich beobachtet werde. Vielleicht war das nur eine erste Warnung.«

»Hast du denn noch andere Recherchen am laufen, die zu solchen Reaktionen führen könnten?«

»Nein, sonst nur harmlose Sommerlochgeschichten. So was hab ich noch nicht erlebt. Glaubst du, die Typen sind gefährlich?«

Sie setzte sich neben ihn und legte ihren Arm um seine Schultern. »Hey, Flitzer! So schnell lassen wir uns nicht einschüchtern, oder?«

»Du hast Recht«, sagte er und genoss ihre Berührung. »Darf ich mir ein Taxi rufen? Ich möchte jetzt nicht zu Fuß zur S-Bahn marschieren.«

»Kommt gar nicht in Frage«, antwortete sie energisch. »Du bleibst hier!«

Dieses Angebot überraschte ihn. Aber er schlug es nicht aus. Er rief Sonne an und erzählte ihm, was geschehen war. Dann borgte Tanja ihm ein altes T-Shirt. Immer noch spürte er sein Herz klopfen. Er wusste nicht, ob die Angst vor den Neonazis größer war oder die Aufregung, mit Tanja unter einem Dach zu schlafen.

* * *

Hauptkommissar Jürgen Sonne saß am nächsten Morgen an seinem Schreibtisch und wühlte den Papierkram durch, der sich dort in den letzten Tagen angesammelt hatte, in der Hoffnung, darunter etwas zu seinen aktuellen Ermittlungen zu finden. Die hellen Strahlen der aufgehenden Sonne durchfluteten sein Büro und ließen wieder einen heißen Tag erwarten. Er nahm einen großen Schluck aus seiner Kaffeetasse, legte eine Routineanfrage des Dezernats 22 zur Seite, dann wurde er fündig. Der erste Bericht des Erkennungsdienstes im Dezernat 53 des LKA. *Daktyloskopische Spurenauswertung* stand über dem Bericht neben dem Aktenzeichen. Streng protokollarisch waren die Ergebnisse aufgeführt. *Auf den Glasscherben wurden Abbilder der Papillarleisten sichergestellt*, las er. Das war schon mal ein Erfolg. Der Täter hatte also offenbar keine Handschuhe getragen, vermutlich in der

Überzeugung, die Molotow-Cocktails würden durch das Feuer derart zerstört, dass sie als Spurenträger nicht mehr brauchbar waren. Doch die Experten im LKA konnten mit speziellen chemischen Verfahren auch dort noch Abdrücke erkennen, wo ein Laie es kaum für möglich hielt. Im Folgenden waren die Merkmale der Fingerspuren mit vielen auch für Sonne unverständlichen Fachausdrücken beschrieben. Er überflog diesen Absatz, um dort weiterzulesen, wo es wieder interessant wurde: der Afis-Abgleich. Im »Automatisierten Fingerabdruck-Identifizierungs-System« des Bundeskriminalamtes waren alle Fingerabdrücke gespeichert, die irgendwo in Deutschland von Verdächtigen oder überführten Tätern genommen wurden oder die an Tatorten von unbekannten Personen zurückgelassen wurden. *Mit den gespeicherten Datensätzen konnte keine Übereinstimmung gefunden werden*, lautete der ernüchternde Satz. Es musste sich also um einen Bombenleger handeln, der bislang noch nicht polizeibekannt war. Das hilft nicht viel weiter, dachte Sonne und klappte enttäuscht die Mappe zu. In diesem Moment signalisierte das Telefon auf seinem Schreibtisch einen internen Anrufer.

»MK4, Sonne.«

Am anderen Ende der Leitung meldete sich Kriminalkommissar Clemens Baumgarten, der Daktyloskop, der den Spurenbericht verfasst hatte.

»Das trifft sich ja gut, ich habe gerade Ihren Bericht gelesen, Herr Baumgarten«, sagte Sonne und versuchte, im Tonfall seine Enttäuschung zu verbergen.

»Ich kann mir denken, dass Sie sich vom Afis-Abgleich mehr versprochen haben«, erwiderte Baumgarten. »Tut mir Leid. Was wir nicht haben, haben wir nicht.«

Aber warum rief er dann an?

»Ich hätte da aber eine möglicherweise interessante Information für Sie. Ich hab's nicht in den Bericht hineingeschrieben, weil ... Es ist etwas seltsam. Das hatte ich noch nie.«

»Dann mal raus mit der Sprache!«, ermunterte Sonne den Kollegen, sein Geheimnis zu lüften.

»Also, wir haben auf den Glassplittern sehr deutliche Spuren von allen Fingern gefunden. Bis auf einen.«

»Wie bitte?«

»Wenn es sich nicht um einen aristokratischen Täter handelt, der beim Bombenlegen den kleinen Finger abspreizt, dann haben wir es mit einem Täter zu tun, dem ein Finger fehlt. Und zwar an der linken Hand.«

* * *

Zur gleichen Zeit schloss Litzka seine Wohnung in der Forstenrieder Allee auf. Er war am frühen Morgen mit S- und U-Bahn vor der Arbeit noch nach Hause gefahren, um sich andere Kleidung anzuziehen. Er hatte schlecht geschlafen. Er hatte sich am Abend noch lange mit Tanja unterhalten, über Gott und die Welt. Das eh schon immer sehr vertrauliche Verhältnis war spürbar noch enger geworden. Sie hatte auf ihrem Bett gesessen, in einem glänzend-blauen Schlafanzug mit goldenen Sternchen, und er saß zwei Meter entfernt auf einem flauschigen Teppich. Es gab Momente, wo er in ihren Augen die sanfte Aufforderung sah, sich zu ihr aufs Bett zu setzen. Doch er traute sich nicht. Was wäre gewesen, wenn er ihren Blick falsch gedeutet hätte? Und was war mit ihrem Freund? Gab es ihn überhaupt? Und so war er gegen zwei Uhr hundemüde in Tanjas Gästesofa im Wohnzimmer gesunken. Doch geschlafen hatte er kaum.

Jetzt stand er vor seinem Appartement und steckte den Schlüssel ins Schloss. Eine halbe Drehung nach rechts – und die Tür sprang auf.

Nanu? Ich hatte doch wie immer zweimal abgeschlossen, dachte er und trat ein. Er schaute auf den Anrufbeantworter. Es blinkte rot. Er drückte den Wiedergabeknopf und hörte die metallische Frauenstimme, die ankündigte: »Eine gespeicherte Sprachnachricht.«

Er fuhr zusammen, Schweiß brach aus. Man konnte seinen digitalen Anrufbeantworter wie ein Diktiergerät benutzen und etwa für Mitbewohner Sprachnachrichten hinterlassen. Akustische Post-it-Zettel sozusagen. Doch dazu musste man sich in der Wohnung befinden. Jemand war also bei ihm eingedrungen.

Die Stimme, die er hörte, war ihm unbekannt und offenbar durch ein Taschentuch verfremdet.

»Du elender Schnüffler! Pass auf dich auf. Und auf deine Schnecke.«

* * *

Sonne las nach dem Telefonat mit Baumgarten den daktyloskopischen Bericht noch einmal durch. Eine Anfrage beim BKA nach vorbestraften Tätern, denen ein Finger fehlt, war sinnlos. Denn in dem Fall wären die Abdrücke der noch vorhandenen Finger längst erkannt worden. Sein Kaffee war nur noch lauwarm. Er beschloss, ihn wegzuschütten und sich einen neuen einzugießen.

Nataschas Klopfen an die offene Bürotür war nicht mehr als die akustische Ankündigung, dass sie im selben Augenblick das Büro betreten würde. Sonne schloss seine Tür nur bei Besprechungen und war ansonsten für seine Kollegen jederzeit ansprechbar.

»Ich hab was!«, rief sie und wedelte mit einem Fax. »Das solltest du sofort lesen.«

»Mein Horoskop? Ein Stellenangebot als Polizeipräsident? Deine Kündigung?«

»Nichts dergleichen.« Sie trug eine weiße Bluse und dunkelrote Jeans, von denen Sonne sich fragte, ob dies Romantic Style sei. »Die Rechtsmedizin!«

Damit war klar, dass es sich um den ersten Befund nach der Obduktion der Toten aus dem brennenden Bierzelt handelte.

»Zeig her«, sagte Sonne und bemerkte, dass jetzt auch Holmsen neugierig im Türrahmen stand. »Dann können wir ja gleich hier unsere *kleine Lage* machen. Wo ist Winter?«

»Beim Arzt. Kommt später.« Niemand war über diese Auskunft überrascht.

Sonne überflog den Obduktionsbericht, um für seine Kollegen die wesentlichen Fakten zusammenzufassen.

»Das ist ja wirklich interessant! Wenn ich unseren Pathologen Doktor Preuschhof hier richtig verstehe ...«, nach der Lektüre von Hunderten von derartigen Berichten bestand daran nicht der geringste Zweifel, »... dann wurden in der Lunge keine Rauch- und Rußpartikel gefunden«. Natascha nahm auf Sonnes Besucherstuhl Platz, Holmsen trat einen Schritt näher. »Es gibt außerdem keine Hinweise darauf, dass das Blut noch zirkulierte, als der Körper den Flammen ausgesetzt war«, zitierte Sonne weiter aus dem Obduktionsbericht. »Das heißt also, dass Silvia Thielmann ...«

»... schon tot war, als die Hütte brannte«, vervollständigte Holmsen.

»Sehr gut, Sherlock.«

»Danke, Watson. Und die wirkliche Todesursache?«

»Allem Anschein nach Strangulation. Ob mit bloßen Händen oder einem Hilfsmittel ist nicht mehr zweifelsfrei festzustellen. Auf jeden Fall haben wir es hier mit Mord zu tun. Man könnte sogar sagen: mit einem Doppelmord.«

»Wie bitte?«, ertönte es wie aus einem Mund.

»Die Tote war schwanger und zwar im dritten Monat, schreibt Preuschhof.«

»Ich habe übrigens auch noch ein paar Erkenntnisse aus meiner Gute-Nacht-Lektüre gewonnen.« Holmsen deutete auf den Stapel Briefe der Toten, die er zur Auswertung mit nach Hause genommen hatte.

»Und?«, fragten Sonne und Natascha.

»Es gibt eine Verbindung zwischen Marianne Kischel und Silvia Thielmann, die für unseren Fall durchaus interessant sein könnte.«

»Mach's nicht so spannend, Sherlock!«

»Die Verbindung lautet: Kilian Schoberl und Klosterbräu.« Holmsen genoss für wenige Sekunden die schweigende, ungeteilte Aufmerksamkeit seiner Kollegen. »Beide haben vor Jahren im Klosterbräu-Zelt auf der Wiesn gekellnert. Da haben sie sich zum ersten Mal getroffen. Und da haben sie beide auch Kilian Schoberl kennen gelernt.«

»Und jetzt sind beide tot«, konstatierte Natascha.

»Was heißt in diesem Fall kennen gelernt?«, wollte Sonne wissen.

»Aus den Briefen geht zumindest recht eindeutig hervor, dass Marianne Kischel bis kurz vor ihrem Tod eine leidenschaftliche Affäre mit dem frommen Brauereibesitzer hatte.«

»Ach, sieh an!«, staunte Natascha.

»Vielleicht ist es ja eine dumme Angewohnheit von Schoberl, was mit seinen Bedienungen anzufangen und sich dann ihrer zu entledigen, wenn sie lästig werden«, mutmaßte

Holmsen. »Oder wenn sie plötzlich ein Kind von ihm bekommen. Wir sollten mal checken, ob es aus dem Fall Kischel von damals noch brauchbare DNA-Spuren gibt.«

»Du meinst«, sagte Sonne, »Silvia Thielmann könnte die geheimnisvolle Geliebte von Schoberl sein? Gewesen sein! Und er der Vater des ungeborenen Kindes?«

»Den Tipp solltest du den Boulevardzeitungen zukommen lassen. Der ist bares Geld wert«, sagte Natascha.

»Wie aufs Stichwort«, kommentierte Sonne das Läuten seines Telefons, auf dessen Display er Litzkas Privatnummer erkennen konnte.

* * *

Sie saßen wieder in dem zu jeder Tageszeit schummrigen Hinterzimmer im Sendlinger Hof.

»Fehlen nur noch Jenny und der Dicke«, sagte Wolf Kremer und missachtete den rügenden Blick von Deggendorf. Während andere um diese Zeit gerade ihr Frühstück verdauten, hatte Kremer bereits sein zweites Bier intus. Sie hatten sich angesichts der sich überschlagenden Ereignisse an ihrem Stammtisch zu einer Krisensitzung getroffen.

»Jenny ist an der Uni«, sagte Deggendorf. »Und wo Kai steckt, weiß ich nicht. Ich weiß nur, dass hier etwas schief gelaufen ist. Wir müssen erwägen, unseren Plan zu ändern.«

»Kein Grillfest?«, fragte Füchsel.

»Die Sache scheint mir zu gefährlich im Moment und könnte uns aus der Hand gleiten. Nach diesem Brand im Klosterbräu-Zelt werden die Bullen ihre Augen überall haben. Und da ich vermute, dass keiner von euch ...«, er blickte in die Runde, »... den Mumm hat, sich mit einem Sprengstoffgürtel am Leib selbst in die Luft zu sprengen ...« Er ließ den Satz unvollendet.

»Meinst du, wir sollten unsere Ziele vorerst wieder mit politischen Mitteln verfolgen?«, Nik Sieger reagierte ziemlich kleinlaut.

»Erst mal müssen wir die weitere Entwicklung abwarten. Solange wir nicht wissen, wer sich hinter diesem Anschlag verbirgt.«

In diesem Moment wurde die Tür zu dem Hinterzimmer geöffnet. Es war Kai Walbrecht, wie immer außer Atem und mit roten Flecken im Gesicht.

»Da bist du ja, Kai«, begrüßte ihn Deggendorf. »Wir reden gerade über ... Was hast du da? Was soll das denn?«

Walbrecht trat näher an den Tisch, in der Hand hielt er ein Bündel Geldscheine, es waren Fünfhundert-Euro-Scheine! Er legte das Geld vor Deggendorf neben dessen Weißbierglas auf den Tisch.

»Für die gute Sache. Zwar keine Million, aber das hilft uns sicher weiter bei unserem Kampf.«

Alle betrachteten sprachlos das Geld auf dem Tisch.

»Was zum Teufel ist das, bitteschön?«, fragte Deggendorf mit energischem Ton.

»Es ist ein Honorar, das ich für eine kleine feurige Dienstleistung erhalten habe.«

»Was? Du hast ... Das darf doch nicht ...« Es war selten, dass es Deggendorf die Sprache verschlug. »Du hast auf eigene Rechnung das Klosterbräu-Zelt abgefackelt? Ich glaub, ich spinne!« Und dann fügte er noch wütender hinzu: »Und wer ist dein Auftraggeber? Du hast einen Mord auf dem Gewissen! Das ist gegen jede Absprache!«

»Von der Toten wusste ich nichts. Das muss ein Unfall sein.« Kai stand wie ein Schulbub vor seinem Rektor. »Und außerdem können wir doch das Geld sehr gut gebrauchen, um unsere Aktivitäten für die neue Partei zu finanzieren. Das sind fast fünfzigtausend Euro!«

»Fünfzigtausend Euro für einen Auftragsmord? Mensch, Kai, was ist in dich gefahren! Wir sind nicht die Mafia. Wir wollen Deutschland verändern. Wir sind die Elite der Zukunft. Wir wollen eine Revolution. Dabei müssen wir auch manchmal zu unkonventionellen Maßnahmen greifen. Aber wir verdienen unser Geld nicht mit Auftragskriminalität. Hast du das verstanden?«

Kai nickte. »Ja, aber es sollte doch niemand sterben. Ich weiß nicht, wie das passieren konnte.«

»Und außerdem hast du mit diesem Alleingang unseren Plan durchkreuzt.«

»Das habe ich nicht gewollt«, sagte Kai kleinlaut. »Ich habe unsere Sache unterstützen wollen und dachte.«

»Soso, du dachtest.« Deggendorf stand auf und schrie Kai voller Zorn an. »Das Denken kannst du dir sparen, indem du einfach das tust, was ich sage.« Seine Faust fiel blitzschnell auf die Tischplatte und verursachte einen dumpfen Knall. »Und jetzt sage ich dir: Nimm diese Kröten und verschwinde!« Deggendorf nahm das Geldbündel und warf es in Richtung Kai, woraufhin die einzelnen Scheine in einem wahren Geldregen zu Boden wehten. Kai kroch auf allen vieren, um die Scheine wieder einzusammeln. Als er sich zwischen Kremers Beine bückte, um eine dort gelandete Banknote zu nehmen, zuckte Kremer wie versehentlich mit seinem Fuß und sein rechter Stiefel landete unsanft in Kais Gesicht.

»Sorry, du fette Sau. War keine Absicht.« Kremer lachte dreckig, und Kai fasste mit der Hand an seine blutende Nase.

»Brauchst du ein Tuch für dein Näschen?«, fragte Kremer, der offenbar glaubte, Kai sei nach der Abreibung von Deggendorf jetzt Freiwild. Er drückte ihm eine Papierserviette aufs Gesicht, sodass dieser kaum noch Luft bekam. Dann stieß er den schwergewichtigen Mann von sich, Kai fiel krachend gegen einen Stuhl und schließlich zu Boden. Kremer lachte wieder. Dann machte Deggendorf dem brutalen Spiel ein Ende.

»Schluss jetzt. Nimm dein Geld und geh. Wir wollen dich hier nicht mehr sehen.«

»Wenn ich gehe, dann gehe ich zu den Bullen«, sagte Kai, während er sich das Papiertuch auf die blutende Nase drückte. »Ich lass euch alle auffliegen.«

»Du weißt selbst, dass du dann mitfliegst«, sagte Nik Sieger.

»Ihr fliegt so oder so alle auf«, sagte Kai, der jetzt wieder etwas Fassung gewonnen hatte. »Denn es ist hier ein Schnüffler der Polizei unter uns.«

»Der einzige Schnüffler bist du!«, rief Sieger. »Oder glaubst du, wir haben nicht bemerkt, dass du dich mit diesem Schmierfinken von der Zeitung rumtreibst.«

»Der will dich doch nur aushorchen, du Idiot!«, sagte Katze Kaczerowski.

»Allerdings dürfte dem Schreiberling das Schnüffeln langsam vergehen«, sagte Wolf Kremer leise mehr zu sich selbst. »Und wenn nicht, dann holt der sich bald eine ebenso blutige Nase wie du, Fettsack.«

»Moment mal«, warf Deggendorf dazwischen. »Was soll das heißen, ein Schnüffler der Polizei ist unter uns? Und woher willst du das wissen?«

»Es reicht, dass ich es weiß. Einer von euch ist ein verdeckter Ermittler. Ihr könnt ja gegenseitig raten, wer es ist. Und mich könnt ihr alle am Arsch lecken!«

Kai steckte die Geldscheine in seine Hosentaschen und verließ den Raum mit einem lauten Türenknallen. Zurück blieb eine zunächst leicht verstörte Neonazi-Gruppe.

»Was ist, wenn er Recht hat?«, fragte Füchsel.

»Er hat nicht Recht. Basta«, versuchte Deggendorf, die Unruhe im Keim zu ersticken.

»Und wenn doch? Was ist mit Jenny?«, fragte Kaczerowski.

»Lass Jenny aus dem Spiel«, fauchte Sieger sofort. Er konnte manchmal nicht verbergen, dass er ein Auge auf die Freundin des Anführers geworfen hatte. Doch selbstverständlich waren jegliche Bemühungen in dieser Hinsicht zum Scheitern verurteilt und riskant für seine körperliche Unversehrtheit.

»Schluss jetzt!«, befahl Deggendorf noch einmal. »Ich vertage die Beratungen über das weitere Vorgehen. Ihr könnt gehen.« Dann wandte er sich Kremer zu: »Wolf bleibt noch hier. Ich habe mit ihm etwas zu bereden.«

* * *

»Flitzer, wir sprachen gerade von dir«, sagte Sonne ohne Begrüßung ins Telefon und lachte. »Wir sitzen in der *kleinen Lage* und haben interessante Neuigkeiten. Der Brandstifter aus dem Klosterbräu-Zelt hat nur ...«

Litzka fiel ihm ins Wort. Aus ihm sprudelte das nächtliche Geschehen heraus.

»Was? Einbrecher in deiner Wohnung? Zerstochene Reifen?«

Litzka erzählte aufgeregt in wenigen Sätzen, was ihm in den vergangenen Stunden widerfahren war.

»Ich schicke dir eine Streife in die Wohnung. Du solltest Strafanzeige gegen Unbekannt erstatten«, sagte der pflichtbewusste Beamte in Sonne.

»Keine Chance. Ich muss in zwanzig Minuten in der Redaktion sein. Ich bin heute mit der Blattkritik dran, und Lohmann bringt mich um, wenn ...«

Der Chefredakteur wird wohl nicht hinter den Drohungen gegen Litzka stecken, dachte Sonne und unterbrach Litzka: »Augenblick, Flitzer! Was ich dir erzählen wollte: Die Tote im Klosterbräu-Zelt ist ermordet worden. Und zwar vor dem Brand. Und dem Täter fehlt ein Finger. Und sie war schwanger.«

»Dem Täter fehlt ein Finger?«, wiederholte Litzka hörbar fassungslos. »Und welchem Täter? Dem Mörder oder dem Brandstifter?«

»Wenn es zwei verschiedene sind, dann dem Brandstifter.«

Einige Sekunden lang herrschte Stille in der Leitung.

»Flitzer? Bist du noch dran?«

»Welcher Finger fehlt dem Täter?«

»Dem Bericht des ED zufolge ...«, Sonne suchte den Zettel, auf dem er sich die Infos von Baumgarten notiert hatte, »... der kleine Finger der linken Hand«.

* * *

Auf der Theresienwiese feierten die Menschen unbekümmert. Vor allem die vielen Ausländer, die aus aller Welt angereist waren, ließen sich die Stimmung durch den bedauerlichen Zwischenfall nicht verderben. Zuckerwatte wurde gegessen, Bier getrunken, es wurde geschunkelt und gesungen. Japaner und Australier zeigten sich in Lederhosen und mit Hüten in Bierkrugform multikulturell. Selbst an der Brandstelle war von dem Feuer nicht mehr viel zu sehen. Das teilweise zerstörte Zelt war in einer Nacht- und Nebel-Aktion abgebaut worden und einem provisorischen Festzelt gewichen, das die Benedictus-Brauerei aufgestellt hatte.

Zufrieden blickte Fürst Waldemar von Rosenberg auf das wie Phoenix aus der Asche entstandene Bauwerk. Über dem

Eingangsportal prangte nämlich das Firmenlogo der Benedictus-Brauerei! Er hörte den Rummel und die Musik nicht mehr. Ihm wurde fast schwindelig vor Freude. Sein Lebenstraum hatte sich erfüllt. Wie lange hatte er für diesen Tag gekämpft! Welchen Preis hatte er dafür bezahlt!

* * *

Der kleine Finger der linken Hand. Litzka versuchte, sich das Bild von Kai Walbrecht in Gedanken zu vergegenwärtigen. Er sah ihn vor sich. Auf dem Anwohnerparkplatz in Neuperlach. Im McDonald's am Stachus: Er biss in einen Burger, den er mit beiden Händen festhielt. An einer Hand fehlte der kleine Finger. Es war die linke! Es konnte natürlich ein Zufall sein. Aber dies wäre wohl ein mehr als unglaublicher Zufall. Sekundenlang dachte er nach, ob er Sonne von seiner Beobachtung erzählen solle. Dann fragte er sich wieder, warum er überhaupt zweifelte. Natürlich musste er es sagen. Wenn Kai nicht der Täter war, würde das anhand der Fingerabdrücke schnell festgestellt werden. Und wenn doch, dann durfte er ihn auf keinen Fall schützen. War er doch nicht der harmlose Mitläufer, sondern ein gefährlicher Verbrecher? Steckte er schon tiefer im rechten Milieu, als es den Anschein hatte?

»Hallo, Flitzer? Was ist los mit dir?«, hörte er Sonne am anderen Ende der Leitung.

»Dieser Typ, über den ich zum Jahrestag des Anschlags schreibe ...«

»Der im Rollstuhl?«

»Nein. Sein Sohn. Kai Walbrecht heißt er. Und ihm fehlt der kleine Finger der linken Hand. Der musste nach der Explosion damals amputiert werden.«

»Bist du absolut sicher?«

»Würde ich es dir sonst sagen?«

»Wo steckt dieser Walbrecht jetzt?«

»Keine Ahnung. Seine Adresse ist Karl-Marx-Ring 56. Willst du ihn festnehmen?«

»Was denkst du denn?«

»Kann ich dabei sein?«

»Ich denke, du machst Blattkritik?«

»Ich komme direkt nach Neuperlach. Bitte warte auf mich!«

Litzka legte auf und wählte als nächstes die Nummer von Lohmanns Sekretärin. Er hustete laut in den Hörer und teilte ihr mit, dass er wegen einer fiebrigen Erkältung zum Arzt müsse und daher erst später zum Dienst erscheinen werde.

10. Kapitel

Seine Werkstatt hatte ihm kurzfristig einen Ersatzwagen zur Verfügung gestellt. Und so fuhr Litzka jetzt in einem ungewohnt PS-starken Golf GTI über den Mittleren Ring Richtung Neuperlach. An der Kreuzung Tegernseer Landstraße hätte er beinahe einen Auffahrunfall verursacht, so unkonzentriert war er. Er konnte sich nicht mit dem Gedanken anfreunden, dass Kai ein Mörder war. Konnte er sich so in einem Menschen täuschen? Oder hatten die anderen Nazis ihn zu der Tat gezwungen?

Wenn er gleich festgenommen wird, hält er mich für einen Verräter, dachte Litzka. Er wird glauben, ich hätte ihn der Polizei ausgeliefert.

Deshalb wollte er dabei sein. Doch würde das nicht noch mehr den Eindruck erwecken, er stecke mit der Polizei unter einer Decke? Er gab Gas und nahm die nächste Ampel bei Dunkelgelb. Er fuhr auf die A8 und gleich die erste Abfahrt wieder hinunter. Wenige Minuten später sah er bereits aus der Ferne Blaulichter flackern.

Hatten sie doch schon zugegriffen? Warum hatten sie nicht auf ihn gewartet, wie Sonne es versprochen hatte? Verärgert gab er Gas und erhöhte das Tempo, um kurz darauf eine Vollbremsung hinzulegen. Rot-weißes Plastikband war quer über die Fahrbahn gespannt. Außer Sonnes Dienstwagen standen hinter der Absperrung noch zwei weitere Zivilfahrzeuge mit Blaulicht sowie drei Streifenwagen. Im Rückspiegel sah er jetzt ein weiteres Einsatzfahrzeug, das sich mit eingeschalteter Sirene näherte. Es war ein Rettungswagen.

Was war hier passiert? Litzka parkte den Golf im Halteverbot, stieg aus und sah, wie Sonne neben seinen Kollegen

Gunnar Holmsen und Natascha Steinberg stand und wild gestikulierte. Wenige Meter neben ihnen lag unter einer Fußgängerbrücke eine Gestalt auf dem Boden. Eine Frau mit weißem Kittel und einem geöffneten silberfarbenen Koffer kniete daneben. Vermutlich eine Notärztin.

Wieder fragte sich Litzka: Was geht hier vor? Sein Herz schlug schneller. Er verdrängte die Ahnung, die in ihm hochkam. Mit einem großen Schritt stieg er über das Plastikband mit der Aufschrift *Polizeiabsperrung*. Einem Beamten, der ihm sofort entgegenkam, hielt er wortlos seinen Presseausweis vor die Nase und sagte, er müsse zu Hauptkommissar Sonne.

Der wiederum signalisierte seinem uniformierten Kollegen, dass das schon in Ordnung gehe.

»Frank, es ist etwas passiert.« Dass Sonne ihn mit seinem Vornamen ansprach, war kein gutes Zeichen. Das tat er nur, wenn es wirklich ernst war.

Litzka schaute zu der reglosen Person, die vor einer Bushaltestelle in einer kleinen Blutlache auf dem Gehweg lag. Im gleichen Moment stand die Notärztin auf, wandte sich ihnen zu und machte, begleitet von einem Kopfschütteln, jene Geste, die man in den Ärzteserien im Fernsehen immer dann zu sehen bekommt, wenn die Halbgötter in Weiß ihr Scheitern eingestehen und den Exitus ihres Patienten verkünden müssen.

»Da war nichts mehr zu machen«, sagte die Ärztin mit betroffener Miene, und ein Sanitäter legte ein weißes Tuch über den Körper. Kleidung und Statur ließen für Litzka jedoch keinen Zweifel daran, um wen es sich handelte.

»Es ist Kai? Was ist passiert? Habt ihr geschossen?«, rief er mit schriller Stimme.

»Beruhige dich.« Sonne legte ihm eine Hand auf die Schulter. »Es hat keiner geschossen. Als wir kamen, lag er hier schon. Vermutlich war er bereits tot. Jedenfalls war er bewusstlos.«

Litzka schaute zu der Brücke mit der orangefarbenen Balustrade.

»Ist er da runter gesprungen?«

»Den Gedanken hatte ich auch zuerst: Selbstmord als Geständnis. Wenn wir ihm die Fingerabdrücke nehmen, wird zweifelsfrei feststehen, ob er der Bombenleger ist.«

»Die fachlichen Kenntnisse dafür müsste er haben. Er hat jedenfalls mal erwähnt, dass er vor seiner Arbeitslosigkeit eine Ausbildung als Chemielaborant absolviert hat«, sagte Litzka.

»Kannst du ihn identifizieren?«, fragte Sonne.

Litzka hatte keinen Zweifel an der Identität. Er wusste aber, dass die Behörden eine offizielle Identifizierung brauchten. Er nickte, Holmsen legte das bedeckte Gesicht frei. Der Hinterkopf war zertrümmert. Litzka bekämpfte einen Würgereiz und sagte nur: »Er ist es.« Dann fragte er: »Wenn er wirklich gesprungen ist, dann muss er einen Kopfsprung gemacht haben. Ist das nicht ungewöhnlich für einen Selbstmörder?«

»Sie haben Recht«, schaltete sich die Notärztin ein. »Wenn er gesprungen wäre, dann hätte er nicht nur die Kopfverletzung davon getragen, sondern sich noch mindestens den einen oder anderen Knochen gebrochen. Aber auf den ersten Blick kann ich davon nichts erkennen.«

»Was glauben Sie, Frau Doktor?«, fragte Sonne.

»Ich will den Rechtsmedizinern nichts vorwegnehmen.«

Sonne munterte sie mit einer Kopfbewegung auf, trotzdem ihre Einschätzung zu sagen.

»Also, ich würde vermuten, dass die Wunde am Kopf durch einen gezielten Schlag mit einem dumpfen Gegenstand entstanden ist. Wahrscheinlich erlitt er einen Schädelbruch und war ziemlich rasch tot.«

»Also kein Selbstmord«, murmelte Sonne und blickte auf die Brücke. »Sondern Mord.«

»Aber warum?« Litzka war ratlos. Er wollte nicht mit ansehen, wie Holmsen die Taschen des Toten durchsuchte, und wandte sich ab.

»Schaut mal hier«, sagte Holmsen kurz darauf. Er hatte mehrere Geldscheine in der Hand. »Alles Fünfhunderter.«

»Wird das Arbeitslosengeld seit Hartz IV jetzt in bar ausgezahlt?«, spottete Sonne, der in keiner Situation seinen Zynismus verlor und dies immer als Berufskrankheit rechtfertigte.

»Dann müsste das Arbeitslosengeld aber für ein paar Jahre im Voraus gezahlt worden sein. Das sind, wenn ich richtig gezählt habe, fast fünfzigtausend.«

»Woher hatte er so viel Geld?«, fragte Sonne, und Litzka zuckte mit den Schultern. Er hatte wirklich keinen blassen Schimmer.

»Ich blicke einfach nicht mehr durch«, sagte Sonne. »Heute früh sah es noch so aus, als bekämen wir allmählich Licht in diesen Fall. Die Verbindung zwischen den beiden toten Kellnerinnen zu Schoberl war zumindest mal eine heiße Spur. Und dein Hinweis auf den fehlenden Finger bei Walbrecht war wie ein Lottogewinn. Aber dieser Mord passt irgendwie nicht ins Bild.«

Litzka überlegte immer noch, was es mit dem Geld auf sich haben könnte. »Wie viel Geld ist das denn genau?«

Es dauerte einen Moment, bis Holmsen die Scheine gezählt hatte. »Exakt 47.500,- Euro«, sagte er dann.

Litzka wollte selbst nicht glauben, was er dachte.

* * *

»Ich habe hier einen interessanten Zeugen«, sagte Kommissar Holmsen zu Sonne. Im Schlepptau hatte er einen alten Herrn, der einen Hund an der Leine führte, welcher einen ebenso betagten Eindruck machte.

»Mein Name ist Körschgen, Helmut«, sagte der Mann ungefragt.

»Ich lass euch drei dann mal alleine«, sagte Holmsen.

»Was haben Sie denn gesehen?«, wandte sich Sonne dem Zeugen zu.

»Ich weiß ja nicht, ob es wichtig ist. Aber als ich hier die vielen Polizeiautos sah, das Blaulicht, die Absperrung und so weiter, da dachte ich, ich sag vielleicht doch besser, was ich gesehen habe. Ich sprach zuerst einen der uniformierten Beamten an, der mich dann an den freundlichen Kommissar von eben verwies. Ich fragte ihn, wer hier die Ermittlungen leitet. Sie wissen ja, wie das mit den jungen Leuten heutzutage ist. Die verstehen immer gleich alles falsch ...«

»Also, was haben Sie denn gesehen, Herr ...«

»Körschgen. Darf ich mich vielleicht setzen?«, sagte der Mann und deutete auf die Sitzbank in dem Bus-Wartehäuschen. »Wir sind beide nicht mehr die Jüngsten, wissen Sie?« Er meinte offenbar sich und den Hund, einen hellbraunen, kniehohen Dackel-Schnauzer-Retriever-Mischling, der artig neben seinem Herrchen Platz machte. Körschgen machte einen etwas verwirrten und nervösen Eindruck, aber das musste nichts mit dem Alter zu tun haben. Viele Zeugen, die unerwartet mit der Polizei zu tun haben, reagieren so. Körschgen hatte graue, lichte Haare, ein etwas zerknittertes Gesicht und trug einen Mantel, der die gleiche Farbe hatte wie das Fell des Hundes und vermutlich schon in den siebziger Jahren als altmodisch gegolten hatte. »Dieses Wetter macht mir wirklich zu schaffen. Wird Zeit, dass der Herbst kommt. Was wollte ich eigentlich erzählen? Ah ja, also das war so.«

Sonne hörte gespannt zu.

»Ich war mit Bo unterwegs, das ist mein Hund. Benannt nach Bo Derek. Auch eine Blondine.« Er lachte, und Bo bellte zustimmend, als er seinen Namen hörte. »Wissen Sie, Bo ist schon fünfzehn. In Hundejahren ist das hundertfünf. Wir haben ausgemacht, dass derjenige von uns, der den anderen überlebt, alles erbt, wenn er das Grab pflegt. Aber Bo hat gute Chancen, denn ich rauche zu viel. Solange man lebt, soll man rauchen, sage ich immer.« Körschgen lachte wieder und streichelte seinem treuen Begleiter sanft über den Kopf. Sonne verkniff sich jede bissige Bemerkung und hoffte, dass der Rentner endlich zur Sache käme.

»Brauchen Sie eigentlich meine Personalien? Für das Protokoll? Ich bin in Konstanz geboren am ...«

»Herr Körschgen«, unterbrach ihn Sonne, der jetzt doch allmählich die Geduld verlor. »Jetzt erzählen Sie doch bitte endlich, was Sie gesehen haben!«

»Ja ja, natürlich. Sie haben bestimmt überhaupt keine Zeit. Also, ich war mit Bo Sträßchen gehen, da kam mir ein Mann entgegengelaufen. Er hätte mich beinahe über den Haufen gerannt. Ich bog nämlich gerade da vorne um die Ecke, er konnte mich nicht sehen.«

»Warum fiel Ihnen der Mann auf?«

»Er hatte etwas in der Hand, etwas Großes, Längliches. Als er mich sah, versuchte er, das Ding hinter seinem Rücken zu verbergen.«

Klingt nach Slapstick, dachte Sonne.

»Was kann das für ein Gegenstand gewesen sein?«

»Früher nannte man das einen Prügel, würde ich sagen. Ich weiß nicht: ein Schlagstock? Und weil der Mann überall tätowiert war und so Stiefel trug, da dachte ich ... na ja, kam mir halt komisch vor.«

»Wohin ist der Mann gegangen?«

»Er stieg da hinten in ein Auto ein.«

»Haben Sie die Marke erkannt? Die Farbe? Oder sogar das Kennzeichen?«

»Die Farbe war weiß. Ich glaube, ein alter Daimler. Und das Kennzeichen habe ich mir natürlich gemerkt. München. Doppel-Dora. Und dreimal die Vier.«

Sonne betrachtete zweifelnd die dicken Brillengläser des Zeugen. Dann winkte er Holmsen herbei und beauftragte ihn mit einer Halterabfrage.

»Herr Körschgen, Sie haben uns möglicherweise sehr geholfen. Jetzt brauchen wir tatsächlich Ihre Personalien.«

* * *

Wieder in der Redaktion ging Litzka demonstrativ hustend an Lohmanns Sekretärin vorbei, die ihm freundlich gute Besserung wünschte. Er erinnerte sich daran, dass Sonne ihn mal darauf hingewiesen hatte, dass dieser Ausdruck eigentlich unsinnig sei, denn es gebe schließlich keine schlechte Besserung. Er beschloss, mal eine Glosse darüber zu schreiben, und ging zu seinem Schreibtisch.

I want to believe stand auf einem großen Plakat mit der grobkörnigen Aufnahme eines Ufos, das er an seinem Arbeitsplatz aufgehängt hatte. Manchmal wollte er an Übersinnliches glauben. Er war kein Christ und ganz ohne irgendwelche Religion erzogen worden. Doch immer dann, wenn er es mit Leid und Tod zu tun hatte, beschäftigte er sich mehr als ihm lieb war mit der Frage nach Übersinnlichem. Er beneidete dann die Menschen, die ihre Religion und ihren in frommen Büchern formulierten Glauben hatten und dort Trost fanden. Meistens ließ er Meldungen über Todesfälle, mit denen er beruflich zu tun hatte, gar nicht zu sehr an sich heran. Ein Selbstschutz, den er sich im Laufe der Jahre aufgebaut hatte. Als er vor einigen Jahren als Reporter zur Seilbahnkatastrophe ins österreichische Kaprun gefahren war, hatte er erst Wochen später richtig begriffen, dass dort über hundertfünfzig Menschen ihr Leben verloren hatten. Über hundertfünfzig Schicksale, Familien in Trauer. Jetzt war *ein* Mensch gewaltsam gestorben, den er persönlich kennen gelernt hatte, für den er Mitgefühl und sogar so etwas wie Sympathie empfunden hatte. Und auch hier gab es einen trauernden Vater. Sollte er ihn besuchen? Und was würde jetzt aus seiner Reportage?

»Da bist du ja, Flitzer«, begrüßte ihn Hilfringhaus.

»Gab's was Besonderes in der Konferenz?«, fragte Litzka.

»Nur das Übliche.«

Litzka überlegte, was damit gemeint sein könnte, fragte aber lieber nicht nach.

»Schappi ist krank, sie sollte heute die Freizeitseite bauen. Lohmann meinte, das könntest du übernehmen.«

Hilfringhaus zog sofort von dannen, um sich erst gar keine Widerworte Litzkas anhören zu müssen.

Die Freizeitseite mit unzähligen Veranstaltungstipps war neben den Kunos eine der meistgehassten Aufgaben in der Redaktion, womit daher meist Volontäre betraut wurden. Vielleicht war die etwas stumpfsinnige Aufgabe jetzt genau das Richtige zur Ablenkung. Er holte sich den Ordner mit den Freizeitterminen und machte sich an die stupide Arbeit. Er beschloss, seinen Kollegen zunächst nichts über den Tod von Kai Walbrecht zu sagen und den Pressebericht der

Polizei abzuwarten, in dem wahrscheinlich von einer noch nicht definitiv geklärten Todesursache die Rede sein würde.

Erst nach Redaktionsschluss, als er die fertigen Lokalseiten noch Korrektur gelesen und die anderen Kollegen sich bereits in den verdienten Feierabend verabschiedet hatten, kam er zu seiner Recherche. Er nahm seine halbvolle Cola-Flasche mit an den Apple-Rechner in der Fotoredaktion, von dem aus er Zugriff auf alle archivierten digitalen Fotos der vergangenen Jahre hatte. Als Suchbegriff gab er zunächst nur »Schoberl« ein. Das System zeigte allein für dieses Jahr vierundneunzig Treffer an.

»Um Gottes Willen«, stöhnte er leise und klickte sich Bild für Bild durch die Liste. Die meisten Fotos zeigten Kilian Schoberl in seiner Funktion als Sprecher der Wiesn-Wirte, vor allem auf den verschiedenen Pressekonferenzen vor dem Oktoberfest: bei der Präsentation des offiziellen Plakats, bei der Vorstellung des Wiesn-Maßkrugs, beim Journalisten-Rundgang kurz vor der Eröffnung.

Dann stutzte Litzka. Das nächste Bild fiel aus dem Rahmen, es war in einer großen Kirche aufgenommen und zeigte eine Reihe von Geistlichen in festlichen Priestergewändern. Sofort erkannte er den Münchner Erzbischof, der einem anderen Mann die Hände auflegte. Litzka dachte an eine Priesterweihe und las den erläuternden Bildtext. *»Der Münchner Erzbischof, Johannes Maria Kardinal Bauer (Mitte), bei der Amtseinführung des neuen Regensburger Weihbischofs Ambrosius Schoberl (rechts), dem Bruder des Münchner Brauereikönigs Kilian Schoberl.«*

In der Familie Schoberl scheint es einen Hang zu ungewöhnlichen Vornamen zu geben, dachte Litzka. Dass Schoberl einen Priester zum Bruder hatte, davon hatte er vermutlich irgendwann mal gehört, es hatte ihn jedoch bislang nicht interessiert. Ambrosius Schoberl hatte eine weniger kräftige Figur als Kilian und eine blassere Haut, dafür war sein Haar noch dichter. Er schien einige Jahre jünger zu sein.

Auf dem nächsten Foto war Schoberl in seinem Reihenhaus in Eching neben seiner Frau Ramona zu sehen. Vermutlich hatte die *ATZ* mal eine Homestory über den Brauereikönig gebracht.

Dann ein Bild von Ramona Schoberl, auf dem sie einen großen symbolischen Scheck entgegennimmt. Litzka klickte auf den Bildtext und erfuhr, dass sie eine Initiative für Aidskranke gegründet hatte. Sie hatte offenbar einen Teil ihres geerbten Vermögens für eine Pflegeeinrichtung mit dem Namen Placida in Bayerisch Gmain gestiftet. Dafür sammelte sie regelmäßig Spenden.

Noch eine Weile schaute er sich Bild für Bild an, ohne jedoch zu finden, was er suchte. Erst als sein Hunger immer größer wurde und seine Cola-Flasche völlig leer war und sich ein Foto des Society-Scout auf dem Bildschirm aufbaute, rief er laut »Bingo«. Er wählte hektisch Sonnes Handynummer.

* * *

»Wolfgang Kremer. Wohnt in der Düsseldorfer Straße 11«, verkündete Holmsen das Ergebnis der Halterabfrage. »Ich hab mir gleich mal das Vorstrafenregister ausgedruckt. Beinahe hätte das Papier im Drucker dafür nicht ausgereicht.«

»Das klingt ja vielversprechend«, sagte Sonne. »Zeig mal her!«

Er las, dass der Sechsundzwanzigjährige das erste Mal vor neun Jahren in den Polizeiakten aufgetaucht war. Er hatte mit 1,5 Promille Alkohol im Blut in Haidhausen einen Auffahrunfall verursacht. Mit siebzehn, also ohne Führerschein.

Und auch das zuletzt verzeichnete Delikt war eine Alkoholfahrt, in deren Folge ihm die Fahrerlaubnis für ein dreiviertel Jahr entzogen wurde.

»Ach, der Knabe ist also ohne Pappe unterwegs«, sagte Sonne. »Bei den Vorstrafen können wir ihn deswegen auf jeden Fall erst mal festnehmen. Egal, ob er Walbrecht erschlagen hat oder nicht.«

»Wenn wir ihn kriegen«, murmelte Holmsen.

»Die Fahndung läuft schon. Die Jungs unten in der Überwachung wissen auch Bescheid.« Sonne meinte damit die Dienst habenden Beamten, die im Erdgeschoss des Präsidiums Dutzende Monitore im Auge behielten. Sie zeigten die Bilder von im gesamten Stadtgebiet installierten Kameras, die vorwiegend zur Überwachung der Verkehrslage dienten. Sie konnten jedoch auch bei der Suche nach Straftätern nützlich sein. »Seiner Akte zufolge macht er nicht den Eindruck, der Hellste zu sein. Ich denke, den kriegen wir bald. Vielleicht ist er ja so dumm und fährt erst mal nach Hause.«

»Natascha ist schon mit einer Streife unterwegs in die Düsseldorfer Straße. Das ist in der Nähe vom Schwabinger Krankenhaus.«

»Allein?«

»Klar, was ein richtiger Mann ist ...« Sherlock grinste.

»Hä?«

»Na ja, ich glaube, in ihrer Beziehung spielt sie die männliche Rolle. Sorry, ich sollte nicht über Kollegen lästern.«

»Du meinst, sie ist ...«

»Du weißt echt wenig über deine Kollegen, Jürgen. Aber vielleicht ist es manchmal besser so.«

»Aber ihr Freund«, sagte Sonne, »heißt er nicht Chris?«

»Ihre Lebensgefährtin. Christina Stelzer. Die Rothaarige vom Dezernat 12, Jugendschutz.«

»Ich glaub's ja nicht«, zeigte sich Sonne fassungslos. Sherlock hatte Recht: Als Vorgesetzter müsste er sich mehr für das Privatleben seiner Mitarbeiter interessieren. »Und warum flirtest du dann immer mit Natascha, wenn sie lesbisch ist?«

Holmsen lachte. »Sportlicher Ehrgeiz. Mal schauen, wie standhaft sie ist.«

Während Sonne nun auch lachte, sah er durch seine offene Bürotür, dass Hauptkommissar Winter über den Flur ging.

»Herr Kollege«, rief er ihm hinterher. »Ich hätte da eine kleine Recherche für Sie.« Winter war der Einzige im Kommissariat, der von seinen Kollegen gesiezt wurde. Angesichts seiner bevorstehenden Pensionierung dachte auch niemand daran, ihm das Du anzubieten und ihm kurz vor der Rente noch eine Umgewöhnung zuzumuten. »Checken Sie doch bitte mal, welche Versicherung für das abgefackelte Klosterbräu-Zelt aufkommt. Und wie hoch die Versicherungssumme ist.«

Winter nickte. Für solche Aufgaben, die sich problemlos vom Schreibtisch aus erledigen ließen, war er immer noch gut zu gebrauchen. Sonne befürchtete, dass Winters Stelle nach dessen Pensionierung nicht wieder besetzt werden könnte.

In diesem Moment läutete das Telefon auf Sonnes Schreibtisch.

»Was gibt's, Flitzer?«, fragte er, als er Litzkas Nummer erkannte. »Immer noch nicht Feierabend?«

»Schon, aber ich habe ein bisschen unbezahlte Überstunden gemacht und dabei in unserem Fotoarchiv gestöbert.«

»Und?« Sonne wusste, dass Litzka ihn nicht angerufen hätte, wenn er im Archiv nicht einen mehr oder weniger sensationellen Fund gemacht hätte.

»Wusstest du eigentlich, dass der Schoberl einen Bruder hat, der Weihbischof in Regensburg ist?«

»Nö. Ich kenne den Papst und Kardinal Ratzinger. Mehr habe ich mit dem Laden nicht zu tun. Aber interessant ist das schon.«

»Er ist auch erst vor kurzem ins Amt eingeführt worden, war offenbar vorher Leiter eines Priesterseminars. Aber deshalb rufe ich gar nicht an.«

Sonne, der immer noch in seinem Büro saß und die nach einem Tötungsdelikt obligatorischen Formulare für die Staatsanwaltschaft ausfüllte, war gespannt, was jetzt folgen würde.

»Ich habe ein Bild gefunden, das Schoberl ...«

»Bischof oder Brauer?«

»Den Brauer natürlich. Das Bild zeigt ihn neben einer nicht näher bezeichneten jungen Dame. Und zwar in einem Abstand, der für einen verheirateten Mann zu einer Frau, die nicht seine Gattin ist, geringer sein dürfte als das im gesellschaftlichen Umgang üblich ist.«

»Was drückst du dich heute geschwollen aus, Flitzer. Du solltest Jurist werden.« Sonne lachte und blickte auf die Schriftsätze für den Staatsanwalt. »Verboten ist das aber noch nicht.«

»Aber es ist verboten, das Foto zu veröffentlichen.«

»Wie bitte?«

»Ja«, sagte Litzka aufgeregt. »Zu dem Foto ist ein Sperrvermerk gespeichert. Es ist der Zeitung per einstweiliger Anordnung untersagt, das Bild zu drucken. Unter Androhung von fünfundzwanzigtausend Euro Strafe. Persönlichkeitsschutz, Recht am eigenen Bild, du weißt schon. Das Ganze kommt von der Hamburger Anwaltskanzlei, die auch schon das umstrittene Caroline-Urteil erwirkt hat. Du weißt?«

Sonne hatte davon gelesen, wunderte sich aber, dass der Brauereibesitzer Kilian Schoberl sich offenbar auf die gleiche Prominenzstufe stellte wie Prinzessin Caroline von Monaco.

»Und warum ist das verbotene Bild dann noch in eurem Archiv gespeichert?«

»Archivierung ist ja nicht Veröffentlichung. Und nur dagegen richtet sich die Anordnung.«

»Und du meinst, diese Frau ist die Geliebte von Schoberl? Wie sieht sie denn aus?«

»Sitzt du am Computer?«, antwortete Litzka mit einer Gegenfrage.

»Ja, aber ich habe ihn schon runtergefahren. Warum?«

»Dann fahr ihn wieder hoch. Du kriegst gleich eine E-Mail.«

Sonne tat, wie ihm geheißen, ohne sich zu fragen, was Litzka vorhatte. Wenige Minuten später signalisierte ihm sein Rechner eine eingegangene Mail mit einem ziemlich großen Dateianhang. Nach zwei Mausklicks hatte der das Foto auf seinem Bildschirm.

»Bingo«, sagte Sonne.

»Genau das habe ich eben auch gesagt.«

* * *

»Wollen wir nicht lieber ein SEK anfordern?«, fragte einer der drei uniformierten Beamten, mit denen Natascha Steinberg vor dem Wohnkomplex in der Düsseldorfer Straße stand. »Wir haben es hier mit einem Mordverdächtigen zu tun.«

»Wir wollen ihn erst mal wegen Fahrens ohne Führerschein befragen. Da wirkt es nicht glaubwürdig, wenn wir gleich mit einer Armada aufkreuzen. Und außerdem«, sie klopfte mit der rechten Hand unter ihren linken Arm, »dürfte ich mit meiner Heckler & Koch einem Keulen schwingenden Wirrkopf deutlich überlegen sein. Schau'n wir erst mal, ob er überhaupt zu Hause ist.«

»Also ich weiß nicht«, sagte ein älterer Beamter, der Lechner hieß und offenbar kein Interesse daran hatte, sich im Dienst kurz vor der Pensionierung von einem Neonazi erschlagen zu lassen. »Wenn er nicht allein ist ...«

»Meine Herren!« Natascha war zunehmend genervt. »Ich gehe jetzt hier rein. Wer nicht mitkommen will, bleibt halt hier stehen.« Sie betrat das mehrstöckige, verwinkelte Gebäude durch eine Glastür und die drei Polizisten folgten ihr widerwillig. Aber offenbar siegte ihr Beschützerinstinkt. Sie gingen durch einen begrünten Innenhof, betraten dann ein dunkles Treppenhaus und standen kurz darauf in einem noch dunkleren, fensterlosen Flur im ersten Geschoss.

Das sieht ja aus wie im Knast, dachte Natascha. Sie läutete an der Tür, an der mit Tesafilm ein mit Kugelschreiber beschrifteter Zettel mit dem Namen Kremer befestigt war. Zehn Sekunden später öffnete eine ältere Dame mit weißen Haaren, dicker Brille und Hörgerät – allerdings nicht Kremers Wohnungstür, sondern die nebenan.

»Der ist nicht da«, sagte sie.

»Seit wann ist er weg? Und wissen Sie, wann er wiederkommt?«, fragte Natascha und zeigte ihren Dienstausweis.

»Nicht, dass Sie glauben, ich wäre neugierig. Aber bei diesen dünnen Wänden bekommt man ja alles mit. Ob man will oder nicht. Er hat heute früh wie jeden Morgen seine Wohnung verlassen.«

Solche Nachbarn, die immer beteuern, nicht neugierig zu sein und doch wie lebende Bewegungsmelder alles registrieren, was sich vor ihrer Tür abspielt, sind für die Polizeiarbeit manchmal durchaus nützlich, dachte Natascha.

»Wissen Sie, wo er hingegangen ist?«

»Ja, er ist ... Nein, ich glaube nicht, dass das wirklich stimmt. Er hat sicher einen Spaß gemacht.«

»Was meinen Sie?«, fragte Natascha.

»Der Herr Kremer hat keine feste Arbeit, wissen Sie? Er macht immer so Gelegenheitsjobs. Manchmal erzählt er dann, wenn ich ihn im Treppenhaus treffe, was er gerade macht. Er hat schon als Filmvorführer im Kino gearbeitet, auf dem Bau oder hat bei Penny Regale eingeräumt. Und als ich ihn vorgestern fragte, wohin er denn geht, da antwortete er, dass er jetzt in der Geisterbahn arbeitet. Aber das war sicher nur als Gaudi gemeint.«

»Ja, sicher«, sagte Natascha und schaute ihre uniformierten Kollegen an. »Zwei von Ihnen bleiben hier, falls der Herr Kremer in der Geisterbahn Feierabend hat und nach Hause kommt.«

11. Kapitel

Was haben wir? Zwei Morde, einen toten Verdächtigen und einen weiteren Verdächtigen auf der Flucht«, konstatierte Steinmayr, der in seinem Büro zu einer Lagebesprechung gebeten hatte.

»Und wir haben eine Warnung vor einem Anschlag auf das Oktoberfest. Es ist noch eine Woche bis zur angekündigten Explosion.« Sonne nahm einen großen Schluck aus seiner Kaffeetasse. Sie trug die Aufschrift *Ich Chef, du nix* und war ein Geschenk seiner Kollegen zum fünfunddreißigsten Geburtstag gewesen. »Den Kremer müssten wir bald haben. Eine Funkstreife hat den gesuchten Wagen am Bavariaring gefunden. Und Kollegin Steinberg hat von Kremers Nachbarin erfahren, dass er angeblich auf einer Geisterbahn arbeitet.«

Steinmayr schmunzelte und ließ zwei Stücke Würfelzucker in seinen Kaffee plumpsen.

»Es gibt zwei Geisterbahnen auf dem Oktoberfest«, sagte Holmsen. »Und alle Kräfte auf dem Festgelände haben sein Foto.«

»Was ist mit den anderen Neonazis?«, erkundigte sich Steinmayr.

Wrede vom Staatsschutz antwortete: »Wir haben ein Unterstützungskommando von der Bepo angefordert und werden bei allen uns bekannten Adressen vorstellig.«

Sonne stellte sich bildlich vor, was Wrede damit meinen könnte, dass die Bereitschaftspolizisten »vorstellig« würden. Würden sie wie Versicherungsvertreter an den Wohnungstüren läuten und fragen, ob man für fünf Minuten hineinkommen dürfe? Wohl kaum.

»Sehr gut. Was ist mit dem Vater von Kai Walbrecht?«

»Ich war mit einer Kollegin vom psychologischen Dienst bei ihm«, sagte Holmsen. »Der Mann sitzt im Rollstuhl. Natürlich war er geschockt. Zugleich fühlte er sich aber auch in seinen schlimmsten Befürchtungen bestätigt, dass sein Bub in die falsche Gesellschaft geraten würde. Das Protokoll muss noch abgetippt werden.«

»Was sagt er dazu, dass sein Sohn vermutlich einen Brandanschlag mit Todesfolge auf dem Kerbholz hat?«, fragte Sonne.

»Der Alte ist natürlich fassungslos. Er sagt, dass sein Sohn im Grunde immer noch ein guter Kerl war, der von den wirren Gedanken einiger Verrückten verblendet wurde.«

»Was mich jetzt mal als Wiesn-Besucher interessiert: Kann ich noch gefahrlos aufs Oktoberfest gehen oder muss ich fürchten, in die Luft gesprengt zu werden?«, insistierte Holmsen.

»Vielleicht wissen wir mehr nach der Razzia bei den Neonazis.« Wrede schaute auf die Uhr, die über Steinmayrs Bürotür hing. »Die Aktion müsste in fünf Minuten losgehen.«

»Was ist mit diesem Schoberl?«, fragte Steinmayr.

»Den sollten wir uns wirklich mal vorknöpfen«, räumte Sonne ein. »Ich warte noch auf eine Auskunft seiner Feuerversicherung. Und interessant wäre vor allem ein Gentest, ob er der Vater des Kindes der Toten ist. Dann hätte er ein Motiv.«

»Aber ich denke, Kai Walbrecht hat das Feuer gelegt«, wandte Wrede ein. »Also, ich blicke langsam nicht mehr durch.«

Steinmayrs Telefon läutete. Er nahm ab und sagte, es sei ein Gespräch für Sonne. Es war Natascha.

* * *

Diesmal nahm er den Lift. In der Wohnung im zweiten Stock roch es immer noch nach *Old Spice.*

»Mein Beileid, Herr Walbrecht«, sagte Litzka und bückte sich, um dem alten Mann die Hand zu reichen.

»Ich dachte mir schon, dass Sie wiederkommen würden.«

Litzka konnte aus der Stimme nicht erkennen, in welcher seelischen Verfassung der alte Walbrecht war.

»Warum dachten Sie sich das?«

»Na, Ihre Story können Sie ja nun nicht mehr schreiben. Jetzt wo der Kai tot ist.« Es klang mehr nach Verbitterung als nach Trauer. »Kommen Sie rein!«

»Ich nehm' gerne ein Bier«, nahm Litzka die Frage vorweg, als Walbrecht seinen Kühlschrank öffnete.

»Wie konnte das nur passieren?«, Walbrecht sprach anscheinend mehr zu sich selbst.

Litzka wusste nicht, ob er die Ermordung seines Sohnes meinte oder die Tatsache, dass Kai selbst ein Verbrechen begangen hatte. Litzka wusste vor allem nicht, was die Polizeibeamten ihm über den Verdacht gegen Kai erzählt hatten. Walbrecht öffnete die Bierflaschen wieder mit einem Feuerzeug. Litzka fühlte sich wie in der Wiederholung eines Filmes. Er merkte, dass Walbrecht reden wollte. Also schwieg er und hörte zu.

»Es musste so kommen. Eltern sagen das so oft, aber es stimmt: Ich habe ihn gewarnt. Aber ich bin ja auch selber schuld. Ich hätte mich mehr um ihn kümmern müssen. Vielleicht war es nicht gut für ihn, dass er aufs Internat gekommen ist. Aber ich konnte nicht für ihn sorgen. Ich war damals Alkoholiker, müssen Sie wissen. Heute habe ich den Teufel einigermaßen im Griff. Nur manchmal, wenn es mir dreckig geht ...« Ohne den Satz abzuschließen, nahm er einen großen Schluck aus der Pulle. »Ich konnte ja nichts dafür, dass seine

Mutter so früh gestorben ist. Und dass sich sein reicher Onkel nicht um ihn gekümmert hat. Ja, er hat ihm immer mal wieder Geld geschickt, wenn er was brauchte. Aber der Junge hätte jemanden gebraucht. Bezugsperson nennt man das doch heute. Das konnte ich für ihn nicht sein. Ich weiß nicht warum, aber er war immer grundsätzlich auf Gegenkurs zu mir. Vielleicht hätte ich Verbrecher werden müssen, damit er ein anständiger Bürger wird.« Er lachte, und es klang so zynisch wie seine Worte. Mit einem Mal schlug das Lachen um in ein jämmerliches Schluchzen. Tränen traten in die Augen des alten Mannes. »Jetzt habe ich niemanden mehr. Er war der Einzige in meinem Leben. Auch wenn er jeden Tag nur wenige Minuten hier war, um mir das Essen zu bringen. Und auch wenn er oft nicht mehr als ein paar patzige Bemerkungen für mich übrig hatte. Er war doch mein Junge.«

Litzka hatte den Eindruck, dass er abgesehen von der Polizeivernehmung wirklich der erste Mensch war, mit dem Walbrecht redete, seit er vom Tod seines Sohnes erfahren hatte. Und irgendwie fühlte er sich schlecht. Er konnte sich nicht davon freimachen, sich an Kais Tod mitschuldig zu fühlen. Er hätte ihn eindringlicher warnen können. Er wusste aber zugleich, dass Kai jegliche Mahnungen in den Wind geschlagen hätte. Egal, ob von ihm oder von seinem Vater.

»Wer bringt Ihnen jetzt das Essen?«

»Das bringen die von der Sozialstation. Aber die Zivis dort sind ja immer in Eile. Und jeden Tag kommt ein anderer.«

»Vielleicht bin ich ja manchmal in der Nähe. Dann komme ich Sie gerne besuchen, wenn Sie nichts dagegen haben.« Litzka schämte sich für sein Angebot. Denn er wusste genau, dass er so gut wie niemals Zeit für einen solchen Besuch haben würde. Wahrscheinlich war dies auch Walbrecht klar.

Denn er ging nicht weiter darauf ein und fragte stattdessen: »Sind Sie verheiratet, Herr Litzka?«

Litzka war überrascht, dass jetzt plötzlich er die Fragen zu beantworten hatte. Die Antwort war einfach: »Nein. Ich habe eine Freundin in Amerika.« Das klang so surreal wie die sprichwörtliche Tante in Amerika. Aber es war durchaus vergleichbar. Walbrechts Frage machte ihm bewusst, wie weit er sich schon emotional von Carisa entfernt hatte. Doch darüber wollte er jetzt nicht nachdenken. Auch nicht über die Frage, warum er bei Tanja nicht landen konnte und warum sie ihm nicht endlich ihren Freund vorstellte. Er wollte schon gerne wissen, wie der Typ aussah, gegen den er offensichtlich chancenlos war.

»Lieben Sie sie?«, fragte Walbrecht.

»Ich weiß nicht«, antwortete Litzka wahrheitsgemäß und zuckte mit den Schultern. »Ist ein bisserl schwierig über die Distanz. – Kann ich etwas für Sie tun?«, lenkte er auf ein anderes Thema.

»Trinken Sie mit mir die Flasche Bier zu Ende. Und schreiben Sie in Ihrer Zeitung, dass mein Bub kein Mörder ist.«

Das würde ich gerne schreiben, dachte Litzka.

* * *

Drei Minuten nach Nataschas Anruf saßen Sonne und Holmsen in ihrem Dienstwagen und rasten mit Blaulicht zur Theresienwiese. Seine Kollegin hatte herausgefunden, dass Wolfgang Kremer als *Lebendes Gespenst* bei der Wiesn-Geisterbahn Shocker angestellt war.

»Ich habe noch nie ein lebendes Gespenst festgenommen«, sagte Holmsen auf dem Beifahrersitz, als sie durch die Lindwurmstraße fuhren, rechts in die Stielerstraße einbogen und das Riesenrad vor sich sahen. Sie konnten nur Schritttempo fahren, weil die Straße durch Zuckerwatte schleckende und Luftballons tragende Menschen verstopft war.

»Ich habe von diesem Trend in der Zeitung gelesen«, sagte Sonne. »Immer mehr Geisterbahnen beschäftigen Billiglohnkräfte, die als Gespenster oder Monster verkleidet den Besuchern Schrecken einjagen sollen.«

»Das wär' doch was für dich. Und du müsstest dich nicht einmal verkleiden!«

»Wenn die mit den Kürzungen bei der Polizei so weitermachen, werden wir demnächst bestimmt viele Kollegen in der Geisterbahn wiedersehen. Ich weiß allerdings nicht, wie sich das im Lebenslauf macht ...«

»Wenn wir den Kremer gleich fassen, dann brauchen die bestimmt rasch Ersatz. Wenn du dich direkt bewirbst, hast du sicher gute Chancen.« Holmsen grinste, und Sonne parkte das Auto im Halteverbot am Rande der Theresienwiese.

»Wenn Kremer wirklich im Shocker ist, wie Natascha sagt, dann müssten wir ihn gleich haben. Er dürfte nicht bewaffnet sein. Seinen Baseball-Prügel hat er sicher nicht mitgenommen.«

Vor der Spuk-Attraktion in der Wirtsbudenstraße gegenüber von Pits Steilwand wurden sie von Natascha erwartet. Die uniformierten Kollegen hielten sich unauffällig in gebührendem Abstand.

»Das ist Horst Kohsiek, der Shocker-Chef«, sagte Natascha. »Man nennt ihn auch Horror-Horst.«

Der könnte auch ohne Maske in seiner eigenen Geisterbahn auftreten, dachte Sonne und sagte freundlich »Guten Tag«.

»Sie wollen zu Herrn Kremer? Kann das nicht bis zu seinem Feierabend warten? Er ist einer meiner besten Geister, und Sie sehen ja, was hier los ist.« Der Mann mit dem vernarbten Gesicht und dem blassen Teint deutete auf die Schlange vor seinem Kassenhäuschen, an dem eine Fahne mit der Aufschrift *Unglaublich! Lebende Geister eingetroffen!* befestigt war.

»Wir haben einen Haftbefehl, mehr können wir im Moment nicht sagen. Was genau macht Kremer da drin und wo steckt er?«

»Seine Aufgabe ist es, mit Trillerpfeifen, Wasserpistolen oder Wasserflaschen die Besucher, die in vergitterten Drahtboxen durch die Bahn fahren, zu erschrecken. Seiner Phantasie ist dabei keine Grenze gesetzt. Und er kann sich im Shocker frei bewegen.«

»Aha«, machte Sonne. »Wie viele Ausgänge gibt es?«

»Links der Eingang, rechts der Ausgang. Und hinten noch zwei Notausgänge.«

Sonne gab ein Zeichen an die uniformierten Kollegen, die sich an den Hinterausgängen postieren sollten. Und zu Kohsiek sagte er: »Haben Sie eine Möglichkeit, Kremer rauszuholen?«

»Natürlich, über Lautsprecher. Aber wenn ich eine Durchsage mache, ist ja der ganze Gruseleffekt dahin. Das ist geschäftsschädigend.«

»Ja ja, jetzt machen Sie schon. Oder sollen wir Ihren ganzen Laden schließen?«, drängte Sonne, und Kohsiek ging unwillig zum Kassenhäuschen.

»Herr Kremer, bitte dringend zum Ausgang. Herr Kremer bitte!«, ertönte es blechern aus den Lautsprechern und es klang wie im Supermarkt.

Sonne, Holmsen und Natascha stellten sich an den Ausgang. Sie entsicherten ihre Waffen, die sie jedoch möglichst unauffällig bedeckt hielten. Wenige Augenblicke später öffnete sich neben dem Tor für die Fahrkabinen eine Metalltür. Ein Zombie kam heraus.

Holmsen, der ihm am nächsten stand, drückte dem Ungeheuer seine Pistole in die Seite, drehte ihm die Arme auf den Rücken und legte ihm Handschellen an, ohne dass der überraschte Festgenommene Widerstand leisten konnte.

»Wolfgang Kremer, ich verhafte Sie wegen des dringenden Tatverdachts, Kai Walbrecht erschlagen zu haben«, sagte Sonne, steckte seine Waffe wieder in das Halfter und gab den übrigen Kollegen ein Zeichen, dass alles in Ordnung und die Zielperson gefasst war.

»Wieso Kremer?«, ertönte eine ganz und gar nicht gruselige Stimme hinter der Zombie-Maske.

»Das muss ein Missverständnis sein, Herr Kommissar«, rief jetzt auch der Horror-Horst aus seinem Kassenhäuschen. »Den Zombie macht heute der Pöhner Schorsch. Der Kremer ist der Monster-Mönch.«

Als sie dem Zombie die Maske vom Gesicht zogen, sah er darunter harmloser aus als die meisten Zeitgenossen!

»Natascha, überprüf den mal«, sagte Sonne zu seiner Kollegin. Im gleichen Moment schrie Holmsen: »Da vorne!«

Eine Gestalt mit einem braunen, zerfetzten Umhang hatte sich unbemerkt aus dem Eingang geschlichen.

»Stehen bleiben, Polizei!«, brüllte Sonne sofort und zückte seine Heckler & Koch wieder. Sherlock und Natascha taten es ihm gleich.

Die Gestalt trug eine Maske mit blutunterlaufenen Augen und Rasierklingen in den Wangen, aus denen Blut zu tropfen schien. Doch das war es nicht, was Sonne den Schreck in die Glieder fahren ließ: Der Grusel-Mönch hob die rechte Hand, in der er eine Waffe hielt. Bevor die Beamten Deckung hinter dem Kassenhäuschen suchen konnten, peitschte ein Schuss.

Die Kugel traf einen überdimensionalen Zahn eines Totenkopfes in der Dekoration. Der zweite Schuss kam aus Holmsens Dienstwaffe und schlug in einer Holzwand der Geisterbahn ein. Wieder ein Schuss – und ein lauter Schrei hinter Sonnes Rücken.

»Natascha!«, rief er seiner Kollegin zu, die ihre rechte Hand auf den linken Oberarm gepresst hatte. Ihre Pistole schepperte auf dem Boden. Der Mann in der Mönchskutte versuchte, sich aus dem Staub zu machen.

»Sherlock, kümmer dich um Natascha! Ich verfolge«, schrie Sonne und stieß einige Schaulustige zur Seite, die sich vor dem Shocker versammelt hatten. Kremer wollte offenbar im Getümmel verschwinden und entkommen. Ihm fehlten dazu nur circa zwanzig Meter! Dann hätte ihn die Menschenmenge verschluckt. Sonne musste sofort entscheiden. Noch befanden sich keine anderen Menschen in der Nähe der rennenden Schreckensgestalt. Ein gezielter Schuss auf die Beine würde ihn zur Strecke bringen. Doch auf die Entfernung war das Risiko nicht gering, ihm auch eine schwere oder schlimmstenfalls tödliche Verletzung zuzufügen. Doch er hatte keine Wahl. Sonne stützte mit der linken Hand seinen rechten ausgestreckten Arm, kniff das linke Auge zu und feuerte. Und traf! Kremer schien über seine eigenen Beine zu stürzen. Laut schreiend fiel er hin. Wenige Augenblicke später war Sonne bei ihm, um ihm Handschellen anzulegen und ihn festzunehmen.

»Echt geile Show«, sagte ein etwa zwanzigjähriger Mann zu seiner weiblichen Begleitung, die nur erwiderte: »Da müssen wir rein.«

* * *

Nach Angabe meiner Personalien, der Aufklärung über meine Rechte und Pflichten und der Belehrung darüber, dass ich als Beschuldigter vernommen werde, mache ich folgende Aussage. Ich bin damit einverstanden, dass die Befragung durch KOR Horst Steinmayr und KHK Jürgen Sonne auf Magnetband aufgezeichnet und später schriftlich zusammengefasst wird.

Auf Vorhalt räume ich ein, dass ich am Dienstag, dem 20. September, zu einer Uhrzeit, an die ich mich nicht mehr erinnern kann, dem Geschädigten Kai Bernhard Walbrecht an einer Fußgängerbrücke am Karl-Marx-Ring, München, aufgelauert habe. Ich hatte die Absicht, ihm mit einem Baseballschläger (sichergestelltes Beweisstück 2834/05/IX) eine Körperverletzung zuzufügen, um ihm eine ›Abreibung‹ zu verpassen. Zu diesem Tatbestand bin ich von Detlev Deggendorf angestiftet worden. Auf Nachfrage räume ich ein, dass ich bereits mehrfach im Auftrag Deggendorfs anderen Geschädigten Körperverletzungen zugefügt habe. Als Begründung dafür, warum ich mich zu rechtswidrigen und kriminellen Handlungen habe drängen lassen, gebe ich an, dass ich Deggendorf, der Anführer des ›Münchner Aktionsbündnisses‹ ist, zu Gehorsam verpflichtet bin. Dies haben alle Mitglieder des Aktionsbündnisses in einem Eid geschworen. Auf Nachfrage erläutere ich, dass das ›Münchner Aktionsbündnis‹ eine informelle politische Vereinigung ist, die das Ziel hat, neue staatliche Strukturen in der Bundesrepublik herzustellen. Nähere Angaben über diese angestrebten Strukturen kann ich auch auf mehrfache Nachfrage nicht machen. Ich versichere, dass ich bei dem Angriff zum Nachteil des Kai Walbrecht keine Tötungsabsicht verfolgte. Ich bedauere, dass er tödliche Verletzungen davontrug. Walbrecht sollte eingeschüchtert und daran gehindert werden, bei der Polizei eine Aussage zu machen.

»Der Typ hat sich doch nicht wirklich so geschwollen ausgedrückt, oder?«, sagte Litzka, als er sich durch die erste Seite des Vernehmungsprotokolls von Wolfgang Kremer durchgekämpft hatte.

»Wir Beamte beherrschen die Kunst«, antwortete Sonne, »auch die primitiven Worte eines unterbelichteten radikalen Prügelknaben in bürokratisches Behördendeutsch zu übersetzen.«

Litzka saß auf dem Besucherstuhl in Sonnes Büro, dessen Tür diesmal ausnahmsweise geschlossen war. Es musste ja niemand mitbekommen, dass der Leiter der Mordkommission einem Zeitungsreporter Einblick in Vernehmungsprotokolle gewährte. Aber diese Methode war einfacher, als das gesamte Verhör nachzuerzählen. Und Sonne wusste, dass er sich darauf verlassen konnte, dass Litzka keine Informationen ohne Rücksprache in der Zeitung veröffentlichen würde.

»Lies weiter!«, sagte Sonne. »Jetzt wird's interessant.«

Litzka blätterte auf die zweite Seite des Protokolls.

Auf Vorhalt räume ich ein, dass das ›Münchner Aktionsbündnis‹ einen Brandanschlag auf das Münchner Oktoberfest geplant hat. Ich lege besonderen Wert auf die Feststellung, dass auch hier keine Menschenleben gefährdet werden sollten. Von dem Anschlagsplan wurde Abstand genommen, nachdem wir erfuhren, dass Kai Walbrecht ohne Absprache mit der Gruppe ein Feuer in einem Oktoberfestzelt gelegt hat.

»Ach, sieh an«, sagte Litzka. »Dann war's der Kai also wirklich.«

»Wenn's stimmt, was der Kremer erzählt.«

»Warum hat der überhaupt ausgepackt?«, wollte Litzka wissen.

»Lies weiter. Dann weißt du es.«

Litzka las den letzten Absatz.

Auf meine Bitte hin wird in diesem Protokoll festgehalten, dass KOR Steinmayr mir für den Fall einer umfassenden Aussage die

Prüfung strafmildernder Umstände zugesagt hat. Gelesen, genehmigt und unterzeichnet.

Unter dem Text stand eine unleserliche Unterschrift.

»Er hatte keine andere Wahl«, sagte Sonne. »Bei dem Vorstrafenregister.«

»Du meinst, dass er eine Chance hat, um lebenslänglich herumzukommen?«

»Unwahrscheinlich. Möglicherweise kommt er mit schwerer Körperverletzung mit Todesfolge davon. Aber das haben wir nicht zu entscheiden. Ich denke, er kann froh sein, wenn sie ihn nicht zu lebenslänglich mit Sicherungsverwahrung verknacken.«

»Aber der eigentliche Schuldige ist doch dieser Deggendorf, oder?«, meinte Litzka.

»An dem sind wir schon dran. Er scheint aber direkt nach dem Mord an Walbrecht untergetaucht zu sein. Die Fahndung läuft. Kremer deutete noch an, dass Deggendorf sich absetzen will. Angeblich hat er schon Flugtickets. Nach Rio oder so. Natascha checkt das gerade.«

Es klopfte an der Bürotür. Sonne schaute auf die Uhr über der Tür und sagte zu Litzka augenzwinkernd: »Ich glaube, unser Interviewtermin ist zu Ende. Wir haben jetzt *kleine Lage*.« Und lauter in Richtung Tür rief er: »Herein.«

Natascha und Holmsen betraten das Zimmer, beide hatten irgendwelche Unterlagen dabei.

»Ich muss eh los«, sagte Litzka. »Körber kommt heute zum Redaktionsbesuch. Also dann.«

Er stieß im Türrahmen beinahe mit Kommissar Winter zusammen, der sich auch zur Besprechung einfand.

Alle stellten ihre Kaffeetassen vor sich ab. Und Sonne wünschte allen einen guten Morgen, als Litzka die Tür hinter sich geschlossen hatte.

»Wie sieht's aus, Leute?«

Winter ergriff das Wort: »Ich hab was Interessantes.« Er nahm ein Fax zur Hand, das den Briefkopf der Bayerischen Versicherungskammer zeigte. »Bierzelte auf dem Oktoberfest und anderen Volksfesten sind normalerweise standardmäßig gegen Feuer versichert. Seit dem 11. September schließen die Versicherungen jedoch Zahlungen bei Anschlägen ausdrücklich aus. Es sei denn, man schließt eine Zusatzversicherung ab. Und die kostet richtig Geld! Daher hat keine Münchner Brauerei diese Zusatzvereinbarung abgeschlossen – bis auf eine.«

»Lassen Sie mich raten: Klosterbräu«, sagte Holmsen.

»Exakt«, antwortete Winter. »Und wollen Sie wissen, wann er diese Zusatzversicherung abgeschlossen hat?« Er wartete keine Antwort ab, sondern sagte sofort: »Vor weniger als sechs Wochen.«

Sonne machte sich Notizen und setzte in Gedanken die Mosaiksteinchen zusammen. Bevor er seine Schlussfolgerungen zog, wollte er jedoch abwarten, was die anderen Kollegen zu berichten hatten. Mit einer Kopfbewegung signalisierte er Holmsen, dass dieser jetzt gefragt war.

»Also, ich hab auch was rausgefunden. Bei der Lufthansa ist auf den Namen Detlev Deggendorf ein One-Way-Ticket gebucht, und zwar nach Frankfurt am Main.«

»Frankfurt?«, fragte Natascha ungläubig. »Will er dort im Bahnhofsviertel untertauchen?«

»Ich denke eher, dass er von dort aus in einen Interkontinentalflug umsteigen wird«, vermutete Sonne.

»Das glaube ich auch«, sagte Holmsen. »Allerdings habe ich ab Frankfurt keine Buchung auf seinen Namen gefunden. Was aber viel interessanter ist ...« – es folgte wieder eine von Holmsens typischen Kunstpausen – »... wer das Ticket bezahlt hat.«

»Sag schon, Sherlock!«

»Die Abrechnung läuft über die Bayerische Landesvermögensverwaltung.«

»Wie bitte?« Sonne verschlug es die Sprache. Er wusste, was das bedeutete. Im Gegensatz zu Natascha, auf deren Gesicht sich ein großes Fragezeichen abzuzeichnen schien.

* * *

Litzka verließ das Präsidium und bog rechts in die Neuhauser Straße ein. Wenn die Reklame-Uhr über dem Schaufenster eines Juweliers richtig ging, dann hatte er noch genug Zeit, um rechtzeitig zur Schlagzeilenkonferenz in der Redaktion zu sein. Er schlenderte in Gedanken versunken durch die Fußgängerzone. Er würde Kai nie wieder fragen können, ob er wirklich an die braune Ideologie geglaubt habe. Er hatte keine Chance mehr, ihn aus dem rechten Sumpf rauszuholen. Er versuchte gegen Selbstvorwürfe anzukämpfen. Natürlich war er nicht für die Menschen verantwortlich, über die er Reportagen schrieb.

Litzka ignorierte einen jungen Mann eines Marktforschungsunternehmens, der ihn zu einer Straßenumfrage nötigen wollte.

Scheinbar von einer höheren Gewalt wurden seine Schritte am Stachus in den McDonald's gelenkt. Er hatte mal gelesen, dass dies der meistbesuchte McDonald's in Deutschland war. Er bestellte einen Cappuccino Grande und setzte sich dann im Obergeschoss an den Fensterplatz mit Blick auf den Brunnen am Karlsplatz, wo er erst vor wenigen Tagen mit Kai Walbrecht gesessen hatte. Der war ein merkwürdiger Typ gewesen. Auch sein Vater war eine seltsame Figur. Wie schrecklich musste es für einen Vater sein, seinen eigenen

Sohn zu überleben. Was hatte der alte Walbrecht noch von seinem Leben? Litzka verbrannte sich die Zunge an seinem Heißgetränk. Eine Weile starrte er auf die vielen jungen Leute, die offenbar nichts anderes zu tun hatten, als dort unten die warme Spätsommersonne zu genießen. Dann stand er auf und machte sich auf den Weg in die Redaktion. Den Cappuccino ließ er stehen.

* * *

»Die Landesvermögensverwaltung ist ein Tarnname für den Verfassungsschutz«, erläuterte Sonne.

»Hä?«, machte Natascha nur.

Holmsen erläuterte: »Wenn du beim Geheimdienst angestellt wirst, bekommst du einen Arbeitsvertrag dieser fiktiven Behörde. Dann kannst du deinen Nachbarn und Freunden etwas antworten, wenn sie dich fragen, wo du arbeitest. Mit diesem Namen tritt der Verfassungsschutz auch auf, wenn er Immobilien anmietet oder die Tankrechnungen für seinen Fuhrpark bezahlt.«

»Und offenbar auch, wenn er Flugtickets für V-Männer bezahlt«, ergänzte Sonne.

Und jetzt kapierte auch Natascha. »Soll das heißen, dass Deggendorf der V-Mann des Verfassungsschutzes ist?«

»Sieht so aus. Die wollen ihn aus der Schusslinie bringen. Wann geht der Flug, Sherlock?«

»Falsche Frage, Watson. Sie muss lauten: Wann ging der Flug?«

Sonne räusperte sich: »Also, wann ging der Flug?«

»Gestern Abend um 21.09 Uhr! Es ist anzunehmen, dass er anschließend direkt einen Weiterflug nach Übersee genommen hat.«

»Verdammte Scheiße!«, rief Sonne, der nur selten einen Wutanfall bekam, und knallte seine Aufzeichnungen vor sich auf den Schreibtisch. »Wozu ermitteln wir hier eigentlich wochenlang? Die können doch nicht einfach ... Ich glaube es einfach nicht!« Er griff zum Telefonhörer. »Ich ruf sofort den Wrede an!«

»Das kannst du dir sparen, Jürgen«, sagte Holmsen. »Du kannst Gift drauf nehmen, dass Wrede hier nicht involviert ist. Von solchen Aktionen weiß der Amtspräsident und vielleicht noch der Innenminister.«

Sonne stand auf und ging zum Fenster. Er atmete dreimal tief durch, um wieder zur Ruhe zu kommen.

»Was machen wir jetzt?«, fragte Natascha.

»Ich würde sagen, wir schnappen uns den Schoberl«, sagte Holmsen.

»Haftbefehl?«, fragte Sonne.

»Ich kümmere mich«, sagte Holmsen und sprang im gleichen Moment auf.

12. Kapitel

Den Haftbefehl stellte der Richter umgehend aus. Dringender Tatverdacht. Fluchtgefahr.

»Das haben wir selten, dass wir einen Täter mit gleich zwei Tatmotiven haben«, sagte Holmsen, der den Dienstwagen lenkte. Sie fuhren »mit Blau«, wie es im Polizeijargon hieß, aber ohne Sirene, über den Mittleren Ring Richtung Süden.

»Mit der millionenschweren Versicherungssumme könnte er seine marode Brauerei mit einem Schlag sanieren«, sagte Sonne auf dem Beifahrersitz.

»Und mit dem Feuer hat er zugleich seine schwangere Geliebte beseitigt«, meldete sich Natascha auf dem Rücksitz zu Wort. »Wirklich sehr geschickt.«

»Schon makaber, dass er seinen eigenen Neffen damit beauftragt, das Feuer zu legen«, sagte Sonne. »Walbrecht hat sicher nicht gewusst, dass er mit dem Brand dazu beitragen sollte, einen Mord zu vertuschen.«

»Und Schoberl hat sicher auch nicht geahnt, dass sein Neffe für die Sache mit dem Leben bezahlen würde«, sagte Holmsen. »Glaubt ihr, dass Schoberl auch damals dieses Mädchen umgebracht hat. Wie hieß sie noch?«

»Marianne Kischel«, antwortete Sonne. »Ich halte es für wahrscheinlich. Wir werden es sicher wissen, wenn wir ihm unser Wattestäbchen in den Mund gesteckt haben. Das Labor hat von damals eine DNA-Spur aus Hautfetzen unter den Fingernägeln der Toten isolieren können.«

»Da vorne rechts«, dirigierte Natascha von hinten. Wenige Minuten später fuhren sie in ein modernes Gewerbegebiet in Planegg-Martinsried. Zahlreiche Biotechfirmen waren hier angesiedelt, die Klosterbrauerei wirkte fast wie ein Fremdkörper.

Holmsen schaltete das Blaulicht aus.

Aus Schoberls Vorzimmer hatten sie mit einem Vorwand erfahren, dass der Brauereibesitzer in seinem Büro war. Sie wollten ihn überraschen.

Doch jetzt wurden sie selbst überrascht.

»Was ist denn da los?«, fragte Sonne, als er vor dem Brauerei-Gebäude zwei Streifenwagen sah. »Das darf ja wohl nicht wahr sein! Was machen die denn hier?«

Holmsen fuhr im Schritttempo näher. Ein uniformierter Beamter, der wohl das Blaulicht auf ihrem Wagen entdeckt hatte, kam auf sie zugelaufen.

»Grüß Gott, Kollegen. Wer hat euch denn so schnell bestellt?«

»Uns hat niemand bestellt«, sagte Sonne durch das heruntergelassene Seitenfenster. »Wir wollten eigentlich hier die Festnahme von Kilian Schoberl vollziehen. Und zwar möglichst ohne Vorankündigung. Was ist hier los?«

»Eine Festnahme? Ich glaube, da kommt ihr zu spät.«

* * *

Als Litzka den Konferenzraum betrat, hatten der Chefredakteur und die Vertreter der verschiedenen Ressorts bereits damit begonnen, die Schlagzeile für den nächsten Tag zu beraten. Lohmann legte immer großen Wert auf einen Aufmacher mit München-Bezug, daher war die Lokalredaktion immer als erste gefragt, Vorschläge zu machen. Die Geschäfte im Lokalen führte heute Ben Kluttig, ein alter Hase bei der *ATZ* mit einem todsicheren Gespür für Themen. Er war schon jenseits der Sechzig, und eine ganze Reihe von ambitionierten Kollegen in der Lokalredaktion machten sich Hoffnung auf seine Nachfolge als Ressortchef. Bei Litzka war eher das Gegenteil der Fall: Er fürchtete mehr, dass man ihm die Leitung der Lokalredaktion anbieten würde, was er kaum ausschlagen konnte. Allerdings wäre er dann weg von der Front und müsste die meiste Zeit am Schreibtisch damit verbringen, Honorare abzurechnen und Dienstpläne zu erstellen. Er hoffte daher, dass Kluttig noch bis zur gesetzlichen Altersgrenze durcharbeiten würde und nicht auf die Idee des Vorruhestands käme.

»Was machen wir morgen?«, fragte Lohmann in die Runde. »Haben wir eine gute Aufmacheroptik?«

Litzka hatte sich leise auf einen der noch freien Stühle gesetzt, während Anton Salzsieder, der Chef der Bildredaktion, einige Farbausdrucke auf dem Konferenztisch ausbreitete. Lohmann ließ eine Rauchwolke darüber aufgehen und seinen Blick über die Fotos gleiten.

»Das gefällt mir«, sagte Lohmann und deutete mit dem Mundstück seiner Pfeife auf ein Foto, das ein grinsendes rothaariges Kleinkind mit verschmiertem Mund und einer Eiswaffel in der Hand zeigte. »Haben wir auch eine Story dazu?«

»Freilich«, antwortete Kluttig. »Die Münchner Eisdielen verzeichnen einen Rekordsommer. Es wurde so viel Eis verkauft wie seit Jahrzehnten nicht mehr.«

»Schöne Geschichte«, sagte Lohmann und blies eine weitere Rauchwolke aus. »Was ist eigentlich mit diesen beiden Toten? Dem erschlagenen Mann aus Neuperlach und diesem Selbstmörder in ... wo war das noch gleich?«

»An dem Fall in Neuperlach bin ich dran«, sagte Litzka sofort. »Die Polizei hält sich noch bedeckt. Sieht nach dem Überfall eines Betrunkenen aus. Sicher nichts für die Eins.« Er schwindelte, um zu verhindern, dass der tote Kai morgen auch noch zum Aufmacherthema in der *ATZ* wurde. Das war das Mindeste, was er jetzt noch für ihn tun konnte. »Von einem Selbstmörder weiß ich nichts. Ich war ja heute die ganze Zeit auf dem Präsidium.«

»Wir wissen noch nichts Genaues«, sagte Kluttig. »Wir haben nur im Polizeifunk gehört, dass sich im Firmengebäude von Klosterbräu in Martinsried ein ungeklärter Todesfall ereignet hat. Ist erst vor einer knappen Stunde passiert. Die Polizei ist vor Ort, hat aber noch nichts Offizielles verlauten lassen.«

Litzka schreckte auf, als er Klosterbräu hörte. »Das Thema würde ich übernehmen«, rief er sofort in die Runde. »Ich zapfe gleich mal meine Quellen in der Ettstraße an.«

Die Konferenz plätscherte noch eine Weile vor sich hin, man einigte sich auf das Eis-Thema als Aufmacher. Litzka saß auf heißen Kohlen. Er wollte sofort Sonne anrufen und fragen, was es mit dem Todesfall bei Klosterbräu auf sich hatte.

* * *

»Wieso kommen wir zu spät?«, fragte Sonne leise fluchend und stieg aus dem Dienstwagen aus.

»Der Schoberl ist tot«, sagte der Uniformierte. »Er hängt in seinem Büro. Dritter Stock. Zweite Türe links.«

»Er hängt?« Holmsen stutzte. Er war jetzt auch ausgestiegen und blickte auf das Firmengebäude.

»Er hat sich mit seiner Krawatte an einem freiliegenden Heizungsrohr aufgehängt. Ich gehe jedenfalls davon aus, dass es der Schoberl ist. Seine Sekretärin bringt kein Wort mehr raus, steht unter Schock. Sie hat ihn gefunden. Aber wer sollte es sonst sein?«

Sonne schlug dreimal mit der geballten Faust auf das Dach seines Dienstwagens.

»Kann es sein, dass uns in diesem Fall alle Beteiligten im letzten Augenblick durch die Lappen gehen? Walbrecht wird erschlagen, Deggendorf setzt sich ab, und Schoberl hängt sich auf. Ich fasse es nicht!«

»Wir haben Kremer«, sagte Natascha, ohne dabei wirklich überzeugend zu wirken.

»Ein armseliger Helfershelfer, der seinem Boss hörig war. Lass uns erst mal reingehen.«

Sonnes Handy klingelte. Es war Litzka. »Flitzer?«

»Jürgen, was habe ich da von einem ungeklärten Todesfall in der Klosterbrauerei gehört?«

»Woher weißt du das schon wieder? Wir sind gerade selbst erst hier angekommen. Wollten eigentlich den Schoberl hochnehmen. Aber wie es scheint, ist er uns da zuvorgekommen. Warte mal kurz ...«

Ein Polizeibeamter kam aus dem Firmengelände herausgelaufen. »Herr Hauptkommissar. Ich glaube, ich habe hier etwas, das Sie interessieren wird.«

»Flitzer, lass uns später reden. Von mir weißt du nichts. Aber falls du hier zufällig aufkreuzt, kann ich dich nicht daran hindern ...«

* * *

Ich weiß nicht, an wen ich diesen Brief adressieren soll. Den einzigen Menschen, der mir noch etwas bedeutete, habe ich getötet. Alles, was in meinem Leben noch wichtig war, das war meine Brauerei. Silvia wollte, dass ich mich entscheide. Für ein Leben mit ihr – mit allen Konsequenzen. Die Konsequenz wäre gewesen, dass ich meine Frau Ramona verlassen und damit auch mein Lebenswerk, die Klosterbrauerei, hätte aufgeben müssen. Das konnte ich nicht. Den Druck hielt ich nicht mehr aus. Ich will und kann meine Tat nicht entschuldigen. Es ist nur der Versuch einer Erklärung. Es kam zum Streit mit Silvia. Sie drohte mir. Sie wollte unsere Affäre öffentlich machen. Doch damit hätte sie meine Existenz zerstört. Sicher hätte meine Frau mich aus der Geschäftsführung der Brauerei entlassen. Ich hätte mein Amt als Wirte-Sprecher und Kolping-Vorsitzender verloren und damit auch meine gesellschaftliche Stellung. Und sicher wäre sogar mein Bruder in die Sache mit reingezogen worden.

Ich hatte getrunken, und Silvia war auch sehr aufgewühlt. Ja, hysterisch. Sie ging mir wie eine Furie an den Kragen. Und dann warf sie mir vor, dass ich damals ihre Freundin Marianne Kischel umgebracht hätte, sie war auch eine Bedienung in meinem Zelt. Der Fall ging als Wiesn-Mord durch die Presse. Es stimmt, dass ich damals mit ihr auch ein Verhältnis hatte. Aber ich habe sie nicht getötet, damit habe ich nichts zu tun. Es ist die Wahrheit, ich hätte keinen Grund, es jetzt noch zu verschweigen, wenn ich es gewesen wäre! Aber Silvia drohte mir, sie würde mich öffentlich als Mörder hinstellen. Sie war außer sich, verlor völlig die Nerven.

Da habe ich auch die Fassung verloren. Es geschah im Affekt. Ich wollte sie nicht umbringen. Erst als sie dann vor mir lag, nicht mehr atmete, wurde mir bewusst, was geschehen war. Mit einem Schlag war ich wieder nüchtern. Wie dann die Idee mit dem Feuer entstand, kann ich nicht mehr genau nachvollziehen, sie war irgendwann da. Ich wusste, dass mein Neffe Kai Kontakte zu zwielichtigen Burschen hatte. Ich dachte, er könnte mir jemanden vermitteln. Ich würde ihm eine Provision zahlen. Er sagte sofort, dass er jemanden kennt, der mit Molotow-Cocktails umgehen kann und der auch dafür sorgen würde, dass keine Menschenleben zu Schaden kommen. Von der Leiche, die ich nachts in der Gerätekammer versteckt hatte, wusste er freilich nichts. Ich gab ihm fünfzigtausend! Zweitausendfünfhundert Euro gab er mir sofort wieder zurück. Diese Summe hatte ich ihm für die Anschaffung eines Autos geliehen. Er war ein sehr gewissenhafter Bub.

Ich weiß, dass ich alles zerstört habe. Ich habe alles verloren, es gibt keinen Sinn mehr für mich. Keinen Grund weiterzuleben. Vielleicht wird Frau Schunk-Egermann, meine Sekretärin, diese Zeilen als Erste lesen. Es tut mir Leid für den Anblick, den ich Ihnen zumuten muss. Dafür entschuldige ich mich hiermit ausdrücklich. Bitte erlauben Sie mir eine letzte Bitte: Wenn Sie mich finden und ich noch nicht tot sein sollte – lassen Sie mich sterben. Bitte! Ihr Kilian Schoberl.«

* * *

Kilian Schoberl hatte seinen letzten Brief ordentlich unterzeichnet. Er war auf dem offiziellen Briefpapier der Brauerei in einer deutlichen Handschrift geschrieben. Litzka gab das Blatt an Sonne zurück. Sie saßen wieder in seinem Büro im Präsidium. Für den frühen Abend war eine Pressekonferenz angesetzt, auf der die weitgehende Aufklärung des Falles veröffentlicht werden sollte.

»Er schreibt gar nichts von der Versicherungssumme«, merkte Litzka an.

»Richtig«, antwortete Sonne. »Wenn's stimmt, was er schreibt, dann wäre ein Versicherungsbetrug aber auch nicht plausibel. Wenn er Silvia Thielmann wirklich im Affekt getötet hat, dann kam ihm vermutlich auch die Idee, ihre Leiche mit einem Feuer zu beseitigen, eher spontan.«

»Und warum hat der dann die Zusatzversicherung abgeschlossen?«

»Vielleicht aus realer Angst vor einem Terroranschlag. Oder er hat von seinem Neffen erfahren, dass die Neonazis etwas im Schilde führen. Keine Ahnung.«

»Und was ist mit dem alten Wiesn-Mord? Glaubst du, dass er damit wirklich nichts zu tun hat?«

»Warum sollte er im Angesicht des Todes lügen, wenn er alles andere gesteht? Kommst du zur PK nachher? Heisinger will persönlich die Aufklärung des Sachverhalts verkünden.«

»Bist du denn dabei?«, erkundigte sich Litzka.

»Weiß noch nicht. Steinmayr wird wohl für das Dezernat sprechen. Mal schauen.«

»Und wie geht's Natascha?«

»Sie hat Glück gehabt«, sagte Sonne. »Es war nur ein Streifschuss. Gott sei Dank!«

Sonne stand von seinem Schreibtisch auf und ging zu seinem Bürofenster. Es war ein schwülwarmer Tag mit drückender Hitze. Dunkle Gewitterwolken zogen auf. Eine Abkühlung würde allen gut tun.

* * *

»Hey, Flitzer! Komm doch unter meinen Schirm!«

Tanja war offenbar auch auf dem Weg zur Pressekonferenz der Polizei, die im Augustinersaal im Präsidium stattfand. Der Platzregen war buchstäblich aus heiterem Himmel gekommen. Das Wasser stand zentimeterhoch auf der Straße. Er hatte sich sein zerknittertes und in kürzester Zeit durchnässtes Sakko über den Kopf gezogen, als er die Factum-Kollegin vor dem Kaufhof am Marienplatz winken und rufen sah. Ihr Schirm war wirklich groß genug für zwei.

»Nimm du den Schirm, du bist größer«, sagte sie, und einen Augenblick später hatte sie sich schon bei ihm eingehakt. Verdammt, warum wurde ihm ganz warm ums Herz? Bloß weil sein rechter Arm mit einer schönen Frau in Berührung kam?

»Wie geht's dir?«, fragte sie ganz unverfänglich.

»Na ja«, antwortete er, »ganz schön viele Leichen in zu kurzer Zeit. Aber so wie es ausschaut, ist die Sache ja jetzt geklärt.«

Sie waren inzwischen an der Ecke zur Augustinerstraße angekommen, wo sie das Polizeipräsidium durch einen Hintereingang betraten. Hier saß die Pressestelle, und hier wurden auch die Pressetermine abgehalten, sowohl die täglichen routinemäßigen Medienrunden als auch die großen Pressekonferenzen bei spektakulären Fällen.

Er musste über sich selbst lächeln. Es passierte doch weiter nichts, als dass er sich mit Tanja den Schirm teilte. Und trotzdem glaubte er, alle anderen müssten sie für ein Liebespärchen halten.

Ich glaub, ich hab mich verknallt, dachte er.

»Sag mal, hast du am 1. Oktober Zeit? Ich wollte dich einladen«, riss sie ihn dankenswerterweise aus seinen sentimentalen Gedanken.

»Ich glaube schon, was gibt's denn zu feiern?«, fragte er und vermutete, dass Tanja ihren neuen Freund der Öffentlichkeit vorstellen wollte. Vielleicht war's ja auch schon die Verlobung. Seine romantischen Gefühle waren auf einen Schlag wieder verflogen. Doch Tanja kam nicht dazu, seine Frage zu beantworten. Denn sie stolperten beinahe in den Leichen-Sepp hinein, der ihnen in dem schmalen Gang zum Augustinersaal entgegenkam.

»Alles klar, Flitzer?«, floskelte der.

»Ja, alles klar.« Er dachte wieder an Sonnes *Alles-klar*-Theorie. Und gab ihm Recht.

»Hohe Luftfeuchtigkeit heute«, setzte Josef Fillinger noch einen drauf. Doch Litzka hatte gerade keinen Nerv für Small Talk übers Wetter. Stattdessen suchte er eine Möglichkeit, sein triefendes Sakko irgendwo aufzuhängen. Er musste sich schließlich mit seinem Stuhl im Konferenzraum begnügen und hinnehmen, dass sich unter ihm eine große Pfütze bildete. Tanja setzte sich neben ihn, während Leichen-Sepp seine Apparatur vorne am Podium aufbaute.

Es brauchte die üblichen zehn Minuten Verspätung, bis Kriminaloberrat Steinmayr, Staatssekretär Rainer Heisinger und Polizeisprecher Martin Brandt den Raum betraten. Die Scheinwerfer der Fernsehkameras schalteten sich ein und verfolgten die drei auf ihrem kurzen Weg durch den Raum, bevor sie hinter ihren Namensschildern und vor dem Wappen der Münchner Polizei Platz nahmen.

»Guten Tag, meine Damen und Herren«, begann Brandt. »Ich freue mich, dass Sie trotz der kurzfristigen Einladung so zahlreich erschienen sind. Und ich freue mich, dass wir Ihnen heute eine gute Nachricht mitteilen können. Das Nähere berichtet Ihnen Dezernatsleiter Horst Steinmayr. Bitte sehr.«

»Vielen Dank, Herr Brandt«, übernahm Steinmayr das Wort. »Tatsächlich können wir Ihnen heute berichten, dass wir in enger Zusammenarbeit mit dem Verfassungsschutz und den zuständigen Stellen im Innenministerium einen weiteren Anschlag auf das Oktoberfest vereitelt haben.«

Ein Raunen ging durch die Menge.

»Wir können Ihnen fünf Festnahmen vermelden. Es handelt sich dabei um den Kern eines so genannten ›Münchner Aktionsbündnisses‹, einer mutmaßlich kriminellen Vereinigung mit rechtsextremistischem Hintergrund.«

»Neonazis?«, rief einer der Journalisten.

»Ob es sich um organisierte Neonazis oder eher kriminelle Radikale handelt, müssen noch die weiteren Ermittlungen zeigen.«

»Sind gegen die Festgenommenen Haftbefehle erlassen?«, wollte Leichen-Sepp wissen.

»Gegen vier der fünf Verdächtigen wurde Haftbefehl beantragt«, sagte Steinmayr. »Die fünfte festgenommene Person, es handelt sich um eine junge Frau, wird voraussichtlich bereits morgen wieder unter Auflagen auf freien Fuß gesetzt. Wir haben Hinweise darauf, dass sie mit der Ausführung der geplanten Tat nicht unmittelbar befasst war, sondern sogar mit einem anonymen Schreiben die Öffentlichkeit vor dem geplanten Anschlag warnen wollte.«

»Jenny Lettenmeyer?«, flüsterte Tanja Litzka ins Ohr.

»Das nehme ich an.«

»Aber das waren doch mehr als drei Mitglieder, die auf unserer Liste standen. Kai Walbrecht und Jenny Lettenmeyer abgezogen«, sagte sie leise.

»Frag doch mal«, sagte er. Auch er war gespannt, was die offizielle Begründung dafür war, dass Detlev Deggendorf nicht zu den Festgenommenen gehörte. Würden die Behörden die Karten offen auf den Tisch legen?

Tanja hob den linken Arm und signalisierte damit eine Frage. Martin Brandt erteilte ihr sofort das Wort.

»Herr Kriminaloberrat, wir haben Informationen, dass die aufgeflogene Nazigruppe aus mindestens sieben Personen bestand. Was ist mit den übrigen?«

»Ein Mitglied, das vermutlich für das Feuer im Klosterbräu verantwortlich ist, wurde selbst Opfer eines Verbrechens.«

»Und was ist mit dem Anführer der Gruppe?«, bohrte Tanja nach.

Steinmayr zögerte kurz mit der Antwort. Dann verwies er an seinen Nebenmann: »Diese Frage gebe ich an Herrn Staatssekretär Heisinger weiter.«

Auch Heisinger war die Antwort sichtlich unangenehm. Doch er hatte niemanden mehr neben sich, auf den er sie hätte abschieben können. »Also, meine Damen und Herren, soweit ich diese Frage beantworten kann, kann ich dazu Folgendes sagen: Ein Mitglied der Gruppe war ein Informant des Verfassungsschutzes. Nur durch die Informationen dieser Vertrauensperson waren wir in der Lage, die Strukturen und Pläne dieses Aktionsbündnisses offen zu legen.«

Auf einmal herrschte Totenstille im Raum. Alle Journalisten waren hellhörig geworden. Lag hier ein großer Skandal in der Luft? Leichen-Sepp war der erste, der wieder Worte fand.

»Heißt das, dass der Anführer der Nazi-Bande auf der Gehaltsliste des Verfassungsschutzes stand? Heißt das vielleicht sogar, dass der geplante Anschlag von einem Verfassungsschutzagenten provoziert wurde?«

»Zu der Frage, ob es sich bei der Vertrauensperson um den Anführer der Gruppe handelt, kann ich aus ermittlungstaktischen Gründen keine Auskunft geben.«

Empörte Blicke in der Reporterrunde.

»Wo befindet sich die Vertrauensperson jetzt?«, fragte Litzka als Nächster.

»In einem Zeugenschutzprogramm«, lautete die knappe Antwort.

Jetzt hatte Leichen-Sepp wieder eine Frage: »Ist es ein Zufall, dass der Besitzer der Klosterbrauerei, Kilian Schoberl, Selbstmord begangen hat?«

Steinmayr und Heisinger blickten sich kurz an.

»Ja, es gibt keinen Zusammenhang«, sagte Heisinger.

»Lügner!«, zischte Litzka.

»Wie bitte?«, fragte Heisinger.

Steinmayr nahm den Faden auf: »Ich denke, wir können sagen, dass Schoberl im Verdacht steht, den Auftrag zu dem Feuer in seinem Bierzelt gegeben zu haben. Wir können jedoch ausschließen, dass Schoberl selbst zur rechtsextremistischen Szene gehört hat. Im Übrigen wird wegen des Ablebens des Verdächtigen nicht mehr gegen ihn ermittelt. Der Fall ist abgeschlossen.«

Litzka schaute auf die Uhr. Die Pressekonferenz lief seit einer Viertelstunde. Dies war eigentlich der Zeitpunkt, an dem sonst immer ein abgehetzter Praktikant eines Lokalradios den Saal stürmte, weil er die Adresse nicht gefunden hatte. Aber bei diesem Wetter schickten die Lokalstationen wahrscheinlich keine Reporter vor die Tür, vermutete er.

Heisinger lobte noch ausgiebig die Ermittlungsarbeit der Polizei und die Zusammenarbeit zwischen den Sicherheitsbehörden. Er vergaß auch nicht, den Erfolg auf das Null-Toleranz-Konzept der Staatsregierung zurückzuführen. Litzka und Tanja hörten nicht mehr zu.

»Die Sache scheint mir klar, nach dem, was wir wissen«, meinte Tanja zu Litzka. »Dieser Deggendorf wollte seinem Kameraden, der vor fünfundzwanzig Jahren selbst bei dem Wiesn-Attentat ums Leben gekommen ist, ein Denkmal setzen.«

»Ein explosives Denkmal«, stimmte Litzka zu. »Und glaubst du, dass der Verfassungsschutz davon wusste?«

»Die haben bestimmt nicht den Auftrag zu dem Attentat gegeben, das wäre ja hirnrissig. Ich bezweifle auch, dass dieser Deggendorf wirklich ein V-Mann ist.«

»Wie bitte?«, flüsterte Litzka.

»Ich glaube eher, dass Deggendorf ein Mitwisser der wahren Hintergründe des damaligen Anschlags ist. Und es gibt garantiert in den höchsten Stellen heute noch einige Leute, die allergrößtes Interesse daran haben, dass die wahren Hintergründe von damals niemals an die Öffentlichkeit gelangen.«

»Ist das nicht eine etwas gewagte Verschwörungstheorie?«

»Mag sein«, räumte Tanja ein. »Ich habe keine Beweise. Aber ich habe einen guten Instinkt.«

Litzka wusste, worauf sie anspielte. Schließlich hatte sie lange genug als Pressereferentin in der Staatskanzlei gearbeitet und dabei einige Blicke hinter die Kulissen der Macht werfen können, die jedem Normalsterblichen verwehrt blieben.

»Das Attentat passierte am 26. September 1980. Weißt du, was wenige Tage später war?«

Litzka zuckte mit den Schultern.

»Bundestagswahl. Am 5. Oktober. Und der Kanzlerkandidat der Union hieß ...«

»Franz Josef Strauß.«

»Genau. Der bayerische Ministerpräsident. Ein ungeklärter Anschlag in der Landeshauptstadt mit vielen Toten passte da überhaupt nicht in das Wahlkampfkonzept.«

»Wohl aber ein schneller Fahndungserfolg mit einem überführten Täter.«

»Richtig, Flitzer. Und dieser überführte Täter war praktischerweise auch noch tot und konnte keine Aussage mehr machen. Und weil man ihn flugs zum Einzeltäter deklarierte, musste man auch keine Mitwisser mehr suchen.«

»Und jetzt, fünfundzwanzig Jahre später, taucht doch ein Mitwisser auf, der möglicherweise mehr weiß ...«

»... und in einem Zeugenschutzprogramm außer Reichweite geschafft wird. Wem könnte er denn noch gefährlich werden, wenn er heute auspacken würde?«

»Die Kofferträger des damaligen Ministerpräsidenten sitzen heute in höchsten Staatsämtern. Ich glaube sogar, dass Heisinger damals schon ein kleiner Beamter in der Staatskanzlei war.«

»Was soll denn das Getuschel da hinten!«, rief Brandt rügend.

Tanja lächelte Litzka nur an.

»Wenn es keine weiteren Fragen mehr gibt«, Brandt machte eine kleine Pause und blickte in die Runde, »dann ist die Pressekonferenz hiermit beendet. Ich danke für Ihre Aufmerksamkeit.«

Allgemeines Gemurmel und Stühlerücken.

Litzka und Tanja gingen gemeinsam zum Ausgang, wo ihnen Sonne entgegenkam. Er hatte eine grüne Aktenmappe in der Hand.

* * *

»Hey, Jürgen, wir haben dich schon vermisst«, sagte Litzka.

»Nein danke, für so was haben wir schließlich einen Dezernatsleiter. Ich habe ihn um diesen Auftritt heute nicht beneidet. Aber manchmal gibt das Ministerium die Informationsstrategie vor ...«

Litzka verstand, was Sonne meinte.

»Ich habe die Zeit lieber genutzt und diese alte Akte bearbeitet.« Er zeigte die Mappe. Sie trug die Aufschrift *Marianne Kischel*.

»Der Wiesn-Mord«, bestätigte Litzka.

»Ich habe eine Kopie von Schoberls Brief dazu geheftet. Außerdem das Ergebnis der DNA-Untersuchung. Schoberl war definitiv nicht der Wiesn-Mörder.«

»Wer dann?«, fragte Tanja.

»Die Kollegen haben noch einmal einen Durchlauf mit allen DNA-Spuren gemacht, die in den letzten Jahren dazu gekommen sind. Und da gab's tatsächlich einen Treffer: Die Hautpartikel, die unter den Fingernägeln von Marianne

Kischel gefunden wurden, stammen von einem Serienstraftäter namens Torsten Aßfelder. Er wurde vier Jahre nach dem Wiesn-Mord wegen eines Überfalls auf eine Apotheke zu einer Haftstrafe verurteilt. Er kam aber schon bald darauf wieder auf freien Fuß: Aids im Endstadium. Er starb wenig später in einer Privatklinik in Bayerisch Gmain.«

»Moment mal, sagtest du Bayerisch Gmain?« Bei Litzka machte etwas Klick. Wo hatte er zuletzt etwas von diesem Ort gelesen oder gehört? Er war sicher, dass es etwas mit diesem Fall zu tun gehabt hatte.

»Ja, ein Kuhdorf in der Nähe von Berchtesgaden. Diese Einrichtung ist eine Mischung aus Hospiz und Krankenhaus und wird zum größten Teil aus Spenden finanziert. Warum fragst du?«

Spenden! Das war das Stichwort, das seiner Erinnerung auf die Sprünge half. »Kann es sein, dass dieses Hospiz von Ramona Schoberl gegründet wurde? Das habe ich jedenfalls neulich in unserem Archiv gelesen.«

»Moment mal«, sagte nun Holmsen. »Das würde ja bedeuten ...«

»... dass es doch eine Verbindung zu unserem Fall gibt«, bestätigte Litzka.

»Das kann kein Zufall sein«, meinte Sonne. »Möglicherweise kannte Frau Schoberl also den Mörder der Geliebten ihres Mannes.«

»Du meinst, sie könnte ihn beauftragt haben?«, zweifelte Holmsen.

»Ein Todgeweihter als Auftragskiller.« Litzka nickte mit dem Kopf: »Das macht Sinn: Er hatte nichts mehr zu verlieren.«

»Aber warum hätte er das tun sollen? Egal welche Summe man ihm für einen Mord bezahlte, er hätte nicht mehr viel davon gehabt.«

»Stimmt, Sherlock«, sagte Sonne. »Aber wenn er ein Junkie war, der Apotheken überfallen musste, um sich seinen Stoff zu organisieren, dann hatte er auch kein Geld, um die Pflege in einer teuren Privatklinik zu bezahlen.«

»Verstehe. Ein kostenloser Hospiz-Aufenthalt als Gage für einen Auftragsmord. Ganz schön abgebrüht.«

»Absolut«, stimmte Sonne zu.

»Aber das werden wir ihr kaum beweisen können, oder?« Holmsen machte eine ratlose Handbewegung. »Der perfekte Mord?«

»Das muss nicht sein. Das ist ein kleiner Rechercheauftrag für Kollege Winter.«

Draußen regnete es immer noch in Strömen. Litzkas Sakko war immer noch nass. Aber Tanja hatte ja zum Glück ihren Schirm.

»Entschuldigense«, sagte ein Halbwüchsiger mit blauer Regenjacke und über den Kopf gezogener Kapuze.

»Ja?«, sagte Litzka.

»Ich suche die Pressekonferenz der Polizei. Bin ich hier richtig?«, fragte das Männlein.

»Im Prinzip ja«, antwortete Litzka und entdeckte auf dem Rücken der Jacke das große gelbe Logo von *Radio 2Morrow*.

* * *

Auf der Wiesn war nicht viel los. Das plötzliche Unwetter hatte die Menschen entweder in die Bierzelte getrieben oder sie gar von einem Besuch des Oktoberfestes abgehalten. Die Wildwasserbahn stellte vorübergehend ihren Betrieb ein. Auch der plötzliche Temperatursturz zeigte, dass nun offenbar der Altweibersommer dem Herbst weichen musste.

»Bald werden sie auf der Wiesn wieder Glühwein verkaufen«, unkte Tanja und legte den Arm über Litzkas Schulter.

Sie waren die Einzigen in der Riesenradgondel, die sich langsam immer höher drehte. Der Regen prasselte gegen die Plastikscheiben. Sie hatte ihn nach Redaktionsschluss zu einem spontanen Wiesn-Bummel eingeladen. Er hatte natürlich trotz des Dauerregens zugesagt, auch wenn ihm nicht ganz klar war, was sie zu dieser Einladung bewegte. Sein Verstand sagte ihm, dass er den Kontakt zu Tanja besser reduzieren und auf das beruflich Notwendige beschränken sollte. Sonst würden seine Gefühle mit ihm Achterbahn fahren. Denn inzwischen hatte er keinen Zweifel mehr daran, dass er sich in Tanja verliebt hatte. Doch sein Verstand hatte es in dieser Frage schwer, sich gegen sein Gefühl durchzusetzen.

So war es ihm zuletzt gegangen, als er im dritten Semester Carisa kennen gelernt hatte. Damals hatte er all seinen Mut zusammengenommen und ihr einen Zettel mit einer Einladung ins Kino unter den Scheibenwischer geklemmt. Und es hatte funktioniert. Drei Jahre lang waren sie ein glückliches Paar gewesen, bis sie nach ihrem Abschluss in die Staaten wechselte. Jetzt erst war ihm bewusst, wie wenig er sie vermisste.

»Warum sagst du nichts, Flitzer? Woran hast du gedacht?«

»Warum müssen Frauen immer diese Frage stellen?«

Die Gondel hatte jetzt den Höhepunkt des Riesenrads erreicht, doch die Aussicht interessierte ihn nicht. Sie lachten. Und wieder war es ihr Lächeln, das ihm beinahe den Atem nahm. Für einen kurzen Moment gewann jedoch wieder sein Verstand Oberhand. Sie musste endlich Farbe bekennen und ihm offen sagen, was Sache war.

»Du, Tanja, Was ich ganz zu fragen vergessen habe ...«

»Ja?«

»Deine Party ... was feierst du eigentlich?«

»Hab ich das gar nicht gesagt? Es ist meine Einweihungsparty.« Sie strahlte über das ganze Gesicht. Doch Litzka wurde leichenblass. Sie zog also mit ihrem neuen Freund in eine eigene Wohnung. Die Gondel hatte jetzt den Tiefpunkt erreicht. Doch es gab noch eine Runde, wahrscheinlich wegen des Wetters und der entsprechend geringen Besucherzahl.

»Einweihungsparty?«, war alles, was Litzka herausbrachte.

»Ja!« Sie strahlte immer noch. »Du glaubst gar nicht, wie sehr ich mich freue. Mein Untermieter zieht endlich aus. Der ist mir vielleicht in den letzten Wochen auf die Nerven gefallen. Neuerdings ist er sogar an mein Telefon gegangen, als wären wir eine Familie. Jens ist echt ein netter Kerl. Aber nun bin ich froh, meine Wohnung ganz für mich allein zu haben.«

Litzka war sprachlos. Er konnte nicht recht glauben, was Tanja ihm erzählte.

»Dieser Jens Beck ist dein ... Mitbewohner?«

»Was denkst du denn? Er hat gerade sein Studium abgeschlossen, heiratet demnächst und zieht mit seiner Zukünftigen in das Haus seiner Schwiegereltern nach Ottobrunn.«

Jetzt war die Gondel wieder oben. Der Regen hatte plötzlich nachgelassen.

»Und wer kommt noch alles zu deiner Einweihungsparty?«

Sie setzte das charmanteste Lächeln auf, das er an ihr je bewundern durfte. Ihre Haare waren durch den Wind etwas in Unordnung geraten. Auf ihre typische Weise pustete sie eine schwarze Strähne weg, die ihr in den Augen hing. Hinter ihr sah er, wie an einer Stelle die Wolken aufrissen und ein paar Sonnenstrahlen durchließen.

»Bis jetzt ist die Gästeliste noch nicht lang«, sagte sie. »Außer dir steht noch niemand drauf.«

Er wurde knallrot, zumindest fühlte sich sein Kopf so an. Er fühlte sich, als wäre das Riesenrad zu einer Achterbahn mit Dreifach-Looping geworden. Wahrscheinlich war es nur eine Sekunde, die er sprachlos blieb. Doch es kam ihm vor wie eine halbe Ewigkeit.

Dann fuhr sie fort: »Also wenn du noch nicht weißt, ob du am 1. Oktober Zeit hast: Wir können die Einweihungsparty auch gerne verlegen. Zum Beispiel ...«

»Heute Abend?«

»Heute Abend! Gute Idee.«

Das Riesenrad drehte sich auch noch eine dritte Runde. Und Litzka wünschte sich, es würde niemals aufhören.

Epilog

Im Namen des Volkes ergeht folgendes Urteil.«

Im großen Schwurgerichtssaal des Münchner Landgerichts im Strafjustizzentrum an der Nymphenburger Straße hatten sich alle Anwesenden erhoben. Richter Friedrich Witzel war ein erfahrener Jurist, der schon viele spektakuläre Urteile gefällt hatte. Mit seinem grauen Vollbart wirkte er gleichermaßen Respekt einflößend und Vertrauen erweckend. Es war buchstäblich ein kurzer Prozess gewesen, die Staatsanwaltschaft hatte ihre Ermittlungen in Rekordzeit abgeschlossen und schon ein halbes Jahr nach den Festnahmen Anklage erhoben. Der Gerichtssaal war bis auf den letzten Platz besetzt, internationale Medienvertreter hatten jeden Verhandlungstag beobachtet. Gelegentlich war es zu Zwischenfällen gekommen, als sich rechtsextreme Sympathisanten unter die Zuhörer gemischt hatten und mit »Heil-Hitler«-Zwischenrufen aufgefallen waren. Gelegentlich waren auch Funktionäre rechtsextremistischer Parteien im Gericht gesehen worden.

»Der Angeklagte Wolfgang Kremer ist der schweren Körperverletzung mit Todesfolge schuldig. Aufgrund der Vorstrafen und mehrerer noch offener Bewährungsstrafen bildet das Gericht eine Gesamtstrafe von fünf Jahren und sechs Monaten.«

Einige Zuhörer kommentierten das Urteil mit »Pfui«- und »Buh«-Rufen. Sie beruhigten sich erst, als der Vorsitzende Richter drohte, den Saal räumen zu lassen.

Im Folgenden verhängte die Strafkammer gegen die übrigen Angeklagten Nikolaus Sieger, Ulrich Füchsel und Christoph Kaczerowski mehrjährige Bewährungsstrafen wegen Vorbereitung eines Sprengstoffanschlags und Bildung einer kriminellen Vereinigung. Jenny Lettenmeyer wurde frei gesprochen. Eine Tatbeteiligung konnte ihr nicht nachgewiesen werden. Als erwiesen wurde vielmehr angesehen, dass sie sich durch das anonyme Schreiben an die *ATZ* innerlich von dem geplanten Verbrechen distanziert hatte.

»Bitte nehmen Sie Platz«, sagte Richter Witzel in den Saal, um mit der mündlichen Urteilsbegründung fortzufahren. Dies dauerte eine knappe halbe Stunde. Dann machte der Richter ein nachdenkliches Gesicht und sagte: »Das Gericht will nicht versäumen, auf einen Sachverhalt hinzuweisen. Den heute Verurteilten muss strafmildernd angerechnet werden, dass sie unter dem Einfluss einer Person standen, die hier nicht anwesend ist, jedoch eigentlich im Zentrum dieses Strafprozesses hätte stehen müssen. Es handelt sich um Detlev Deggendorf. Die Beweisaufnahme hat erwiesen, dass dieser Mann der eigentliche Drahtzieher und gedankliche Urheber eines Plans ist, der durch glückliche Umstände nicht verwirklicht wurde. Dass sich Detlev Deggendorf seiner gerechten Strafe und dem Einflussbereich der deutschen Justiz entziehen konnte, ist auf Maßnahmen der Verfassungsschutzbehörden zurückzuführen, deren gesetzesmäßige Grundlage das Gericht anzuzweifeln wagt.«

Im Zuhörerraum applaudierte zu diesen Worten ein Mann im Rollstuhl. Ein Justizbeamter mahnte ihn zur Ruhe.

Die Ausführungen des Richters sorgten in den nächsten Tagen für Schlagzeilen, nicht nur in den Münchner Zeitungen. *Schwurgericht tadelt Verfassungsschutz* lautete die Schlagzeile in der *ATZ*. Sie stand über einem Artikel, der mit dem Kürzel *flitz* gezeichnet war.

Für Richter Witzel sollte dies jedoch das letzte spektakuläre Urteil gewesen sein. Aufgrund seiner besonderen Verdienste um die bayerische Rechtsprechung, so hieß es in der Begründung, wurde er zum Abteilungsleiter für Personalangelegenheiten im Justizministerium befördert.

* * *

In einem weiteren Prozess wurde Ramona Schoberl wegen Anstiftung zum Mord an Marianne Kischel zu zwölf Jahren Haft verurteilt. Strafmildernd wurde ihr Geständnis angerechnet. Sie hatte keine Erklärung dafür, warum in den Archiven des Placida-Hospizes keine Unterlagen über einen Patienten namens Torsten Aßfelder gefunden wurden und warum sie für einen drogensüchtigen und aidskranken Straftäter aus eigener Tasche den Hospiz-Aufenthalt bezahlt hatte. Die Klosterbräu AG wurde nach ihrer Verurteilung an den Masterbrew-Konzern verkauft.

Nachwort

Auch diesmal ist es mir wichtig, auf eine Selbstverständlichkeit hinzuweisen: Die Handlung des Kriminalromans ist fiktiv. Die möglichen Hintergründe des Wiesn-Attentats von 1980 habe ich ebenso erfunden wie die Zeitung *ATZ* und das Magazin *Factum*. Das gilt auch für die dort tätigen Mitarbeiter. Natürlich fließen in meine Beschreibungen des journalistischen Alltags meine eigenen Erfahrungen und Erlebnisse mit ein. Es ist jedoch nicht beabsichtigt, dass sich meine real existierenden Kollegen wiedererkennen. Wenn doch, dann liegt es vielleicht daran, dass manches, was man gemeinhin als Klischee betrachtet, sich in der Wirklichkeit dann doch genau so wiederfindet.

Die einzige Romanfigur, die ich nicht erfunden habe, ist der Hund Bo. Er starb während der Arbeiten für diesen Roman im Alter von fünfzehn Jahren und lebt nun in den Gedanken der Leser dieses Buches weiter.

Ich danke allen, die mir beim Schreiben und Recherchieren behilflich waren, vor allem Thomas Grimmer für seine konstruktive Kritik und Kriminaloberrat Harald Pickert für die kompetenten Antworten auf meine laienhaften Fragen.

Ich widme dieses Buch meinem Sohn Adrian, der ungefähr zur selben Zeit geboren wurde wie die Idee für diesen Krimi, sowie meinen Großeltern Anton und Maria van Leeuwen, die in diesem Jahr hundert Jahre alt geworden wären.

München, im März 2005, H.L.

KBV-KRIMI

Jacques Berndorf

Der letzte Agent

KBV-Krimi Nr. 134
Taschenbuch, 281 Seiten
ISBN 3-937001-51-4

Siggi Baumeister hat alle Hände voll zu tun. Nicht nur mit der grässlich zugerichteten Leiche, die er im Eifelland findet, gewissermaßen vor seiner Haustür. Auch eine resolute alte Dame aus Berlin tritt plötzlich auf den Plan und stellt sich als seine Tante Anni vor. Baumeister hat noch nie von ihr gehört. Und schließlich entpuppt sie sich als eine mit allen Wassern gewaschene Frau vom Fach, eine pensionierte Kripo-Kommissarin. Baumeister kann jede Hilfe gebrauchen, denn die Fährte, die er verfolgt, führt ihn direkt zu einem alten Stasi-Komplott …

»Die beste Serie im zeitgenössischen deutschen Kriminalroman.«
(FAZ)

»Jacques Berndorf ist der Eifelkrimi-Guru.«
(DIE ZEIT)

Jürgen Ehlers

Mitgegangen

KBV-Krimi Nr. 135
Taschenbuch, 390 Seiten
ISBN 3-934638-50-6

Düsseldorf, Februar 1929. Am Zaum einer Großbaustelle wird die Leiche eines kleinen Mädchens gefunden. Gewürgt, missbraucht, erstochen, mit Petroleum übergossen und angezündet. »Wer tut so etwas?«, fragt einer der Polizisten erschüttert. Die zynische Antwort lautet: »Meistens der Vater oder der Onkel.« Doch dieser Fall ist anders. Kommissar Wilhelm Berger sieht sich rasch mit einer ganzen Reihe brutaler Überfälle auf Männer, Frauen und Kinder konfrontiert. Ist hier ein Wahnsinniger am Werk? Ein Verdächtiger wird gefasst und gesteht alles. Doch die grausamen Morde gehen weiter …
Jürgen Ehlers zeichnet das bizarre Bild des authentischen Triebtäters Peter Kürten nach, der unter dem Namen »Der Vampir von Düsseldorf« in die Kriminalgeschichte einging.

Rich Schwab

Perlen vor die Schweine

KBV-Krimi Nr. 136
Taschenbuch, 249 Seiten
ISBN 3-934638-54-9

Schlagzeuger Büb Klütsch hat drei Probleme: Er ist notorisch pleite, hat immer Bierdurst und die Kölner Staatsanwaltschaft will den Tod seiner alten Freundin Kathrinchen unbedingt als Drogenunfall zu den Akten legen. An einen Unfall mag Büb aber gar nicht glauben und beschließt daher, selbst die Wahrheit aufzudecken. Keine ungefährliche Aufgabe angesichts der wenig zimperlichen Zuhälterkreise der Domstadt, in denen Kathrinchen verkehrte.

»Rauh und heiser, in ruppiger Gangart, wie ein Song von Van Morrison.«
(Elke Heidenreich über NIE WIEDER APFELKORN)

»Schärfer als die Songs von Tom Waits.«
(Hajo Steinert, Deutschlandfunk, über EINE ALTE DAME GING HERING)

KBV-KRIMI

Anke Ahle
Pole Position
KBV-Krimi Nr. 125
Taschenbuch, 288 Seiten
ISBN 3-937001-15-8

Die Fachwelt ist überrascht, dass der völlig unbekannte Formel-Eins-Pilot Jean-Luc Dalesasse einen Vertrag beim Top Team Williams bekommt. Mit seiner unkonventionellen Art und mit spektakulären Fahrten am Limit wird er schnell zum Shooting Star der Saison. Er ist auf bestem Wege, beim Kampf um den WM-Titel dem Konkurrenten Ferrari davonzufahren, als sein Teamkollege tödlich verunglückt. War es wirklich ein Unfall? Eigentlich sollte Jean-Luc an diesem Tag im Cockpit gesessen haben. Er wittert Sabotage und Mordabsichten. Plötzlich kämpft er nicht mehr nur um den Titel, sondern um sein eigenes Leben.
Ein Skandal aus der Vergangenheit wirft seine Schatten auf die Gegenwart: Als er erkennt, um was es eigentlich geht, scheint die Pole Position schon verloren ...

Harry Luck
Schwarzgeld
KBV-Krimi Nr. 126
Taschenbuch, 208 Seiten
ISBN 3-937001-16-6

Zwei Mordanschläge auf CSU-Politiker innerhalb weniger Tage. Und das kurz vor der Landtagswahl, in der es die absolute Mehrheit zu verteidigen gilt. Der Großindustrielle Ludwig Kaiser aus dem Millionärsstädtchen Starnberg scheint seine Finger ebenso im Spiel zu haben wie eine geheimnisvolle Hellseherin, zu deren Kunden nicht nur der Ministerpräsident zählt, sondern auch Spitzenpolitiker der Opposition. Welchen Einfluss hat eine Astrologin auf die bayerische Politik? Handelt es sich gar um politischen Terrorismus? Ein Fall für die Münchner Mordkommission unter der Leitung von Hauptkommissar Jürgen Sonne – und für den Lokalreporter Frank Litzka, der sich einem großen Skandal im bayerischen Polit-Sumpf auf der Spur sieht.

Jacques Berndorf (Hg.)
Mords-Eifel
KBV-Krimi Nr. 124
Taschenbuch, 192 Seiten
ISBN 3-937001-14-x

Jacques Berndorf hat die Eifel berühmt gemacht. Die Auflagen seiner Kriminalromane aus dieser Landschaft im Wilden Westen Deutschlands erreichen Millionenhöhe. Seine Titel wie »Eifel-Wasser« oder »Eifel-Liebe« erklimmen regelmäßig die Bestsellerlisten.
In diesem KBV-Sammelband hat der Erfinder des »Eifelkrimis« seine schwarzen Schafe um sich versammelt: Carola Clasen, Ralf Kramp, Gisbert Haefs, Carsten-Sebastian Henn und viele andere haben ihre literarischen Leichen in eine raue Landschaft gelegt, die tatsächlich wie geschaffen scheint für Kriminalgeschichten aller Art. In knapp zwanzig mörderischen Eifel-Kurzkrimis bieten Berndorf & Co. spannendste Unterhaltung.

KBV-KRIMI

Olov Svedelid
Hassels Hölle
KBV-Krimi Nr. 119
Taschenbuch, 380 Seiten
ISBN 3-937001-35-2

Roland Hassel von der Stockholmer Polizei träumt von einem Karrieresprung. Daher akzeptiert er es sogar, zwischendurch für Interpol den Laufburschen zu spielen. Er soll von einem Schweden, der in Nigeria gearbeitet hat, Informationen übernehmen. Doch dieser Bengt Ölund wird ermordet; das Beweismaterial verschwindet. Offenbar ist der Fall brisanter als es den Anschein hatte. Hassel macht sich auf den Weg nach Lagos – und landet in der Hölle!
Wieder legt Olov Svedelid einen Thriller von internationalem Niveau vor. Weltweit sterben Jahr für Jahr Tausende von Menschen, weil sie mit überlagerten oder gefälschten, wirkungslosen Medikamenten behandelt werden. Wer hinter dem lukrativen Handel mit Markenwaren steckt – Roland Hassel findet es schließlich heraus.

Susanne Amtsberg
Irrwasser
KBV-Krimi Nr. 115
Taschenbuch, 288 Seiten
ISBN 3-937001-33-6

Die Journalistin Toni Smerell taucht im vergessenen Gebirgsort Tiefenbach kopfüber in einen der letzten Mythen unserer Zeit. Sie soll das Geheimnis vom »Wolkenfänger« ergründen, während verheerende Regenfälle den Ort ins Tal zu reißen drohen. Im Auftrag des Zeitmagazins *Now* soll sie den Wissenschaftler Prof. Dr. Steffen Tropper aufspüren – einen modernen Regenmacher, der sich hier angeblich versteckt hält. Bald weicht der Regen ihr auf Taschenformat zurechtgestutztes Leben auf. Was tun, wenn unsere Wirklichkeit zu einem grandiosen Fake verkommt, wenn einem ganzen Dorf ein Mord als die billige Lösung erscheint? Gemeinsam mit dem Feuerwehrmann Mark entdeckt Toni jenes Lebenselixier, das so manche Gesetzmäßigkeit seiner Spezies verneint: das Wasser.

Mathias Christiansen
Die dünne Linie
KBV-Krimi Nr. 116
Taschenbuch, 212 Seiten
ISBN 3-937001-37-9

Es ist ein schwarzer Tag für Justitia, als einer ihrer treuesten Diener, der Staatsanwalt Drigalsky, im Kriminalgericht Moabit gefunden wird – in einer Lache seines eigenen Bluts, erschlagen und seiner Zunge beraubt. Der Berliner Kriminalhauptkommissar Werner Brodersen leitet die Ermittlungen und staunt nicht schlecht, als man in der Wohnung des Ermordeten ein ganzes Waffenarsenal findet – und dubiose Hinweise auf eine Raketenabschussbasis. Führte der angesehene Staatsanwalt ein Doppelleben zwischen Rechtsprechung und Kriminalität? Als wenige Tage nach dem Mord in einer Berliner Postwurfsendung die abgetrennte Zunge des Staatsanwalts gefunden wird, dämmert dem Kommissar, dass hier noch in ganz anderer Richtung gesucht werden muss ...